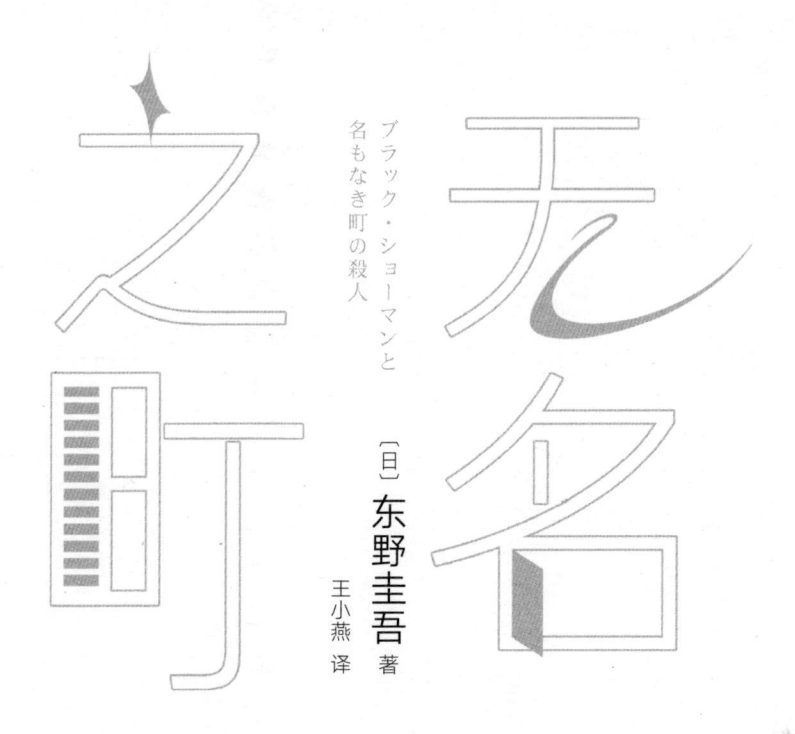

无名之町

ブラック・ショーマンと
名もなき町の殺人

〔日〕东野圭吾 著

王小燕 译

南海出版公司

新经典文化股份有限公司
www.readinglife.com
出 品

序章

美国，拉斯维加斯。在尺八的乐声中，聚光灯亮起，照亮了漆黑的舞台。灯光下站着一名男子，看到他的装扮，观众连声惊叹。

男子一袭白衣，红色布带穿过腋下系于肩上，齐腰长发束在脑后。他轻轻展开手臂，手腕伸出了聚光灯照亮的范围，瞬间看不见了。等他收回手臂，观众看清他手中的东西，不由得倒吸一口凉气。他手持一把一米多长的日本刀，左右挥舞，磨得发亮的刀刃反射出一道道诡异的光。

男子猛地下劈，灯光瞬间点亮整个舞台。观众，尤其是男性观众随即露出愉快的神情——三个金发女郎出现在台上，身上的礼服华丽性感。

男子举刀刺向上方，三个黑衣人从舞台侧面闪现。他们的蒙面装扮美国人也不陌生——忍者登场了。三人腋下都夹着一大卷干草编成的浅褐色织物。观众里或许没有几个人知道，它的正式名称叫"筵"，即草席。

忍者靠近金发女郎，慢慢打开草席，企图强行裹住她们的身体。女郎们很是惊慌，不停地反抗，却无济于事。白衣男子手持日本刀在旁边来回走动，尺八的曲调愈发激昂。

不久，三个女郎纤细的身体完全被裹进草席。她们只能站在那里，扭动挣扎。忍者掏出绳子将草席捆紧，她们渐渐不再动弹，舞台上仿佛竖起了三根草席做的柱子。

白衣男子停下脚步，右手高举日本刀，凝神环视。片刻后，犀利的目光落在了离他最近的柱子上。他缓缓走到柱边，双手将刀举过头顶，摆好了剑道里上段的准备姿势，深吸一口气，利落下劈。一声钝响，柱子被斜劈成两半，咚的一声倒在地上。

观众席鸦雀无声，尺八的声音也在不知不觉间消失了。

男子走近第二根柱子，眼都没眨就劈了下去。第二根柱子也被拦腰斩断，一声闷响后滚落在地。男子身形飞快，到第三根柱子前站定。万籁俱寂，男子在柱子一侧用力挥舞手中长刀，场内回荡着刀刃撕裂空气、斩断草席的声音。柱子的上半部分摇晃几下，终于栽落，下半部分仍然立在原地。

白衣男子扫了一眼观众席，移步至舞台中央，背对观众。三个忍者走来，并排站在他对面。众人注视下，男子高举日本刀，在忍者们的肩膀处斜斜一挑，面罩顺势滑落。

场内一片哗然——面罩下竟是刚才那三个金发女郎的面孔。喧哗，继而转为欢呼。声音越来越大，响彻整个剧场。

身穿忍者服的女郎们撩起金色秀发，笑意盈盈走到台前，观众一个接一个起立鼓掌。人们不停地拍手、吹口哨、大声叫好，甚至还传来了跺脚的声音。

白衣男子慢慢转过身，面向观众，再次舒展双臂，鞠了一躬。一抹微笑浮现在他脸上，那是无所畏惧的微笑。

1

看到电脑屏幕上的照片，真世羞得脸颊发烫。那是她上女子高中时与一个朋友的合影，放学回家途中在便利店前拍的。

"这张照片……还是算了吧。"真世喃喃道。

"为什么？"身旁的中条健太有些意外，"这张挺好的！"

"那是我最胖的时候，腿也露在外面，不太好吧？"照片上的两个女高中生都穿着超短裙。

"一点儿也不胖啊！不过，裙子的确很短。"

"我们把裙腰往上卷两三道，裙摆就会上提一截。在学校怕被老师批评，就恢复成原样。你们没这么干过？"

真世询问坐在对面的女子。对方身穿酒店制服，戴着口罩，但此前也露过几次脸。她看上去三十岁左右，应该是真世的同龄人。

"我们也经常这样呢。"酒店女员工眼角带笑，"真让人怀念。"

"是啊。健太你们那时没有这样吗？"

健太三十七岁，比真世大七岁。"怎么说呢……我记不清了。再说我上的是男校。"

"上学路上,你没留意过其他学校的女生?"

健太只好苦笑。"就是远远地看一眼,也没有盯着别人看。总之,我觉得这张照片可以选,照得挺好的。"

"我也觉得不错。"女员工说。

"真的吗?好吧,那就放进去。"

"二位想为这张照片配什么字?"

"写什么好呢……"真世想了想说,"忆往昔高中岁月,只为缩短裙摆忙!"

"哈哈,"健太拍起了手,"就是它了!"

"真不错!"女员工眯眼敲起了键盘。

这里是东京一家酒店的婚庆沙龙,真世和健太将于两个月后举行婚礼。今天是为敲定婚宴中播放的幻灯片而来,两人各自带了照片,一起挑选。自制婚礼幻灯片也不难,但他们不想在婚礼当天遇上播放中断或不出声音之类的糟心事,便决定交给专业人士操办。婚礼会场在室外,开宴时间在日落之后,幻灯片画面可以看清,但画质、色调等细节外行人难以一一处理。

两人正选着照片,沙龙靠里一个单间的门开了,一对新人走出来。真世不经意一瞥,不由得吃了一惊:即使有所遮掩,新娘下腹的隆起仍然十分明显。在酒店一名女员工的护送下,那对新人走出沙龙,背影看起来很幸福。

"怎么了?"健太问道。

"没什么……就是觉得刚才那个新娘的肚子挺明显。"

"是吗?我没注意。"

真世转向女员工。"最近这样的人多吗?"

女员工微微点了点头。"嗯,每年都有几对。"

"现在觉得奉子成婚难以启齿的人不多了吧?"

"不好说,多少还是有些在意吧。挑选礼服的时候,我们经常需要为客人推荐一些能够遮掩身材的款式。"

"我就说嘛。"

"你怎么关心起这个了?"健太有些诧异,皱起了眉头。

"其实,我觉得奉子成婚也不错,"真世看着未婚夫,"这样结婚后就不用再为能不能怀孕焦虑了。你说呢?"

"是吗?"健太歪着头说,"我从没这样想过。"

"哦?"

"生不了孩子也没关系吧?没有孩子,就好好享受二人世界,对不对?"健太转而问女员工,期待她能认同。

"确实,世上的夫妻有很多种,价值观也各不相同。"这回答谁都不得罪。

"也是。对不起,我说了不着边际的话,我们继续吧。"真世直了直腰板说道。

选完照片,走出婚庆沙龙,健太问:"刚才你到底想说什么?"

"什么呀?"

"奉子成婚的事。"

"没什么,只是有点在意。"

"最近你总爱提孩子的事,问我想不想要、要几个。"

"我经常提吗?"

"是啊,你自己可能没意识到。"

"可我提孩子有什么不妥呢?我们都快结婚了,聊这些应该很正常吧?"

"但我觉得你特别在意。"

"就算这样,"真世边说边停下脚步,转身面向健太,"我在意这个怎么了?我当然会想,要是怀了孩子该怎么办,我还在工作,不考虑才是不负责任。"

健太皱着眉，朝真世摊开手。"我知道，你别生气嘛。"

"还不是因为你说的话太离谱了……"真世的包里传来收到新邮件的提示音。她说了句"抱歉"，拿出手机。发件人是儿时的玩伴。一看邮件开头真世就明白了。她叹了口气，发愁道："该回复什么呢……"

"怎么了？"

"下周日初中同学聚会，好像就我还没回复参不参加。"

"你好像不太感兴趣？不想见过去的朋友吗？"

"倒也不是，只是觉得会很累。我父亲大概也会受邀参加。"

"答谢恩师是同学聚会的常规环节嘛。"

"嗯。"真世应道，"我和你说过吧，初中时我都尽量不让别人关注到我。"

"你说你一直很小心，不让自己太显眼，可是都过去那么久了……"

"现在过去都一样。之前我参加高中同学聚会，见面那一刻起，好像就穿越回高中时代了，不管是人际关系还是说话方式都没变。初中同学更是如此，大家都是小镇上相熟的人，肯定还会有人说我是神尾老师的窃听器什么的。"

"有人这么说你？"健太惊讶地抬起眉毛。

"没有当面说，是背地里说，什么'她会向神尾老师打小报告，得提防着'，简直把我当成间谍。"

"这也太过分了！不过还是有人和你关系不错吧？"

"好朋友当然有，给我发邮件的就是其中之一。只是最近不怎么联系了。"

"要是你不去，你父亲会不会很孤单啊？"

"我父亲应该无所谓吧,每年我们都会见上好几面。只是我不去,万一别人向他问这问那,也挺麻烦。算了,我再想想。"

"等等,如果同学聚会在下周,可能你想去也去不了呢!"

真世明白了健太的意思,"因为疫情?"

"没错。"健太点了点头,"东京都知事说疫情有扩大的趋势,近期可能采取一些措施。"

"你是说有可能会让大家待在东京,暂时不要去其他地方?"

"很有可能,毕竟要吸取之前的教训。"

二人说的是一年前爆发的疫情。和许多国家一样,日本也一直无法确定地宣布疫情已经结束。

有几种药物的疗效得到了确认,新增病例也得到了控制,疫情并未对生活造成太大影响。但传染源尚不清楚,疫情就有扩散的风险,必须采取各种防疫措施。防疫等级从最基本的"避免密闭空间、密集人群、密切接触和不必要的非紧急外出",到要求学校停课、指定行业停工等,人们的日常活动受到不同程度的限制。

打个比方,如果政府要求"避免从东京向其他道府县出行",只要没有特殊情况,人们就必须遵守。虽非强制,但不遵守就会遭人白眼,说不定还会被人肉搜索,遭受网络暴力。

"那样也好,"真世叹了口气,"要是不允许离开东京,我就不用犹豫了,不参加聚会大家也不会觉得怎么样。"

"要是东京的疫情加剧,他们可能还会叫你不要在非常时期赶过去。"健太笑了起来。

"说得对。"

放回手机前,真世顺便确认了一下时间,已过下午四点,她说了声"不妙",赶紧把屏幕转向健太。"时间不早了!"

"啊,不好,快点!"

接下来的计划是看电影，两人连忙向电梯间奔去。电影院照常营业，不久之前还要求隔一个座位入座，现在可以挨着就座了。

从地铁森下站步行一分钟，即可到达真世居住的单身公寓。八叠①大的房间，附带厨房、浴室、卫生间，光房租就超过十万日元。她想住得更宽敞些，这似乎即将通过结婚实现。

和健太看完电影，在日本桥的居酒屋吃完饭后，真世回到家，坐在床上。枕边的时钟指向了晚上十点四十分。如果是周六，两人约会后常去对方的住处过夜，但今天是周日。

真世供职于市谷一家房地产公司，主要负责公寓的翻修改造。她原本对室内设计感兴趣，大学时修了设计系，后来喜欢上房屋建造，立志成为建筑师。

中条健太比她早几年进入这家公司，负责独栋住宅的项目。两人本无交集，两年前，他们所属部门搬到同一楼层，见面机会才多了起来。大约一年半之前，二人开始交往。是健太主动约真世吃饭，真世并不意外。在几次交谈中，她已经察觉对方对自己有好感，健太应该也意识到真世并不讨厌自己。

半年前，健太向真世求婚。真世没有太诧异，当时疫情逐渐平稳，她也觉得时机差不多了。可以肯定的是，真世的心踏实了。三十岁了，她没有时间再没着没落地把恋爱谈下去。健太估摸着真世不会拒绝，但听到真世肯定答复的一瞬间，他仍松了一口气。

真世给父亲英一打电话，没有说要结婚，只说想让他见一个人。英一似乎立刻就明白了。"真是太好了，恭喜你。你们工作忙，我去见你们吧。"真世能感受到父亲的话语中满含寂寞。

---

① 日本面积单位，1 叠约为 1.62 平方米。

六年前，母亲因蛛网膜下腔出血去世，自那以后，父亲一直独自生活。

几天后，真世在银座的一家日本料理店向英一介绍了健太。健太很紧张，不知为何，英一的笑容也有些僵硬。好在二人对彼此的印象还不差，真世也就放心了。后来，英一向真世说："健太谈及工作时，脸上的神情不错，和他结婚应该没什么问题。"真世追问，英一回答："既然做的是房屋整修的工作，就要了解客户的家庭情况，思考怎样才能让生活更舒适。健太似乎已经在这个过程中感受到了生活的意义。他能为别人家着想，应该也不会亏待自己的家。"这的确像父亲会考虑的事。英一是语文老师，习惯通过一个人的说话方式和话题选择去了解对方的为人。

过了这么久，真世再次回想起父亲说过的话。两个月后就要结婚了，比起期待和憧憬，她心中更多的是不安。真世自己也说不清，这些芜杂思绪是否可以用"婚前综合征"来概括。

她拿起手机，刷了刷社交软件，这时手机提示有来电。是本间桃子打来的。她接起电话。"晚上好，好久不见。"

"什么好久不见？才没有呢！你怎么不回我邮件？"桃子声音高亢地问道。这一点她从初中起就没变过。

"不好意思，我有些拿不定主意。"

桃子问的正是同学聚会的事，之前发邮件确认的也是她。

"怎么了？要忙工作？"

"嗯，也有这个原因。"

"也有这个原因，就是说还有其他原因？哎，你不会是想说，和神尾老师以父女身份一同出席，有些难为情吧？"

"与其说是难为情，不如说是不想让大家有顾虑。"

"我们才没有顾虑，"桃子当即否认，"都三十了，谁还管这些？你就来吧！不然我一个人去好孤单啊。"

"说起来，你现在回娘家了吧？一切都好吗？"

桃子在上一封邮件里提到过，她原本住在横滨，丈夫因工作调去关西，所以上个月她带着两岁的儿子回了娘家，横滨的公寓则租给了熟人。

"在家太舒服了！孩子让父母带着，我也能有一些自己的时间了。你要是回来，我随时都能奉陪哦！"

"听上去不错。"

"那当然。我都这么说了，你就快回来吧！同学聚会我就当你同意参加了啊？"

"等等，我还有工作要安排，让我再考虑考虑，这两天一定答复你。"

"好吧。"

"可是话说回来，同学聚会还能举行吗？疫情闹得全世界都不得安宁。"

桃子说："我已经做好预案，另外订了一个室外场地。万一有什么问题，可以换到那里，把大家的座位再隔开一点儿就行。"

"有道理。"面对接连爆发的疫情，大家早已熟知该如何应对了。"但我可能出不了东京了。"

"你是说那个'请大家谨慎出行'的要求？"

"嗯，我也不想在非常时期回到老家，被人扔石头啊。"

真世听到桃子轻声笑了笑。"那就趁着知事他们还没开口，赶快回来！'精英人士杉下'就是这样。"

"精英人士？是我想的那个杉下吗？"

"对，杉下快斗。他上周就带着老婆孩子回家探亲了，说是因为疫情形势不太乐观，又有同学聚会，所以早早离开了东京。他还说，公司正在推行远程办公，他这个社长也没必要待在东京。杉下一点儿没变，身上那种精英人士的优越感和以前一模一样。"

"看来你们见过好几次了？"

"商量同学聚会的事见过一面。明明没人邀请他，可能他就是想来炫耀一下吧。"

如果桃子所言属实，那杉下确实和以前一模一样。成绩优异，体育全能，家境殷实，穿的用的都是名牌——这就是真世对杉下的印象。初中毕业后，他考上了东京一所大学的附属私立高中，真世几年前听说他创业开了一家IT公司，发展得不错。

"还有，咱们镇上的大英雄也回来了。"

真世仍把耳朵贴在手机上，歪着头问："大英雄？谁啊？"

"《幻脑迷宫》的作者钉宫啊！"

真世张大了嘴巴。"真的吗？"

"我说真世啊，不光是咱们那届，母校所有毕业生里他都是最有出息的一个，你可不能忘了。"

"我没忘，只不过他太厉害了，我一下子没反应过来。"

"我明白，我也一样。钉宫说要来参加同学聚会，大家都特别激动。"

"他来的话，确实很让人激动。"

"一群势利眼！初中时捉弄人家，叫人家漫画宅男啊、扶不起的阿钉啊……算了，我也没资格说别人。"真世仿佛看到桃子吐了一下舌头。"对了，有件重要的事忘了说，我们准备聚会时给津久见开追思会。"

"津久见的……"真世内心泛起了涟漪。

"大家说好了，能缅怀津久见的东西都带过去。真世，你和津久见关系挺好的吧？有没有照片什么的？"

"这么突然,我一下子也想不起来。"

"那你找找看?"

"可以是可以,但不要抱太大期望。"

"别这么说,你得找出点什么,不然大家都愁没东西带过去呢。"

"好吧,我找找看。"

"拜托啦!我等你电话。"

"嗯,再联系。"

打完电话,回忆随即涌上真世心头。可能是因为好久没和桃子聊天,又听到了几个过去很熟悉的名字。

津久见……

真世脑海中浮现出他的模样。初中时的他体格魁梧,五官已有了成熟的棱角,却仍留着一丝少年的稚嫩。想到他,真世心中泛起些许慰藉,但心痛也同时如旧伤复发般被唤醒了。

"你是神尾老师的孩子又怎么了?你就是你。不用在意那帮无聊的家伙说的话。傻不傻?"

津久见坚定有力的话给过真世很大的鼓舞。那时他已卧病在床,身体非常消瘦,脸色也很差,只有明亮的双眼与曾经健康时别无二致。

津久见离开人世,转眼已经十六年了。如果他还活着,也去参加同学聚会,自己应该早就兴高采烈地同意参加了。

洗完澡,真世钻进被窝。关灯前,她再次确认手机,看到健太向她道"晚安",她也回了一句"晚安",关上了灯。

2

原口浩平弯下腰，两手指尖搭在卷闸门底部。金属的触感冷冰冰的，从下方缝隙钻入的空气也带着寒意。现在才三月初。

他双腿蹬地，猛地将卷闸门抬起。门发出咔嗒咔嗒的响声，顺势向上卷，但每次卷到一半都会卡住，可能和中柱歪了有关系，毕竟已经用了三十多年。

原口从下面用力把门顶了上去。他也想过干脆换成电动卷闸门，如今早已没了这种想法。

卷闸门一共三扇，他先打开中间那扇，走出去四下看了看。

这是一条双向行车的小路，宽度仅允许两辆车错身通过。车辆稀稀落落，好一会儿才看到一辆小货车驶过，车流量明显不如上周。人行道上也几乎不见人影，只有几个孩子在远处走着，像是去上学。去年这个时候日本的学校都放假了，今年的春假不知是否会提前。原口想起家里有孩子的朋友都在抨击政客，指责他们根本不了解双职工家庭的现实境况。

原口看了看手表，已经过了上午八点。从这条商业街步行至车站仅需几分钟，地段着实不错，却更显得现在萧条，今天还是周一。不知道这样的日子还要持续多久。

身旁传来声响,隔壁陶艺店的玻璃门开了。店主拎着垃圾袋正要往外走。

"早上好。"原口打了个招呼。

"啊,阿浩,早上好。"短发的店主微微鞠躬道。他比原口大十多岁,原口还在上小学时,他就已经在店里帮忙了。

"今天怎么样?有人预约陶艺体验课吗?"原口问。

店主苦着脸,摇了摇头。"预约?怎么可能。前两天周末,一共才来了三组人,这周情况只会更糟。"

"是吗?东京通报了一例聚集性感染病例,咱们县倒还没有。"

店主撇了撇嘴。"没这么乐观,估计再过几天,这里也会出现病例。之前就是这样。按惯例,又要号召大家减少外出和公共娱乐活动了。宅居生活再次开始,不会有人关注什么陶艺品喽。"

"看来我家也够呛。"

"你家应该没事。即便不出门,酒还是会照喝,个人订单反倒会增加吧?"

"不见得。在家喝酒的人,都在网上买成箱的酒,还可以打折。我家主打本地酒,还是得靠本地餐馆和居酒屋的订单维持生计。"

"餐饮业又要遭殃了,旅馆的日子应该也不好过。昨天我听'丸宫'的人说,他们有好几单预订被取消了。"

"果然还是受影响了啊!"

"这次不知道要持续多久。接下来的两周,不,没准儿是一个月,都不会有好转,真糟糕!"陶艺店店主说完便提着垃圾袋走开了。

原口叹了口气。丸宫是这一带规模最大的日式旅馆,通过他们的订单取消数量可以大致预测本地营业额的降幅。

原口来到店旁的停车场。那里停着一辆旧卡车,车身上"原口商店"四个字已经褪色,但现在他没有余力重新喷涂。

他把卡车开到店门口,开始搬运今天要配送的酒。除了给旅馆配送,还得去居酒屋和餐馆。平时要送十多家,今天却只有三家,而且每家的订单量都不多,车后的货厢显得空空荡荡。

送货的过程让他倍受打击。几乎所有店家都表示,明天开始不打算订货了。

"我们也是没办法,游客不来啊!光靠本地人,订了酒也卖不出去。"马上就要六十大寿的居酒屋老板满怀歉意地说,"唉,我也不知道这店能撑到什么时候。今年要是做不下去,只好关张。我和老伴也聊过了。"

原口只能默默点头。现在不管去哪儿,听到的说法都差不多,不再有人说"生意还不错"这样的话了。

这个冬天,一切都变了。不光是这里,整个日本,不,整个世界都发生了巨变。这自然是疫情造成的。

在大城市的繁华街区,许多餐饮店已经倒闭。在银座经营了几十年的老牌高级俱乐部也相继关张。就算是疫情不严重的地方也不能幸免,靠旅游业拉动经济的地区更受打击。

这座小镇人口本就不多,几乎所有餐饮店的营收大半都依赖游客。疫情阻断了这里与外界的往来,每家店铺的营业额大幅下滑。即使政府宣布解除紧急状态之后,情况也没有太大改观。

据说特效药已经有了,疫苗也正在研发,但大家都悲观地认为,昔日的热闹景象不会再有了。至少在这座小镇是这样,原口想。

或许偶尔还会一现昨日生机。比如上个月,小镇就迎来了不少游客,酒店、旅馆周末都是客满。为了给客户补货,原口每天都要去餐饮店送酒。每家店都活力满满,老板和店员高兴,客人也都非常开心。

然而，人们意识到这样的日子不会持续太久，也越来越习惯于去适应。如果哪天东京都知事称"经确认，东京的疫情正在不断加重"，那么第二天，当地政府的宣传车便会在小镇的街道上穿梭，用喇叭高声提醒人们：没有紧急情况，不要前往首都。

到时，人们又会做好准备。不仅从小镇去首都的人少了，从首都来这里游玩的人也会减少，店铺的营业额自然随之下降。几个月以来，类似情况已反复上演。

就在一周前，东京再次发布通告，表示"疫情有扩大的苗头"。用天气预报作比，相当于黄色预警级别，可能很快会上调至红色预警。这一点早已人尽皆知。

一些在东京上学的大学生赶在春假前回了老家。继续留在东京，恐怕连家都回不成。在东京工作的人不少也带着家人回乡探亲。过去一年里，远程办公大受推广。很多人认为，既然不必去公司上班，当然还是回到低风险、管控更为宽松的老家生活更好。

送完货，原口没有立即回店，而是开着货车在居民区转了转。驶离主干道后，道路渐渐变窄。等红灯时，他看到路旁有一块被丢弃的广告牌，夺人眼球的宣传画旁边，写着"幻脑迷宫屋将于明年五月开业！"。文字旁边破了个大洞，像是被人一脚踹烂的。期望越大，失望越大。

原口把货车停在一栋房子前，这个地方他再熟悉不过。或许也因为打小就常来，他并没有觉察到什么特别的变化。现在仔细打量，他才发现这栋房子已经相当有年头了。

下车前，他拿出手机，从通讯录中找到"神尾"这个姓氏，拨出了电话。拨号音响了几声，一直无人接听。挂断电话，原口有些纳闷。他把手机放回口袋，开门下车。

院门上挂着写有"神尾"的名牌，对讲机在名牌下方。原口按下按钮，没人回应。他又试着按了一下，还是没有动静。

奇怪，难道出门了吗？他犹豫着打开院门，穿过院子来到玄关。大门应该上锁了吧？他一边想着一边转动门把手。

没想到门开了。看来有人在家。

"打扰了！"原口大声道，但只有他的声音在昏暗的走廊里回响。

"早上好！神尾老师，您在家吗？"

依旧无人应答，原口不知如何是好。老师是不是出了什么事？不会晕倒了吧？他左思右想，犹豫着该不该进屋看看。眼前的另一扇门紧闭着，他知道门后的起居室特别宽敞。

他想起这栋房子还有一个后院，便从玄关退出来，沿着房子外墙边的过道往里走。他记得有一次，和几个住在附近的同学聚在这个后院烧烤，当时他已经初中毕业五年多了。他从店里带了几瓶酒请大家喝，没想到大家觉得过意不去，纷纷拿出钱来。他想推辞，神尾老师却说："你就收下吧。你是做酒水生意的，朋友之间再亲密，也不能让你亏本啊。"原口觉得也有道理，便收下了钱。毕业这么多年，这个叫神尾英一的人仍能为他指明人生方向。

过道尽头就是后院。院落一角有棵小小的柿子树，树下和以前一样摆着花盆。但有个地方很是怪异：院里筑了一道围墙，隔开了后方邻居家的房子。眼下，原口站在后院里，看到围墙前堆着几个破破烂烂的瓦楞纸箱，像是掩盖着什么，怎么看也不像严谨的神尾老师会做的事。

原口战战兢兢地走近，两种思绪在他内心交战。他既想当作什么也没看见，原路返回，又觉得该去看看下面到底藏了什么。后者与其说是出于好奇，不如说是觉得自己有某种义务。

他伸手拉了一下最上面的纸箱，堆叠起来的纸箱便像塌方一样稀里哗啦地滑落在地，露出了藏在下方的秘密。

3

周一下午,真世刚走出公司,打算去看看厨房家具,手机就响了。来电显示是一个陌生号码,但她认出了老家的区号。

接通后,一个男人的声音传来:"请问是神尾真世女士吗?"

"是的……"

对方报上身份,是真世老家的辖区警察。他接着问道:"神尾英一先生是您父亲吧?"

"是的,我父亲怎么了?"

"很遗憾地通知您,今早有人发现他倒在家中,已确认身亡。"

真世脑海中一片空白,渐渐听不见对方的声音。

从东京站乘坐新干线约一小时,再换乘私铁特快列车继续颠簸近一个小时后,真世终于到达离老家最近的车站。从车站出来,她四下环顾——这里的支柱产业是旅游业,停车场十分宽敞,公交车和出租车的候客区也足够开阔,餐饮店和土特产商店鳞次栉比。然而,如今一眼就能看出,生意并不好。

虽说这是个观光小镇,其实景点并不多。古寺是最有代表性的景点，除此之外，这里只是个再平凡不过的温泉度假地。又到梅花和樱花相继绽放的季节了，每年这个时候都有许多老年游客来赏花，很是热闹。今年将会如何呢？当地居民一定忧心忡忡。

听说这里和日本，不，是和全世界的旅游胜地一样，去年受到疫情重创。从春天到初夏，旅游业几乎瘫痪。去年秋天起，游客虽逐渐回流，客流量仍不及旺季的三分之一。

真世看到一辆出租车停在前面，头发花白的司机正在车里打盹。她敲了敲窗户，司机迷迷糊糊地打开了后座的车门。

"不好意思，能开一下后备厢吗？"真世带了一个大行李箱，因为不确定什么时候能回东京，她只好往箱子里塞满了换洗衣物。

上车后，真世告诉司机目的地。

司机听到要去警察局，有些诧异。行驶一会儿之后，他似乎还是抑制不住好奇心，问道："您是从哪里来的？"

"东京。"真世故作冷淡地回答。

"所以您这是回老家？"

"对。"

"也是，毕竟疫情又开始扩散了嘛。"司机一副了然的样子，但应该还是很在意真世为什么要去警察局。真世有些心烦意乱，不知如何应付司机的追问，幸好他没有继续打听。

真世从双肩包里拿出平板电脑，打开文档，记录下今天的日期和警察来电的时间。

听到英一身亡的消息，真世的脑中一片混乱，一时无法思考。"到底发生了什么，应该问个清楚"——正是这个想法让她勉强恢复了理智。她赶紧从包中拿出记事本和笔，记下了对方的话。由于太过慌张，很多地方她都没听懂，只好不停地提问，好在对方逐一耐心解答。

在车上翻阅记事本时，真世觉得字迹太潦草了，之后恐怕自己都看不懂。她将笔记重新整理在电脑文档里，分条列出如下内容：

三月八日上午十点左右有人发现遗体并报警
·地点：神尾英一家中
·报警人：神尾家的访客（男，神尾英一曾经的学生，姓名不详）
·确认时间：上午十点二十五分
·死者身份：神尾英一
·死亡时间：未知
·死因：未知（疑似凶杀）
·近亲：根据固定电话的记录推测

事情经过为，今天上午，一名男子到英一家拜访时发现了遗体并报警。随后赶到的警察对遗体进行了辨认，尚无法确定死亡时间和死因。但从尸体的外观和状态来看，疑似一起凶杀案，于是警察着手侦查。死者是独居老人，需要联系近亲，正好家中的固定电话录有真世的号码，警察便给她打了电话。

上门拜访的人似乎是英一退休前教过的学生，不过来电的警察不清楚对方的姓名。之后到警察局问一下应该就知道了，真世想，说不定报警的是自己的同学。英一虽然深受学生敬重，也不至于常有毕业生来家里做客。这次有人拜访，也许是因为同学聚会。

她收回平板电脑，看看窗外。天色已近昏暗，四周都是小山丘。狭窄的公路连中心线都没有，两旁的民居一家挨着一家，醒目的停车场标记到处可见。在这里，没有汽车就无法生活，有好几辆汽车的人家不在少数。

明明是自己熟悉的地方，真世却感觉身处异乡，可能是因为没有体会到乡情。她不曾想过，自己竟会在这样的情况下回来。

来电的警察说，虽然死者身份已经查清，最好还是亲人当场确认一下，真世便说她尽快赶回去，可能晚上才能赶到。

挂了电话，真世立即返回公司，向上司说明情况。平时总挂着不明所以的笑容的上司，听闻此事后也满脸惊诧。

真世先请了第二天到周五的假，但也许她一段时间内都不能回公司。她联系了客户和相关部门，尽可能错开了安排，或者请人代替自己。能远程办公的事务，她都带回家处理。

坐新干线之前，真世给已经下班的健太打了电话。当听到真世说"父亲死了，可能是凶杀"，他一时不知该如何回应。

"详细情况我也不了解。我现在去找警察，弄清后再跟你联系。"

"知道了。"未婚夫用像是挤出来的声音说道，"有什么我能做的你就说。需要的话，我也可以请假。"

"谢谢。有事我会找你商量的。"真世说完便挂了电话。她想，什么情况下会需要他的帮助呢？他们还没有结婚，如果她被卷入杀人案，只怕连婚礼也无从谈起。

真世一直忙着做各种准备，没有精力思考已经发生的事，但在出租车里眺望故乡景色时，她渐渐感到了事态的严重性。

车很快抵达了警察局。

真世拉着行李箱向正门走去。警察局是一栋三层的老建筑，但并不森严可怕，要不是空旷的停车场上停着一排排警车，可能会被误以为是文化馆之类的地方。真世是第一次到这里来。

入口处站着一位身穿制服的年轻警察，真世试着上前说了一下原委，担心警察可能不太了解情况。没想到他点了点头。

"案情我听说了,这边请。"

让真世惊讶的是,这位警察竟然特地领她过去。东京的警察就不会这样。果然小地方有小地方的人情味。

警察去接待处交代了几句,然后回到真世身边。"请您在这边稍候,负责人马上就来。"

"好的。"

真世在等候室陈旧的小沙发上坐定。不一会儿,一名中年男子迈着大步走了过来。他个头不高,但身材健硕,气场十足。

"请问,您是神尾英一的……"

"女儿。"真世站了起来。

男子收了收下巴,调整好呼吸,对真世说:"我知道您心中一定很悲伤,请节哀。"

"请问……我父亲的遗体在这里吗?"

"是的,这就带您过去,这边请。"

男子迈开步子,真世跟在他身后。

他一边走,一边自我介绍。他是刑事科的组长,姓柿谷,并不是打电话给真世的警察。

太平间在地下,如仓库一样冰冷,正中间放着一张床,英一的遗体就安置在那里。遗体脸上蒙着一块白布,旁边放着一副圆框眼镜。退休前,这副圆框眼镜正是英一的标志。

"请问,我父亲的脸上有什么异常吗?"

如果父亲的脸上有惨不忍睹的伤疤,真世掀开那块白布时得做好心理准备。

"脸部吗?没有什么,布是我盖上的,只是觉得这样妥当一些。眼镜是在现场的地上发现的。"

"好的……"

真世慢慢走过去，小心翼翼地掀开父亲脸上的白布。柿谷说得没错，白布下的那张脸并无异常，只是一张双眼紧闭、像睡着了一样的老人的脸。看到这张脸，真世一瞬间觉得这是别人而不是英一。父亲是这样的长相吗？很快她意识到，之所以有这样的感觉，是因为这张脸上没有一丝表情。平日里英一表情总是很丰富，眼前的这张脸却像一张传统能乐的面具，读不出任何东西。

"确认得如何？"身后的柿谷问道。

"是我父亲没错。"答完这句话，真世感到一股热流涌上胸口。

承认这具尸体是英一，让她真切地意识到自己失去了至亲。她的面颊一下子烫起来，泪水夺眶而出。她想从包里拿出手帕，但已经来不及，大颗大颗的泪珠啪嗒啪嗒地掉在地板上。

真世摸了摸英一的脸，冰冷又生硬的触感令她更加绝望。她闭上眼睛，回想和父亲见的最后一面是什么时候，都说了些什么。但再怎么追忆，想起来的只有久远的过去。

几次深呼吸后，真世才掏出手帕擦了擦眼泪。她回头问柿谷："我父亲到底出了什么事？"这是她最想知道的。

"之后将向您说明。我们也有些事想跟您确认，现在可以占用一下您的时间吗？"

"没关系，我正是为这个来的。"

"好的，那我们换个地方吧。"柿谷打开太平间的门。

她被带到一间小会议室，柿谷说了声"请稍等"就出去了。几分钟后门再次打开，柿谷走进来，身后还跟着几名男子，其中一个人的制服样式比较特殊，看起来身居高位。每个人都神色凝重。

柿谷在真世对面坐下，手里拿着一份 A4 大小的文件。

"在我讲述案情之前，可否请您告诉我们，从前天早上到今天早上，您都做了什么？"

真世有些发懵，没能立刻听明白对方的问题。"您问做了什么，指的是谁？我吗？"

"对。"

"为什么要问这个问题？"

"麻烦了。"柿谷两手撑在桌上，低头鞠了一躬，"我们认为这是一起极其重大的案件，将会大范围地展开侦查，所有和您父亲有关的人，我们都将一一排查，无一例外。我们知道您突然痛失父亲，还没有做好准备，但仍要对您提问，请多多谅解。"

真世扫了一眼其他人。所有人都沉痛地低着头。这让她再次感到事态的不寻常，警方也很紧张。

"我明白了。"真世答道，"前天我一直待在家里，打扫卫生、洗衣服。昨天上午我和未婚夫忙着筹办婚礼、和婚礼会场的工作人员见面，跑了不少地方。相关负责人和他们的联络方式我都有，您可以直接确认。之后我们一起看电影，吃了饭。我的未婚夫叫中条健太，当晚他十点半左右回到家，今早照常上班。就这些。"

"谢谢您的配合。稍后请将各处的联系方式告诉我们。"

"没问题。"

"麻烦您了。前天您是一个人待在家中吗？"

"没错。"

"一天都没有出门？比如出去吃个饭之类的？"

"我没有离开过房间，晚上点了附近店家的外卖。"

"店名是什么？几点叫的外卖？"

"一家叫'南风亭'的西餐厅，大概七点左右吧。"

"您是这家店的常客吗？"

"以前常去店里吃饭，疫情爆发之后，他们开始提供外卖服务，所以我有时会点他们的外卖。"

"那您和送餐员也认识吗？"

"是的。"

"明白了。请再说一遍店名？"

"南风亭。"真世边说边解释店名的写法。

柿谷将视线投向手中的文件。"接下来我简要说明一下案情。您认识神尾英一的学生、一名叫 Haraguchi 的男子吗？"

听到"Haraguchi"这个名字，真世很快想到了原口。原口家里是开酒水商店的，他初中时调皮捣蛋的身影顿时浮现眼前。

"我有一个同学，叫原口浩介……也可能是叫浩平。"

柿谷点点头，看起来很满意。"是浩平。今天上午去拜访神尾英一的就是他。他说，他是为了筹办同学聚会的事去找老师。结果昨天白天和晚上给神尾英一打电话，都无人接听，今天一大早也是一样。他放心不下，就去了神尾英一家里。"

柿谷继续往下讲。原口按了对讲机，却无人应答。他以为家里没人，推了推玄关的大门，发现门竟然没有上锁。他向里屋打了声招呼，也没人回应。他觉得未经允许就进屋不太好，但又想看看情况，于是转到了后院。他见到院子的角落里有几个纸箱叠放在一起，像是在遮掩什么，便试着移开纸箱。结果看到纸箱下面藏着一个人，是一具尸体。他还没来得及确认尸体是否是神尾英一，当场就报了警。

"随后的情况我想您已经知道了。警察赶到后，确认地上的人已经死亡，同时根据原口先生的证词和尸体身上的驾照等证件判断，死者是神尾英一。为了查找家人的联络方式，我们进入屋内侦查，发现固定电话上录有名为真世的号码。原口先生说这是神尾英一的女儿。"柿谷抬起头，"到这里为止，您有什么问题吗？"

"我父亲……"刚开口，真世的嗓子就哑了。她清了清嗓子，重新问道:"我父亲是被谋杀的吗?"

柿谷看了看旁边上司模样的人,然后把目光转回真世身上。"这种可能性很大。"

"他是怎么被杀的呢?刚才确认遗体的时候,我没有看出来。"

"关于这点,"柿谷又看了眼上司,摇了摇头,"现在还不清楚。接下来要进行司法解剖,结果出来之前,我们不能随便发表意见。"

"是被刀或别的什么刺死的吗?"

"对不起,这个问题无法回答。"

"或者被人殴打?"

柿谷沉默不语。

"刚才你们还在确认我的不在场证明,说明嫌疑人还没有抓到?"

"是的,"柿谷答道,"侦查才刚刚开始。"

"线索呢?有目标了吗?"

"真世女士,"柿谷刚要说话,就被一个声音打断了,看起来职位最高的那个人看着真世,"这些事情就交给我们处理吧。无论如何,我们都会把凶手抓捕归案。"

"可是,稍微透露一些……"

透露一些细节还是可以的吧——真世把快要脱口而出的话咽了下去。对警察而言,将细节告知遗属,于侦查并无帮助。

"我们能问您一个问题吗?"柿谷问。

"可以。"

"您有没有什么线索?比如,您父亲和谁意见不合,或是遇上了什么麻烦事?"

"完全想不出来。"真世立即否认。

"再好好想一想?"

真世慢慢地摇了摇头。"我赶回来的路上一直在想这个问题。

我做梦也想不到父亲会遭此横祸。我想过,就算父亲本身毫无过错,也有可能遭人记恨,但究竟是怎么回事,我毫无头绪。我只能想到,也许这是一起不择对象、临时起意的凶杀案。"

她控制着情绪说完这番话,再次看向柿谷。这位刑警频频眨眼,微微点头。"您说的我都明白了。那我换个问题,神尾英一先生的家,也就是您老家的房子里,有没有非常贵重或稀有的物品?换句话说,有没有容易遭到盗窃的物品?"

真世瞪大了眼睛。"您是说,可能是盗贼所为?"

"我们在考虑这种可能性。您觉得呢?"

看来家里的确有外人闯入的痕迹。柿谷说在屋内进行了搜查,从固定电话里找到了自己的联系方式。如果房子是上锁状态,警察也不会轻易进入。想到可能有人进屋抢劫,真世的心情愈发灰暗。"我想不到。至少我没在家里见过那样的东西。"

"那可否请您前去检查一下?"

"可以啊,现在就去吗?"

"现在不早了,明天上午怎么样?"

"没问题,我直接过去?"

"不,我们会去接您。今晚的住宿安排好了吗?"

"嗯,我住在一家日式旅馆,名叫丸宫。"真世白天接到电话时,警察说暂时需要保护现场,她便匆忙预订了房间。

"住在丸宫?好的。"柿谷做好笔记,抬起脸,"请问一下,关于神尾英一先生上周末的安排,您有了解吗?知不知道他要去什么地方,打算见什么人?"

"没有听说什么特别的事,最近和父亲联系得也不多。"

"是吗……"柿谷又看了一眼身边的上司。这个问题,莫非有什么重大的含义?

接着他问真世最后一次和英一见面是何时、聊了些什么。真世回答，应该是上次回家探亲的时候，但聊天内容已经记不清了。

最后，警方让真世办了一系列手续——同意调查英一的手机、上交他的居民卡和户籍副本等。真世对曝光父亲的隐私有些抵触，但为了配合侦查也没办法。

真世离开警察局时，已是晚上七点多。柿谷把她送到门口，帮她打电话叫了出租车。车子预约成功后，柿谷一边把手机放回口袋，一边低头致歉。

"累坏了吧？真抱歉，让这么多人围着您。小镇很少发生凶杀案，局长他们也很紧张。"

原来刚才那个人是局长。"没事。"真世简短答道。

"真的很遗憾。那么有声望的人惨遭杀害，实在是难以接受，我本人也从心底痛恨这个凶手。"

"痛恨吗？"真世又看了看柿谷的脸，"您认识我父亲？"

"是的。"他回答道，"我也是在镇上长大的。初中时，神尾老师教过我语文。"

"这样啊。"

"我们一定会抓住凶手，您放心。"

"谢谢，拜托你们了。"她道谢，心里宽慰了些。

出租车很快到了。离开警察局的那一瞬间，真世想起了和英一的最后一次对话。那天，她打电话告诉父亲婚礼当天的安排。挂电话之前，父亲说：

真世要当新娘了，要幸福哦！

4

听到闹铃声,真世睁开了眼。她摁了一下枕边的手机,关上闹钟。上午七点的强烈阳光透过窗帘缝隙射进屋内。

天终于亮了。

夜里她醒了好几次。每次醒来,窗外都是一片漆黑,她却怎么也睡不踏实。现在她也不是因为闹钟才醒的,神思早已清醒,只是没有力气起身,一直缩在被窝里。

她用力掀开被子,猛地坐起来。很久没在榻榻米上睡觉了,但这不是睡不好的原因。

她怎么也忘不了英一的脸。太平间里看到的父亲的遗容,在她脑海中挥之不去。英一健在时的身影、一家人一起度过的欢乐时光,也走马灯般地浮现眼前,真世每次想起,都无法抑制涌上心头的悲痛。她曾经天真地认为,父亲会一直身体健康,现在这想法令她讨厌自己。

她在卫生间洗了把脸。可能因为睡眠不足,脑袋昏昏沉沉的。镜中的自己没有黑眼圈,但明显精气神不足。她用两手拍打脸颊,刺激了一下自己。

旅馆提供早餐，真世虽然没什么胃口，还是决定去餐厅。今天大概会是漫长的一天，如果不吃点什么，身体会撑不住的。

她刚拿起手机，就收到了健太的短信。

"早！昨晚睡着了吗？要不要我赶过去？"

昨晚真世给健太打了电话，说了自己从警察那里了解到的情况。得知这很有可能是一起凶杀案，健太再次感到震惊。他应该很在意婚礼的事，但一直没有提，可能觉得眼下不是谈这个的时候。

真世想了一会儿，回复道："睡得不踏实，但精神还好。今天先去家里看看，我一个人可以的，不用担心。"在她心里，一方面希望健太能陪在身边，有个依靠；另一方面又觉得不能过于依赖他。健太有自己的事要做，两人也还没有结婚。

餐厅里没有其他客人。真世想到，昨晚起她就没见旅馆里有别的顾客，可能因为现在是工作日，也可能是因为疫情。

一个系着围裙的中年女人笑盈盈地同她打招呼："早上好。"真世昨晚办理入住手续时得知，这位女士是老板娘。

看样子可以随便入座。真世拣了一张靠窗的四人桌坐下来。

老板娘端来了一份和式早餐，主菜是烤鱼。看到配菜萝卜泥，真世有了点食欲。她双手合十，低声说了句"我开动了"，拿起了一次性筷子。

喝下一口香气扑鼻的味噌汤，她感觉浑身的细胞都被唤醒了。烤鱼也很鲜美。她想，如果这只是一次单人旅行，该多么幸福啊。

吃到一半的时候，她注意到墙上的海报。海报上，一个强悍的小伙子正在攀登绝壁。真世对这个角色很熟悉，那是一部人气漫画的主人公。海报上写着"幻脑迷宫屋即将筹建！明年五月开业"。真世想起之前好像的确看见过相关的新闻。

正想着，老板娘问了声："您是来这里出差？"她走过来，端起茶壶，往真世的茶杯里添了些茶。

"算是吧。"她含糊其辞，担心如果回答说这里就是自己的老家，会被问这问那的。

"真够辛苦的，这时候出差……"老板娘可能想说，偏偏在疫情爆发的时候出差。她指了指海报，说："这个，您听说过吗？"

"听说过，是《幻脑迷宫》吧。"简称"幻宫"。现在的年轻人，遇到长一点的名称，都喜欢简化。

"这张海报其实早该揭掉了，因为开业计划已经泡汤。就是总有些不甘心。"老板娘说。

"海报上写明年五月要开业呢。"

老板娘苦笑。"海报是去年年初贴的，开业时间指的是今年五月。去年做梦也没想到会爆发疫情。"

"我记得这个项目是想再现《幻脑迷宫》里的空间场景，对吧？"

"对。"老板娘点了点头，"其实啊，这部动画的原作者就是本地人哦。"

"啊，是吗？"真世假装是第一次听说。

"主人公居住的小镇，原型就是这一带。原本打算在这里建一座主人公的房子。海报上也写着呢，就叫'幻脑迷宫屋'。"

"就是零文字阿兹玛长眠的房子吧。"真世说出了主人公的名字。

"没错。"老板娘满意地眯起了眼，"您也喜欢《幻脑迷宫》？"

"碰巧读过。"

老板娘有些诧异地瞪大了眼睛。"您是说读过漫画原著吗？女性读者还真不多！"

"所以说，我也是碰巧读了。"

"这样啊。漫画刚出的时候，我都没听说过。后来孩子们迷上了同名动画片，我就问他们为什么这么喜欢，他们说，故事好看啊，而且漫画原型就是咱们的小镇。我也就跟着看起来。我看到很多自己熟悉的地方出现在动画片里，别提多开心了，虽然小镇的场景每次都只是一晃而过。"

"因为主要场景是迷宫嘛。"

"那个构思真了不起，每看一次，佩服一次！漫画家怎么会有这么多稀奇古怪的想法？"老板娘一边打量着海报，一边长叹道，"要是没有这次可恶的疫情，现在应该正是热闹的时候呢。"

"幻脑迷宫屋的项目是什么时候取消的？"

"去年六月份左右。在那之前就有传闻说可能要取消。那时候也不知道一年后疫情的走向，就算控制住了疫情，也无法预估客流量。假设真有很多动画迷蜂拥而至，又出事了怎么办。不管是哪种情形，都不太乐观。"

老板娘的话并不让人意外。毕竟，东京奥运会延期，迪士尼乐园也在很长一段时间内暂停开放。想要幻脑迷宫屋一年后如期开业，确实不太实际。

真世说："应该有很多人盼着呢，真是太遗憾了。"这倒不是客套话，是她打心底的想法。

老板娘点点头，皱起了眉。"遗憾倒也没什么，问题是很多人都亏大了。"

"是吗？"

"可不是！这个项目原本就不是某一家企业在运营，而是为了振兴小镇提出的，本地人应该没少出资。我听说，有人为了筹款，把祖传的土地都卖了。工程都已经推进到七成左右，最后却取消了，投下去的钱全打了水漂。"

"原来发生了这么多事……"

小镇是自己的家乡，真世对这些事却一无所知。英一应该是知道的，他可能觉得和远在东京工作的女儿讲这些也没什么用。

老板娘抬头看了看墙上的钟，连忙摆了摆手。"对不起，拉着您聊这些有的没的。"

"没事。"

"您慢用。要加茶的话，请随时叫我。"老板娘迈着轻盈的步伐走开了。

真世再次看向海报，注意到上面"钉宫克树著"的字样。在她记忆的一角，还留有钉宫瘦弱矮小、总爱低头走路的身影。二年级的时候，她和钉宫就是同学。谁会想到，那个不起眼的小男孩日后竟会成为漫画家，创作出热销全日本的作品？人的未来到底会怎样，还真难说。

想到这里，真世又想起津久见直也。他生前和钉宫克树交好，两人总在一起。津久见病倒前，一直是拿主意的人。真世还记得，钉宫被人背地里说成"津久见身上的吸盘鱼"。

听桃子说，这次同学聚会要给津久见开追思会。也许正因如此，本应忙得不可开交的钉宫才愿意参加吧。

吃完饭，真世回到房间化妆，柿谷正好打来电话，问真世一小时后出发是否方便。真世说可以。随后，她用内线电话打给前台续房。今天应该还回不了东京。

差不多准备妥当时，柿谷再次打来电话，说他已经到旅馆了。

真世连忙走出旅馆，看见路边停着一辆轿车，旁边站着两个人，柿谷身边还有一名年轻男子，两人都穿着西装。真世以为会来一辆警车，不过仔细想想，警车也太引人注意了。

真世和柿谷一同坐在后座。年轻人看来是司机。

"心里稍微平静些了吗?"车子刚开动,柿谷就问。

"嗯,好些了。"

"我非常理解您悲痛的心情,但还是希望您能协助调查,以便我们尽早将凶手缉拿归案。"

"我明白,还要请您多多费心。"

"真不好意思,那我就直奔主题了。离开警察局后,您有没有想起什么?再琐碎的小事都可以。"

"昨晚我的确想了很多,不过……"

"没什么线索?"

"抱歉……"

"不用道歉,这种情形很常见。"

"嗯。"真世点头,琢磨着柿谷这句话的真正含义。"这种情形"指的是什么?是指毫无缘由地惨遭杀害,还是指其实存在家人没有注意到的杀人动机?

真世觉得柿谷说的是后者。他一定认为,在东京上班的女儿,不可能对在家乡生活的父亲了如指掌。

遗憾的是,她并不能否认这一点。自从考上东京的大学,她就几乎没有回过家,毕业后直接留在了东京。回家探亲最多也只是每年一次或两次,而且大多只住一晚。就连"父亲最近对什么感兴趣"这样的问题,她也答不上来。

不过,早在真世离家之前,她和父亲的关系就已经是这样了。她不记得自己关心过父亲在做什么。不,准确来说,她是故意不去关心。这绝非讨厌父亲。真世喜欢父亲,也尊敬父亲。只是彼此都有意地不过多干涉对方的生活。

在当地,神尾家是教书世家。真世的曾祖父是社会科老师,祖父是英语老师。英一从未考虑过从事教师以外的职业,挑选大学专业时,也只在英美文学、日本文学和中国文学之间犹豫。但不管选择哪个专业,他都认为古典文学是人类真理的宝库,是教授孩子为人之道的指南。最终,他选择了日本文学,原因很简单,"教的人和学的人都是日本人"。

真世懂事时,英一在当地已经家喻户晓。不少人家从真世的曾祖父和祖父辈就开始和她家交好,英一又是一心扑在教育上的好老师,因此在当地非常有名。真世曾多次听人们谈论,英一常对有问题的学生关照有加,或者说,正因为学生有问题,英一才更像亲人一样帮助他们。他甚至曾站在学生一边,向校方提出抗议。

从小学开始,真世就被喊作"神尾老师的女儿"。那时她并没有觉得不舒服,因为每次被这样称呼,人们都会加上一句赞扬英一的话。没有人会因为父亲受表扬而不开心。

可升入初中后,情况就不一样了。学生很少,只有两个班。上课的时候,她一看到父亲站在讲台上,心里就有些别扭,一直低着头。

她终于知道,神尾英一不只是一个为人和善、与学生走得很近的老师,同时也十分严厉——对不认真的学生,他不会纵容任何一个细小的违规行为。这些对一个老师来说是理所当然的,却是真世从未了解的另一面。

一天放学回家,她看到有同学在游戏厅玩。其中一个察觉到真世的目光,凑到大家耳边说了些什么。真世当时就有一种不好的预感。几天后,她的担忧果然变成了现实。打游戏的同学被叫到老师的办公室,受到批评。是小镇上别的人向学校举报,可是那几个同学都不信,猜测是真世向英一告的状。流言就这样传开了。从那天起,一些同学开始疏远她。

不过学校里也不全是烦心事，也有不少学生非常尊重英一，他们和真世在一起时，跟他们与其他同学相处时一样放松。

但要说初中的日子不让人窒息，那是骗人的。考虑到英一的身份，真世不能违反校规，还要避免其他老师的批评；既要考出较好的成绩，又不能让自己太显眼，更不能对学校有怨言。沉默又低调的优等生——这就是真世初中时必须扮演的角色。

当然，和在家里一样，她和英一在学校也保持着距离。想必英一也感受到了，能够理解女儿的郁结与疏远。在家时，他没有刻意强调父女的关系，也从来不做带有说教色彩的事，而是把已是初中生的女儿当大人看待。

真世升入高中后，这种关系也没有改变。对英一来说，如果让他突然在真世面前摆出父亲的姿态，他会觉得抵触。真世也做不到现在才开始对父亲撒娇。时至今日，两人都没有更加亲近。

因此，真世可以说是对英一一无所知。即使父亲遇害，她也无法向警察提供更多可供参考的线索。

5

车停在了真世熟悉的地方。她看到家门外的那条路上还停着几辆巡逻车和警用面包车。神尾家的房前站着两个穿制服的警察。

下车后,真世看着自己出生、长大的家,深吸了一口气。这栋被绿篱围起来的传统日式房屋是祖父建造的,每隔几年就会进行一次外墙和屋顶的维修,如今很多地方都是和洋混搭的风格。真世好久没有这样细细打量自己的家了,作为建筑师,她觉得这栋房子自有一番难以描摹的韵味。

巡逻车和面包车的门开了,穿西装的男子一个接一个从车里走出来,清一色地戴着口罩。这场景本该令人毛骨悚然,但大家早已司空见惯。

一名男子走到真世面前。他没戴口罩,眯缝着狐狸般细长的眼睛盯着真世,向柿谷道:"这位是被害人的女儿?"

"对,这位是神尾真世女士。"柿谷答道,转而对真世介绍说,"这些同僚是县警本部派来支援的。"

"啊……好的。"真世不知道该怎么和他们打招呼才好。

"你在这里住多久了?"狐狸眼男子也不做自我介绍,上来就问话，语气冷淡。真世在心里给他取了个绰号——狐狸大叔。

"从小住到约十二年前。"真世在这里住到了高中毕业，但她觉得没必要透露年龄。

"那之后你多久回一次家？只有盂兰盆节和正月才回来吗？"

"差不多是的。"

狐狸大叔毫不掩饰地皱起了眉头。"那你对家里的情况不算太了解吧？比如财产之类。"

听到这么冒昧的问题，真世强忍着心里的不快。"我完全不清楚。这一点我昨天也说过了。"说完，她看了一下柿谷。

狐狸大叔轻哼一声，伸手挠挠眉间，叹了口气。"好吧，但还是请你先看一下，也许会想起些什么。"说完，他看了看真世的手，扭头对像是下属的那几个人说："哎，谁借副手套给她？"

"我有。"柿谷从西服口袋里掏出一副白手套。

真世接过来戴在手上。这样一个简单的动作，让她明确感受到，自己将要进入犯罪现场。

"请跟我来。"柿谷先进了院子。

自己从小到大住的地方，还要由别人带路吗？真世跟在柿谷后面，觉得很不自在。狐狸大叔与其他人紧随身后。

柿谷打开玄关的门，对真世说了声"请进"。

进入玄关的一瞬间，真世隐约闻到了樟脑的香气。这是一种驱虫剂的气味，用于保护书籍。每次闻到这股气味，都让真世不由得想起过去的时光，今天却有一股悲伤漫上心头。

柿谷穿过走廊，打开了一扇门。这里原本是起居室，英一后来把它用作了书房。

真世从门口向屋内一看，怔住了。地板上散落着各种各样的东西，让人无法下脚。文件、纸袋、眼镜、手表、书写工具、药品、CD、DVD、盒式磁带、录像带，一片杂乱无章。

"天啊！"真世小声惊叹。

"我想这用不着问了，"柿谷在旁边说，"这不是正常状态吧？我的意思是，这个房间平时应该不是这么乱糟糟的吧？"

"当然不是，不可能这么乱。我父亲很爱干净，东西总是收拾得很整齐，什么东西放在哪里都有讲究，很少会有东西拿出来后不加收拾、胡乱堆放的情形。"

"我就说，我印象中的神尾老师也是这样。"

真世小心翼翼地走进房间。起居室约有二十叠，茶几、沙发、书桌以恰到好处的间隔摆放。不过这里最大的特色是占了整整一面墙的书架。书架是祖父建房子时定做的，高度直达天花板。最上层码放着祖父收藏的英美文学书籍，往下以英一的藏书为主，多是日本文学。与学校相关的文档按年限分了类，整齐地摆放在边上，反映出主人的严谨。书架中层到下层装有门，大多敞着。如今好几个架子已经空了。

狐狸大叔两手插在衣兜里，走到书架旁。"堆在地上的东西，原本都是收在这里面的吧，"他转过身来问真世，"对吗？"

"应该是的，我也不是很清楚。"

带门的那几段搁架上摆放的是书籍以外的东西，主要是英一的唱片、影碟。除了文学，他对音乐和电影也颇有品位。

"有没有丢什么东西？特别是一些贵重物品，或者被害人珍视的物品。"狐狸大叔问。

真世看了看书架，又看了看地板上散落的东西，慢慢地摇了摇头说道："老实说，我真不知道。哪个架子上放了什么，我也不是很清楚。昨天说过，我没听说家里有什么特别贵重的物品。"

"也不可能完全没有吧？你还住在这里的时候，肯定看到过你父亲整理东西，有没有一个代替保险箱的地方？"

"代替保险箱的地方？那就是……"真世走近书桌，见书桌的抽屉被拉开，里面的东西被倾倒在地上，其中有两本存折。

"果然，重要的东西都放在这个抽屉里了。"真世刚想把存折捡起来，狐狸大叔突然高声吼道："别碰！"吓得她缩回了手。

"抱歉，"狐狸大叔冷冷地说，"请不要乱碰现场的东西。存折我们也注意到了，除此之外，还有其他贵重物品吗？首饰之类的。"

"首饰……"

"我听说你母亲已经过世了，她没有留下首饰、戒指之类的东西？"

"有是有，但都在我这儿呢。"

"在你那儿？"

"母亲去世后，父亲都交给我了。他说自己拿着也没用，母亲本来也打算留给我。"真世接着说，"那些东西更多寄托的是对家人的想念，本身并不值钱，至少我觉得没有贵重到引人进屋盗窃的地步。"

"明白了。"狐狸大叔满脸认同地点点头，看得出他原本就没对真世抱什么期待。

"非要说有什么贵重物品的话，"真世抬头看了看书架，"那就是书吧。"

"书？"

"祖父和父亲都研究文学，收集了很多日本及海外从古到今的书籍，当中可能有一些是珍稀善本。"

"这样吗？"狐狸大叔看着书架，一脸不感兴趣的样子，"不过，书架没有被乱翻过的痕迹。看来凶手对书并不感兴趣。"

"确实……"

真世把目光从书架移开。这时，外面传来喧哗声。"你是谁？要干什么？警方正在勘查现场，请不要随便闯入……"

"随便闯入的到底是谁？谁让你们进去的？"真世听到了反驳声。她吓了一跳，听出了声音的主人是谁。但他怎么会——

狐狸大叔皱起眉头，看向走廊。"怎么了？"

"有个男子说他是这栋房子的住户……"下属答道。

"住户？"

"别挡路，让我进去。为什么有这么多人聚在这里？你们这帮家伙都有病毒抗体了？"男子傲慢地说着，推开刑警走进屋内。

同记忆中一样，他又高又瘦，一头齐肩的自来卷，一嘴邋遢胡须，身上披着一件户外夹克，一看就有些年头了。

"你是谁？"狐狸大叔问。

"打听别人的姓名之前要先自报家门，这是最起码的礼貌，但我不和你计较这些了。刚才我就跟那些笨蛋说过好几遍，我是这里的住户。要是觉得我撒谎，那就去问镇政府，或者你们认为可靠的任何地方，请便。"男子语速飞快，但口齿清晰，真世记得他从前也是这样。也不知道这是他天生的，还是后天养成的。

"啊！"真世身旁的柿谷惊呼，"您该不会是……"

狐狸大叔满脸诧异地看向柿谷。

"今天早上，我让手下人查了一下这栋房子的居民登记卡，发现除了被害人之外，确实还登记了另一个人。"柿谷从制服里兜掏出笔记本，"您是神尾英一先生的弟弟，神尾武史先生？"

身穿户外夹克的人——真世的叔叔神尾武史不满地撇着嘴，转身对柿谷说："既然都查到了，为什么不提前跟门口那些笨蛋讲清楚？白费我半天口舌。"

"没想到您今天会回来……"

"什么时候回自己家是我的自由吧?而且你们根本无权随意闯入我们家,赶紧走吧。"武史指了指大门。

狐狸大叔瞪着这个突然闯进来的人,左手从西服内侧掏出手机,右手飞速点了几下,把手机举到耳边打起了电话。

"是我。有个情况帮我核实一下。你手边有神尾家的居民卡吗……对,听说上面不只登记了被害人,还有其他人……名字是……怎么写……知道了。"打完电话,他把手机放回内侧口袋。

武史说:"看来是确认好了?"

"你有身份证件吗?驾照之类的。"

"你还不信?"

"保险起见。"

"不好意思,"真世开口说道,"没错的,他的确是我的……"

叔叔——她本想说完,但武史向她伸出左手,阻止了她。他从工装裤裤兜里掏出钱包,抽出了驾照。

"看清楚了。"他边说边把驾照递给狐狸大叔。

就在狐狸大叔接过驾照的一刹那,武史的左手快如闪电地伸到对方上衣内侧,从他怀里掏出了一样东西——一本黑色的警察证。

"喂!你要干什么?"狐狸大叔稍稍睁大了他的眯缝眼。

"我都出示证件了,你不出示岂不是很不公平?"武史打开手里的证件。"哼,原来是木暮警部[①]。可惜啊,真世,如果是目暮警部[②],那还指望得上。"他把警察证给真世看。在狐狸大叔的正面照下面,写着他的名字"木暮大介"。

"还给我!"木暮吼道。

[①] 日本警察的警衔由上向下分为警视总监、警视监、警视长、警视正、警视、警部、警部补、巡查部长、巡查。在非正式场合,对资历较老的巡查也会称"巡查长"。
[②] 日本漫画《名侦探柯南》中的人物。

"你不说我也会还你。我的身份你确认好了?"

木暮看了一眼他的驾照,脸上写满"受够了"三个字,把驾照还给了武史。

武史带着意味深长的微笑靠近木暮,把警察证放回他左胸口的内兜,然后接过自己的驾照。

"我再问一遍,你们闯进别人家里是想干什么?"他边说边把放了驾照的钱包揣进兜里。

木暮欲言又止,对真世说:"你给你叔叔解释吧。"

真世调整了一下呼吸,对武史说:"父亲死了。"

武史面无表情,看不出来是惊吓过度、一下子没反应过来,还是单纯的无动于衷。

"遗体是在后院发现的,警方推断很可能是被人杀害……"

武史仍面不改色。他大步走到正对后院的玻璃门前,凝视门外。"他是怎么死的?是被刀或别的东西刺死的吗?"武史背对着大家问道。

"对不起,无可奉告,"木暮马上答道,"这些是侦查机密。连发现尸体的人都看不出死因,如果有侦查人员以外的人知道被害人是如何死的,就意味着这个人有重大嫌疑。"

原来如此,所以昨天警察才没有告诉她详情。真世在一旁听着,终于弄明白了一些。

"那身上的衣服呢?我哥被发现的时候,身上穿着什么?"

"这也是侦查机密。我必须明确地告诉你,你提的所有问题我都无法回答,而且该问问题的是警察才对。我有一堆问题要问你呢,比如,上周六到昨天,你在做什么?"

"给我一点时间,你的问题我会回答。我不知道你现在怎么看我,但我正沉浸在失去亲哥哥的悲痛之中。"

武史这么一说,木暮也不知说什么才好,尴尬地挠了挠头,柿谷看上去也不大自在。

过了一会儿,武史转身回到真世他们身边,在木暮面前站定。"好,你尽管问。"他说,"刚才你说想知道我周六到昨天都干了什么?周六,我一直待在店里,没出大门一步。第二天……"

"停!"木暮打断了他的话,"店里是指什么?"

"我经营的酒吧,在惠比寿,店名叫'Trap Hand',"武史说着,手又飞快地伸到木暮的西服内侧。与上一次相反,他从右侧口袋掏出了木暮的手机。"手机搜一下,就知道这是家怎样的店。网友的点评就别信了,都是一帮不懂酒的穷小子在瞎写。"

"别随便摸别人的口袋!"木暮从武史手中抢回手机。

"我只是提前帮你拿出来而已。怎么了,不查查吗?我再给你说一遍店名吧,Trap Hand。"

"回头我慢慢看。"木暮收回手机,"你说你一天都没出门,有谁能做证吗?"

"这可不好说。我是晚上开店,开店前我谁也没见过,开了以后也不是总有客人来,证明起来很困难。"

"员工呢?"

"我从不雇人。如果有愿意无偿来工作的怪人,那另当别论。"

木暮不屑地冷哼了一声,意识到那大概只是一家偏僻的小酒吧。"平时你住在店里吗?"

"对,店里有起居室。"

"周日呢?"

"下午起床后在房里看电影到傍晚,接下来做的事和周六一样。"

木暮意外地抬了抬眉毛。"周日也营业吗?"

"原则上没有休息日。只要店开着,说不定就会有喜欢新奇事物的人来消费。"

"昨天也是吗？"

"不，昨天我休息了一天。"

"喂，"木暮噘起嘴，"你刚不是说没有休息日吗？"

"我说的是原则上不休息。昨天要处理一些琐事，临时休息了一天。至于是什么琐事，这涉及隐私，我选择不说。"

木暮抱着胳膊瞪着武史。"根据你刚才说的，结论就是，你没有不在场证明。"

"没办法，我说的都是事实。"武史泰然自若地说。

"我还想问一个重要的问题，你今天为什么回来？这起案件还没有任何公开报道，你怎么会突然回来？"

"又问些奇怪的问题。我说过很多次了，这里是我家，回自己家不需要特别的理由。你不会是想说，必须找个由头才能回家吧？"

"那我问你，你上次回来是什么时候？"

"什么时候呢？我记不清了。"

"回家的频率呢？一个月一次，还是半年一次？你最好不要撒谎，我会查清楚的。"

"不用你提醒，我根本不想撒谎。我有两年没回来了，今天就是想回来看看。"

"就是想回来看看？你觉得我们会接受这个说法吗？"

"你接不接受跟我没关系，我就是觉得要回来看看。非要有个理由的话，那就是第六感吧。"

"第六感？"

"我总觉得这栋房子里要发生什么不祥的事。等我回来一看，门前果然停了很多警车。证明我的预感没错。"

木暮的眯缝眼里满是狐疑。显然，他不相信武史说的话。

"那就这样吧，今天信你一回。不过，你要是改主意了，想改口，随时联系我们，我们洗耳恭听。"

武史哼了一声。"永远不会有那种时候。"

"走着瞧，总有一天你会神色大变、惊慌失措地为自己辩解的。"

"那就赌一把？我赌十万日元。本来想说一百万，但对地方公务员来说，金额可能太大了。"

"我还真想跟你赌一把。不过非常遗憾，警察是不允许赌博的，你真是走运。下一个问题。你也看到了，这个房间遭到了洗劫，我们正在请被害人的女儿确认现场，看看有没有财物失窃。既然你也是这栋房子的住户，我们也要听听你的意见。"

武史环顾一下房间，摊开了双手。"真不巧，这个我还真不知道。这是我哥的房间，我从不进来。而且我刚才也说了，我上一次回到这里，已经是两年多以前的事。即使有东西不见了，我也无法判断是这次被偷的，还是我哥自己处理掉了。"

"那就不限于这个房间，房子里还会有什么贵重物品吗？可以称得上是宝物的那种。"

"宝物？祖传的坛子、挂轴之类的？"

"有这样的东西吗？"

"我不知道，应该没有吧。我爸和我哥都没有这种爱好，他们的共同点就是喜欢书。"武史指了指书架。

木暮看了一眼书架，又转向武史。"那你呢？"

"你看我像是对老古董感兴趣的人吗？"

"我是在问你房间里有没有放值钱的东西。居民卡上登记了你的信息，房子里应该有你的房间吧？"

"二楼南侧。你们不会已经擅自进屋搜查了吧？"

"哎……"柿谷有些狼狈地往前一步，"以防万一，昨天我把所有房间都查看了一遍。只是确认门锁和屋内的情况,没有碰任何东西。二楼的房间看起来都没什么异常。"

"所以,你已经进过我的房间了?"

"有人在后院发现了非自然死亡的尸体,这个房间又明显遭到了洗劫,凶手当时很可能还潜伏在屋内,因此作为案发后的现场勘查来讲,这么做没有任何问题。"木暮道,语气冷硬。"不过即使外人看起来没有异常,不经本人确认还是无法下定论。现在可以请你去确认一下吗?"

"没问题。如果我没发现什么异常,你们就别进去了,在走廊看着就行。"

"行。"木暮看向真世,"二楼还有其他房间吗?"

"有我的房间。我住到高中毕业,偶尔回来时也住那间。还有就是我父亲的房间,原本是我父母的卧室。"

"好,能麻烦您检查一下那些房间吗?"

"好的。"

"那请您带我们去看看吧。"

"好的,请跟我来。"

木暮对真世的态度明显比刚见面时更有礼貌了,这同他与武史之间的粗鲁对话形成了鲜明对比。也许他觉得,突然冒出一个看起来很难缠的人,这时候对被害人女儿怀柔礼待才是上策。

真世向二楼走去,木暮紧跟其后,接着是柿谷,武史排在最后。

他们先看了英一的卧室。房子刚建好时,这个房间是真世祖父母的卧室。真世刚懂事,祖父就去世了,祖母搬到了一楼的客房,这个房间也就成了英一与妻子和美的卧室。房间原是和室,铺了榻榻米,真世父母每天都铺上被褥睡觉。如今窗边放了一张床。除此之外,只摆了几个衣橱,陈设非常简单。大概因为一楼有宽敞的书房,这里对英一来说只是个睡觉的地方而已。

"正如柿谷组长所说,没有异常。"真世对木暮说。

接下来是真世的房间。这是一间六叠大的西式房间,地板上铺着地毯。屋内有单人床、书桌和一个书架——比一楼的书架小很多,除此之外再无别的家具。

墙上挂着一块软木板,上面贴着好几张男偶像的照片,真世看见,羞得恨不得立即逃走——真是的,为什么一直都没收拾呢?衣橱里还挂着以前的衣服。她再一次想,要赶紧处理掉这些衣服才行。

真世逐一检查完桌子的抽屉后,对木暮他们说:"我觉得没有什么问题。"

"好,那就轮到你了。"木暮对武史说。

武史默默地走向走廊尽头的房间。在真世的记忆里,她没有和这个叔叔一起生活过。因为他在英一结婚之前就离开了家。

真世一直以为,这个房间只是一间储藏室。事实上,就在几年前,这里的确还存放着一些废旧物品,直到母亲和美去世后,才收拾干净。

武史站在房前,慢慢打开了门。房间内拉着窗帘,一片昏暗。武史摸索着墙上的开关,亮了灯,走进房间。木暮从门口伸着脖子看屋内的情形,他身后的真世也往里张望。

武史的房间比英一的更冷清。除了一张圆桌和一把椅子,只有一个小小的橱柜。可是,当真世看到墙上挂着的画时,不由得吃了一惊。画上是一张女人的脸,左眼紧闭,睁着的右眼有着黑色虹膜,正注视前方。真世感觉自己被画里的女人紧盯着,赶紧移开了视线。

武史走到窗前,拉开窗帘,扳开了窗户上的月牙锁。

"喂,你干什么?别乱摸!"木暮怒吼道。

"这是我的房间,通通风怎么了?"武史说着打开了窗户。

"我们可能会对这个房间进行详细搜查,你要是留下不该留的指纹……"木暮突然停了话头,真世也瞬间懂了——武史手上戴着白手套。

"什么时候戴上的……"柿谷在后面嘟囔。

这时,武史上衣里传出什么声音,像是手机响了,但他毫不在意。

"这下你放心了吧,木暮警部?房间没什么不对。"

"柜子里呢?"木暮问,"你不打开看看?"

"没必要,什么都没丢。"

"为什么这么肯定?"

"你问他。"武史指了指柿谷。

木暮莫名其妙地回头看柿谷。

"是的,我想那个柜子应该没事,"柿谷有些慌张地说,"因为上着锁。"

"锁?"

"就是这个。"武史举起钥匙扣,上面挂着一把小钥匙。"没有这个就开不了锁。柜子上的钥匙孔没有遭到破坏的痕迹,里面应该没事。"说着,他弯腰拉了拉柜子的把手,没有松动分毫。

这下木暮无话可说了,他不高兴地撇着嘴,摸了摸下巴。

"好了,你们看够了就请离开吧。房间也通过风了。"武史关上窗户,扣好锁,拉上了深灰色的窗帘。

6

为了尽可能地保护现场,这栋房子暂时被封锁了。木暮告知真世可以离开时,已是午后。和来时一样,柿谷他们会把真世送回旅馆。这时,武史问她:"你住在哪儿?"

"丸宫。"真世回答。武史凝思片刻,点了点头。

"虽然是个不怎么样的旅馆,行吧,我也去那儿住,让我搭个车。"

"我倒不介意……"真世看了看柿谷。

"没问题,那我坐前面。"柿谷说着,打开了副驾驶的门。

真世坐进后座,武史跟着上了车。

"太好了,柿谷组长真是通情达理。"武史一边系安全带一边说。

"不敢当。"

"给我一张您的名片吧,有事我好联系您。"

"好的。"

武史接过柿谷递来的名片,仔细看了看。"慎重起见,我确认一下,我们的住宿费能从调查费里出吧?"

听到这里,真世吓了一跳,忍不住看了一眼叔叔的侧脸。他看起来并没有觉得自己说了什么过分的话。

"啊,这个有点……"柿谷含糊其辞。

"有点什么?为了配合调查,我们把自家的房子都腾出来了,你们应该要给点补偿吧?"

"我先和总务商量一下……"

"那就麻烦你了,柿谷组长。你们出不出钱关系到我们今晚到底能吃什么。"武史坦然地说。看样子,如果警方能包下住宿费,他打算好好享受一餐。

不过真世感到很奇怪,武史在接过名片之前就叫了柿谷的名字,连"组长"的职衔都知道。到底是什么时候知道的?真世不记得柿谷做过自我介绍。

没多久,车就开到了丸宫门前。柿谷说了句"今后也希望得到你们的配合",真世和武史下了车。

进了丸宫正门,他们在前台看到老板娘的身影。"欢迎回来!"老板娘亲切地打了个招呼。她一定不会想到,这两位客人刚从凶杀案鉴证现场回来。

拿到房间钥匙之后,真世试着问了句:"今晚起我的叔叔也想入住,还有房间吗?"

老板娘的微笑中带着些困惑,她敲了敲面前的电脑,抬起头说:"没问题,有房间的。"

"最好给我安排顶级的客房。"武史说,"皇家特别套房、总统套间之类的,有吗?"

老板娘脸上的笑容消失了。"套房有是有,但只接受两位以上的客人同时入住。如果只有一位客人,恐怕只有一种房型……"

武史响亮地啧了一声。"受疫情影响,这里也没有别的客人吧?本想狠狠挥霍一下。真不会做生意。没办法,就按你说的来吧。"

"非常抱歉！那请您登记一下。"老板娘拿出了入住登记单。

入住手续办好了，入住时间还没到。武史说肚子饿，两人便决定在旅馆里的日式餐厅一起吃午饭。和早上一样，真世没什么食欲，她看了看菜单，选了份自己吃得下的山药泥荞麦面。武史则点了份烤鸡肉串套餐和扎啤。

"你还吃得下口味这么重的饭菜？"真世诧异地问，"还要喝啤酒？刚刚才得知自己亲哥哥被杀了。"

"你有意见？"

"与其说是有意见，不如说是奇怪。一般人应该会吓得吃不下饭吧。"真世边说边看了看武史冷漠的脸，猛然意识到一件事。"难道你早就知道父亲遇害的事了？"

武史一言不发地抱着胳膊，闭上了眼，一副不想回答的样子。

"叔叔！"真世拍了拍桌子，"你在听吗？"

"吵什么？我睡眠不足！"武史一直闭着眼睛。

"你回答我，你怎么突然回来了？以前从来不会这样。"

"刚才我跟警察说的你没听见吗？是我的第六感。"

"谁信啊，你告诉我实情！"

"你知道了要干吗？这跟你没关系。"

"我很好奇。求求你，告诉我吧！"真世双手合十，但武史毫无反应。

没多久，菜端上来了。武史终于睁开了眼睛，伸手去拿扎啤杯，吃着烤鸡肉串微微点了点头。"味道还凑合。值不值这个价就是另一码事了。"

真世瞟了一眼桌边立着的菜单，没觉得烤鸡肉串套餐的价格有多贵。就在那一秒，她想起了什么。是的，叔叔有一个显著的特点。

"午饭，我来请客吧？"

武史停下筷子，向真世投去怀疑的目光。"作为交换条件，我就要告诉你我为什么来，对吗？你觉得这么点小钱就能动摇我？"

"那今晚的晚餐和住宿费我也包了，怎么样？"

"一周的住宿费。"

"啊？"

"我打算在这里待上一段时间，直到案件有头绪为止。至少也得一周左右。"

"你在说什么？有你这么敲诈侄女的吗？"

"不愿意就算了，反正我无所谓。"

"……那明天的午餐我也请了。"

"砍得太多了，我让到四天吧。"

"两天！不能再多了！"

"再加上第三天的午餐吧，成交。"

真世叹了口气。这是一笔意料之外的开销，但也没办法拒绝了。"好吧。"

武史从上衣里取出了一部手机。"我刚进自己的房间，手机就响了，你听见了吗？"

"听见了，不过你没管它。"

"因为我知道手机收到了什么。"武史点开手机，把画面给真世看。

那是一条视频。真世盯着屏幕，忍不住惊叫出声。画面里的人是武史，地点正是刚才去过的他的房间。武史拉开屋里的窗帘，打开窗户时，画面静止了。

"你为什么有这个视频？"

"你还记得房间墙上挂的那幅画吗？上面画着一个女人的脸。"

"嗯，闭着一只眼睛的女人吧？"

"那幅画里装了一个可以监测移动物体的摄像头。只要有移动的物体出现，它就会拍下来自动发送到我的手机上。"武史摇晃着手机说。

"你什么时候装的啊？"

"当然是在嫂子去世、那个房间收拾出来之后。哥哥说我随时可以回来住，但我并不想这样。不过就算我不在家住，也不希望有人随便闯进来，所以我装了一个监控摄像头。过去两年，摄像头偶尔也有启动的时候，都是哥哥进屋开窗透气而已。但昨天下午，我却收到了这样的视频。"武史再次把手机给真世看。

视频拍摄的还是武史的房间，但画面里出现了一个身穿黑色衣服、戴着帽子的男人。他在房间里四处张望，然后走近橱柜，手按上柜门说："组长，这里有一个小柜子……"男子刚说到这儿，画面就停了。

"就是这样。"武史放下手机，"从衣着上看，视频里的男人是刑警，这意味着房子里发生了案件，所以我连忙赶回来了。走到家附近的时候，我看见院门已经贴上禁止入内的封条，还有警察在看守。我在附近打听了一下，才知道哥哥的遗体已经被警察运走了。"

"打听？怎么打听的？"

"这没什么难的。我只是问，那栋房子里出了什么事，你们要是知道，请告诉我。"

"邻居没认出你是我叔叔吗？"

"我住在那里都是三十多年前的事了，也没怎么和邻居打过交道，他们不可能记得我。而且保险起见，我还戴了口罩，他们都以为我是刑警呢，一个个添油加醋地跟我讲了好多。当然，也是我有意在引导。"

武史说得漫不经心，真世也不好再追问下去。对叔叔而言，这点事做起来简直易如反掌。

"好了，内幕就透露到这里。这顿饭钱，还有接下来两天的住宿费、第三天的午饭钱，就拜托你了啊。"武史拿起筷子，再次吃了起来。

没办法，说好的事要守约。真世叹了口气，也拿起了筷子。她一边往嘴里塞山药泥荞麦面，一边想接下来该怎么办。

"对了，"真世又停下筷子，抬头问，"葬礼怎么办？"

武史刚端起扎啤杯，正要往嘴里灌啤酒，听到后停了下来。"葬礼吗……"

"总不能不办吧？一旦联系了亲戚，大家一定会大吃一惊的。该怎么跟他们解释呢？办葬礼的话，现在就要着手准备了。可是遗体还没有送回来，警察说要做司法解剖，也不知道要折腾到什么时候。"

"快的话今天晚上，最迟明天应该就可以了。"武史语气肯定地说道。

"你怎么知道？"

"司法解剖已经结束了。要是不尽早送走遗体，县立大学法医学的那帮人就该皱眉了。"

"解剖已经结束了？你是怎么知道的啊？"

"调查负责人的手机上收到了报告。"

"调查负责人？手机？"

真世想起了木暮那张狐狸脸。她回忆了一下他和武史的对话，"啊"地叫了一声。"难道是那个时候看到的？你从木暮警部那儿顺走了警察证，又从他另一个口袋里偷走了他的手机？"

"准确来说,是我把警察证放回他口袋的时候。你可别乱说,传出去了多难听。我那不是偷,只是借用。那个人根本就不会把侦查情况透露给遗属,一直瞎扯什么死因啊、被害人的着装啊都是机密的鬼话。对这种没礼貌的家伙,他的个人隐私权什么的忽略也罢。"

真世想起来,武史问那些问题时一直看着后院。原来那时候,他手中正拿着木暮的手机。之后,当他聊到自己经营的 Trap Hand 酒吧,让木暮去搜时,看起来像是从木暮口袋里掏出了一部手机,其实在那之前,手机一直就在他自己手上。

"那个警察的手机没锁吗?"

"锁了,要输密码来着。"

"那你怎么解的锁?"

"输密码解的啊。"

"那密码……"

"他不是打了个电话去确认我的居民信息吗,那会儿我就把密码记下了。"

当时的场景真世还记得。"但你怎么看得到……"

手机屏幕——真世还没说完,武史就竖起食指在空中划动。

"解锁密码这种事,只要看对方手指的操作和眼珠的转动就能知道,傻瓜都看得出来。"武史轻描淡写地说道,伸手去拿烤鸡肉串。

原来如此,真世终于弄懂了。要是从别人那里听到这番话,她一定会质疑其真实性。但武史能装成刑警在附近找邻居打听消息,这点事对他来说根本算不了什么。

真世也才刚反应过来另一件事,问:"那你知道柿谷的名字和职衔,也是因为看了木暮的手机?"武史答道:"嗯,差不多。木暮的手机里写着'辖区联系人刑警柿谷'。木暮是警部，如果柿谷和木暮警衔相同，合作起来可能会彼此顾忌；但要是从本部派来的人级别较低，双方心里都会不痛快。所以我推测，柿谷的警衔应该是警部补，职衔应该是组长。"

真世看着叔叔那若无其事的表情，觉得他说得挺有道理。

"真了不起！"真世试着夸他，"不愧是武士……"

砰的一声，武史重重地放下啤酒杯，瞪着真世说："别提那个名字！"

"为什么？"

"也别问为什么，总之不要再提了！"

真世缩了缩脖子。

武士禅——叔叔当魔术师时的艺名。

7

小学六年级的时候，真世第一次知道父亲有个比他小十二岁的弟弟。那时祖母富子去世，一家人在殡仪馆为守灵夜做准备。

"今晚他是赶不回来了，听说明天的葬礼能赶上，先和你打个招呼。"

英一告诉真世，他弟弟名叫武史。

"我头一次听说呢。为什么过去都没跟我提过？"

父亲有些为难地歪了歪脑袋。"主要是没找到合适的时机。爸爸自己也十多年没见过他了，最后一次碰面还是在你出生之前。就连你妈妈，也只在我们结婚前见过他一次。我甚至以为，也许再也见不到他了。所以我想，还是不要随便和你提起比较好。"

"为什么不见面？你们关系不好吗？"

"这倒不是。"英一苦笑，"原因很简单，武史在美国工作，经常各地跑来跑去，不会在一个地方久留，我们很难约上。"

"这样啊。"

"不过这次我发邮件告诉他祖母去世的消息后，他很快就回复了，说会回来参加葬礼。我本以为他不会回来呢，还挺惊讶。"

葬礼是第二天中午开始。英一说，武史正从佛罗里达赶回来，明天一早应该就能到达成田机场。真世没有接着问父亲，叔叔在美国做什么工作。对她来说，光是听说自己还有个叔叔就已经够震惊了，哪还顾得上想这么多。

第二天早上，在殡仪馆的休息室里，真世见到了父亲口中的叔叔。他个子很高，和模特一样有范儿，长相俊秀，一点儿也不像英一。

英一向他介绍了真世。

"你好！"弯腰打了个招呼之后，武史笑着说，"我知道你，你会画画，还喜欢猫。我是武史叔叔，多多关照。"说完，他把手伸向真世。

真世有些不知所措地同他握了握手。他说对了，她会画画、喜欢猫。真世想，也许他是从父亲那里听说的吧。

武史也问候了她的母亲和美。真世听到一句"十四年没见了"，武史在为没能参加兄长的婚礼道歉。

祖母富子与外界往来较少，前来吊唁的人不多，以亲戚为主。葬礼在肃穆的气氛中举行。盖上棺盖之前，人们排队向遗体献花，做最后的告别。

队伍不长，排在队尾的是武史。真世见他手里没有拿花，觉得很奇怪。

轮到武史了。他走近棺材，双手先是轻轻地捧住祖母的脸，再慢慢抬高，挪到祖母胸部上方，接着他合起双掌，手开始上下晃动。

接下来的一幕，真世一辈子都无法忘记。

从武史合十的手中，红色、白色、紫色的花瓣纷纷扬扬飘落。花瓣越来越多，转眼就盖住了祖母的胸口。周围的人发出了惊叹声。

花瓣落尽，武史默哀片刻，然后睁开眼睛，放下双手，向遗体鞠了一躬，在众人的目光中离开了。

他朝真世他们的方向走来，脸上看不到一丝表情，仿佛自己并没有做什么特别的事。

在火葬场捡完骨灰，关系较好的亲戚一起吃了顿饭。真世对初次见面的叔叔十分好奇，很想问他，刚才到底是怎么回事？是怎么做到的？但武史只与英一、和美简单聊了几句，他身上有种生人勿近的气场，真世只能远远地看着。

真世身旁的姑嫂婆姨开始小声聊起了武史。从她们的闲聊中真世得知，武史在美国当魔术师。

"光靠变戏法能吃饱饭吗？""谁知道呢。不过听说他挺有名的。""真的吗？能赚多少呢？""那我可猜不到。刚才的魔术倒是真精彩啊！"……

原来刚才武史是在变魔术。真世竖起耳朵听大家聊天，恍然大悟。

英一致了辞，葬礼就结束了。真世一直没能和武史说上话。

那天晚上，一家三口吃饭时，真世再次向英一打听武史的事。

"你都听亲戚们说了？没错，武史在美国当魔术师呢。"听起来，英一并没有刻意隐瞒什么。

"他为什么想当魔术师啊？"

"经常有人这么问我，不过爸爸也不太清楚。"英一有些为难地皱起了八字眉，跟和美对视了一下。

也许他们之前也聊过这个话题，和美从英一那里了解过一些情况。但她没说话，只是默默微笑着。

英一看着真世说："他啊，从小就比较古怪，对超能力之类的事很感兴趣。"

"超能力？"

"你听过尤里·盖勒这个名字吗？"

真世摇了摇头。

"尤里·盖勒是个自称有超能力的人，七十年代那会儿非常火爆。他来日本表演过，在这里掀起了超能力热潮。他用超能力把勺子变弯的表演很受欢迎，我和朋友们有阵子也经常模仿来着。"

"把勺子弄弯？真的能做到吗？"

英一笑着摇了摇头。"没过多久大家就发现那其实是个戏法，热潮也很快就退了。武史正好出生在这股热潮出现的几年前。"

接着，英一讲了下面的故事。

不知为何，武史上小学时，对已经不再流行的超能力产生了兴趣，查了很多资料。当时家用录像机刚刚普及，他不知从哪儿弄来了尤里·盖勒昔日的录像，在家里反反复复观看。父母问他原因，他也只是答一句："好玩嘛。"由于他在学校成绩优异，父母也就没多管，以为他很快就会厌倦。

一天晚上，家里做了咖喱饭，吃饭前，武史递给母亲富子一把勺子，说："妈妈，用这把勺子的话，吃起来会很不方便的。"

英一看了看那把勺子，没发现什么问题，富子也不解地问："为什么会不方便呢？"

"您看，这下没法用了吧？"武史说着，稍稍转了下手腕。难以置信的事情发生了。武史手里的勺子竟然软塌塌地弯了下去。

英一大吃一惊。之前大家早已认定，弯勺子是个戏法，是表演者趁观众不注意时，偷偷把勺子在地板上压弯的。可武史什么手脚也没做，就在空中把勺子变弯了。

共同目睹这一幕的父母也震惊得说不出话。片刻安静后，大家炸开了锅，不停地追问武史怎么做到的，都做了些什么。但武史什么也没说,脸上露出淡淡的微笑。他又拿了一把勺子,若无其事地吃起了咖喱饭。英一和父母轮番拿起勺子确认,觉得上面一定有什么机关。但毫无疑问,这就是一把寻常的勺子,绝非指尖稍微用点力就能弄弯的仿制品。

武史始终没有揭秘。"现在我也没弄懂他怎么做到的。"英一笑着说,"那是他第一次也是最后一次在家人面前表演。自那之后,他每天在琢磨什么,我也不太清楚。因为年龄差距太大,我很少跟他掏心窝子聊天。"

"但那不是什么超能力,只是个魔术吧?"真世问,"叔叔那时候就想当一名魔术师吗?"

"应该是吧。这一点,我也是很多年后才知道的。"

英一继续讲起往事。

武史升入高三没多久,就说毕业后想去美国学习魔术。他对父亲康英说,这是自己打小就有的梦想,还说自己就是为了魔术而生的。如果不能走这条路,他就失去了活着的意义。更让人没想到的是,武史已经向美国波士顿一家培养魔术师的学校递交了申请,办好了相关手续。他恳求康英借他一百万日元,说五年之内一定还清,如果还不上,就放弃梦想回日本来。

也许是武史的决心打动了康英,康英同意了,还拿出了两百万日元给他,比武史所求的多了一倍。康英叮嘱他:"不成功,不许回日本。"

"知道了。"武史答道,"也许就算功成名就,我也不会再回来。"

感受到小儿子的决心,康英满意地点了点头。"这样也好。"

第二年春天,高中毕业的武史直接去了美国。看着弟弟独自收拾好所有的行李,英一确信,这小子定会有一番作为。

没过多久，英一与和美举行了婚礼。武史没有现身，只是从波士顿发了封贺电。在武史赴美之前，英一带着和美与他见了一面。英一婚后第二年，和美怀孕了，接着便生下了女儿真世。夫妻俩看着可爱的小女儿一天天长大，心里说不出地满足。

然而，幸福之神并不总是眷顾神尾家。

康英病倒了，医生诊断是肺癌晚期，仅剩半年时间。卧病的康英不让家里人告诉武史。"他还在为梦想苦苦打拼，是我让他不成功就不要回来，自然不能去干扰他。"

家人都知道，平日里温厚的康英一旦固执起来是不可违拗的。大家最终尊重了他的意愿。最痛苦的人恐怕是富子，但她什么也没说。

没过多久，康英就离开了人世。英一打电话告知武史这个消息的时候，已经过去了七七四十九天。他对武史说，康英不让家里人告诉他。

"知道了。"武史平静地说，"短时间内我不打算回去扫墓，爸爸的后事就麻烦你们了。"

"明白了。"英一回答。

三年后，英一从朋友那里听到了一件有趣的事。朋友说，有位日本魔术师在美国声名鹊起，还问英一会不会是他的弟弟，说着递给他一张DVD。

DVD里的画面让英一目瞪口呆——华丽的舞台上，艺名为"武士禅"的表演者正是武史。

武史穿得像个山中修行的僧人。他让一个妙龄女郎站在中间，又从女郎身旁的箱子里抓来大量的稻草，缠在她身上。他的手法娴熟得让人称奇，转眼间那女郎就消失在稻草里。舞台中央，仿佛竖起了一个稻草人。

接着，武史拿起一把日本刀，拔刀出鞘，挥舞刀身，仿佛在展示刀刃的锋利锃亮。他缓步走近稻草人，站定，双手举起日本刀，摆好剑道里上段的姿势。接着，电光石火之间，他的利刃从稻草人正上方劈了下去。

稻草人被纵切成了两半。可能是因为切口过于整齐，稻草人劈开后的两半仍然立在舞台上。接下来，武史猛地横刀一斩，稻草四处飞溅，稻草人仍未倒塌。然后，武史左右开弓，斜上斜下挥刀如电，将稻草人砍碎。人们尚未看清，他已收刀，被他劈断的稻草如漫天雪花在空中飞舞。

飞舞的稻草纷纷掉落，在地板上积成了一座小山。武史走近稻草堆，跪了下去，口中像是在念什么咒语。下一瞬间，稻草堆燃烧起来，一股火柱腾空而起，渐渐比武史还高，耀眼的火光让人们什么都看不见了。

火焰很快熄灭。火光消失之处，站立着最开始登台的那个妙龄女郎。

片刻寂静之后，观众的掌声和欢呼声几乎掀翻屋顶。武史双手在胸前合十，低头鞠了个躬。

"真了不起。在那之前，我们只是偶尔写写信、打打电话，武史从没提过他的工作。我一直觉得他在美国打拼应该很不容易，没想到他干得这么出色。我真的很高兴，马上就把录像给祖母看了。"

"好棒啊！我也想看那个录像。"真世说。

"看不到了，那是借来的，我手边也没有。真可惜，当时为什么没有拷贝一份呢？现在想想真是后悔。"

"叔叔在美国这么有名啊，好想看！"

"等你长大了可以亲自去看，当然前提是武史能一直火下去。"

"爸爸你们不去看吗?"

"时间上可能很难协调,而且武史应该也不想让我看到吧。"

"为什么?"

英一低叹一声。"嗯……我也说不好。我总觉得那是武史一个人的世界,我不应该闯进去,过去也一直注意不过多干涉。"

父亲的话,真世不太明白。纵使年龄相差很大,两人也是亲兄弟不是吗?

"最近不怎么联系了,他对我们的近况应该也一无所知。"

"但你跟他提过我吧?"

"提过你?为什么这么说?"

"他说他知道我,还知道我会画画、喜欢猫。"

英一有些纳闷。"怪了,我不记得跟他讲过这些事啊。"

"是吗?"那他为什么会知道呢?真是不可思议。

自那之后,很长一段时间里,大家都没再谈起武史。对刚升入初中的真世而言,如何以教师子女这个难堪的身份自处,成了她生活的重心。英一似乎也没有深入了解弟弟生活的想法。

可谁能想到,武史八年前突然回到了日本。至于为什么,他本人一个字都没说。

大概存了一些积蓄,他在惠比寿开了家酒吧。他本不打算搞什么花哨的开业派对,但英一希望能一起庆贺一下。那一次,真世也和父母一同去了叔叔的店。

酒吧不大,除了吧台,只有一张双人桌。对哥哥一家的到来,武史没有不耐烦,但也看不出有多欢迎。

那也是真世时隔十年后再次见到他。看到她,武史开口就问:"你还在坚持画画吗?"

"在。我对建筑设计感兴趣,画了很多房子。"真世回答。

"那太好了。"武史咧嘴一笑。

后来，兄弟俩基本隔几年才碰上一面。和美去世后，英一和武史聊过几次房子的事。对于独居的英一来说，这栋房子太大了，但现在就转手又太可惜。

英一收拾出一个房间，留给武史，尽管武史可能永远不会住进来。

8

"警方推断的案发时间好像是三月六日,也就是周六晚上,八点到十二点之间。"武史吃完最后一根烤鸡肉串,把竹签放回盘子。

"是吗?难怪了……"

"难怪什么?"

"昨天警察就问我周六到周一的行踪,尤其对周六那天的情况盘问得非常仔细。我说我一整天都没出门,但直到告诉他们我晚上点了附近西餐厅的外卖,他们才相信我说的话。"

武史点了点头。"原来如此。能排除被害人独生女的嫌疑,他们也松了一口气吧。不过,亲弟弟却没有不在场证明呢。"他伸出大拇指,指了指自己的胸口。

"警察连家人都怀疑啊?"

"刑警这种人就是要怀疑所有人,否则干不了这个工作。木暮那帮人应该是把我纳入要多加留意的对象了。"

"这个我不知道……"至少没什么好感吧,真世想。

"作案手法是勒死。"武史轻描淡写地说了一句。

"啊？真的吗？"真世蹙眉问，"这个也是从木暮警部手机里看见的？"

"是的。"

"是被绳子之类的东西勒死的吗？"

"凶器似乎还没找到。但肯定不是什么细绳索，因为脖子上没有勒痕。也没有指痕，不可能是凶手掐死的。"武史拿起扎啤杯，杯里的啤酒还有大约两厘米高，他一口气喝完了。"法医鉴定组认为凶器可能是毛巾这类有一定宽度的软布。"

"毛巾……"真世用右手摸了摸脖子。

"本来毛巾是勒不死人的。要想勒紧脖子上的气管，最好用又细又结实的绳子。毛巾这样的东西很难把气管完全压实。但是，毛巾可以勒紧脖子两侧的血管。勒住了静脉和动脉，血液就无法流出大脑，氧气也无法进入，最终会致人死亡。被堵住的血液会冲破眼球里的毛细血管，溢出眼眶。哥哥的尸体看起来就是那样，眼睛睁着，流出了血泪。"

真世放下了筷子。山药泥荞麦面还剩一点，但她听武史讲到这里，已经完全失去了食欲。

"如果眼球没有异变，也有可能被当作心力衰竭。"

"别说了！"真世说，"我不想再听下去了。"

武史看上去有些出乎意料。"好吧。"说着，他端起茶杯，喝起了茶。

"换个话题吧。你知道哥哥周六日有些什么安排吗？"

真世摇了摇头。"我怎么会知道呢？我们是分开生活的。"

"果然是这样。嗯，也对。"

"这个问题警察也问过我。父亲周末的安排很重要吗？"

"还不知道。只是周六这天，哥哥应该出过门，要么是去了一个比较正式的场合,要么是见了一个比较重要的人。"

"你怎么知道?"

武史理了理夹克的领子。"因为着装。遗体被发现时,哥哥身上穿的是西装。领带已经摘了,西服上衣还穿着。我已经看过照片,不会有错。"

"照片?"

"木暮的手机里存着从各个角度拍下的遗体照片。"

"求求你,不要让我看到那些照片。"真世把脸扭向一边,向前伸出双手,一副抗拒的样子。

"很遗憾,我手头没有那些照片。我也想过偷偷把照片传到我的手机上,想想还是算了。不管怎么弄都会留下痕迹,被发现就糟了。"

"那就好……"

"你说呢?一个退休多年的教师,周六出门还特地穿了西装,他很可能是去了一个特别的地方吧?"

"有可能。所以警察才特地询问父亲周末的安排?"

"我再问一次,哥哥周六会穿成这样去哪里,你真的一点头绪都没有吗?"

真世抱着胳膊,歪着脑袋苦思冥想。"他教书的时候,不仅在学校里,到哪里都穿着西装。退休之后倒真没怎么见他穿过了。话说回来,平时我们也很少见面。"

"去见老同事时,他会这么穿吗?"

"应该不会吧,他们顶多是在车站前的居酒屋喝喝酒。现在天气还挺冷,父亲大概会穿件毛衣,再套一件羽绒服什么的。"

"那要是去参加和兴趣爱好、做学问有关的聚会呢?要是同搞文学的朋友聚会聊天,穿得太随便也不太合适吧?"

搞文学的……真世重复了一遍，依旧毫无头绪。她发现自己从来没有思考过作为文学专家的父亲到底是怎样的。"抱歉啊，父亲退休之后的生活我不是很了解，不能提供什么意见，真对不起。"

武史哼了一声，一副真没办法的样子。"那异性关系呢？"

"异性？"真世瞪大了眼睛，"什么意思？"

"就是字面意思。嫂子走了五六年了吧？女儿也不在身边。他开始一段新的关系也不足为奇。"

"父亲？怎么会？不可能！"

"为什么这么肯定？六十二岁还在谈恋爱的人，我身边有的是啊。"

"这样的事，也许只在你的周围很常见。"

"你居然如此肯定哥哥不会这样，倒让我有些奇怪了。但先不管这个，反正警察会调查。假设他被害前真的和这样一位女性见过面，总会留下蛛丝马迹的。"

"什么蛛丝马迹？"

"比如身上带着的东西，情侣酒店的收据啊，装着房中药的药盒啊。衣服的话就是内衣了，可能会检测出本人的精液，还有对方的体液。如果做爱后没有洗澡，那么性器官本身就可以查出一些……"

"打住！"真世伸出了右手，"别说了！"

"太露骨了？"

"我不想这么去揣测父亲。即使真有这样的女性伴侣存在，大不了就是一起吃吃饭吧。"

武史摇了摇头。"不会是一起吃饭。"

"为什么？"

"六十二岁的男人不会特意穿上西装和情人去拉面店的。"

"拉面店？"

武史拿出手机，手指飞快地操作着。"在他胃里，发现了已经消化的面条、没有完全消化的叉烧和葱。报告推测，死亡时间应该在饭后两小时左右。"

听到这里，真世嘴里泛起了一股令她恶心的酸味。

"所以，"武史继续说，"哥哥在遇害前两小时吃过拉面。从时间上判断，应该是晚餐。综合上述信息，可以推测：周六，哥哥穿着西装离开了家。可能是为了和谁见面，也可能是要去一个比较正式的场合。不管是哪种情形，他办完事后，先去吃了拉面，然后回家。与此同时，有人想趁着哥哥外出潜入家中。那人打算从后院溜进去，但被刚回家的哥哥发现了。如果那个人迅速逃走，悲剧就不会发生，但是他动了杀心。后院有剧烈打斗的痕迹，据鉴定组判断，很可能是哥哥在搏斗中倒地后，被人用毛巾从背后绞住了脖子。除此之外，在尸体和后院都发现了排泄物的痕迹。我刚才也说过，哥哥并非窒息而死，而是颈部动脉和静脉遭到压迫后……怎么了？为什么把脸转过去？"武史停下来问道。他这才注意到侄女的表情不大对劲。

真世缓了缓，瞪着叔叔说："你也不考虑考虑我的心情，有必要讲得这么详细吗？你站在我的角度想想，我一点儿也不想去想象父亲到底是怎么被杀的！"她觉得自己的眼睛也充血了。

"这样啊。"武史喃喃自语，"对不起，我本以为你会和我有同样的想法。是我考虑不周。好，我再也不谈这些了，你都忘了吧。"

"同样的想法？"

"我不想把找出真凶的希望全都寄托在警察身上，我想尽可能地亲自查明真相。即使警察将凶手捉拿归案,也不一定会告诉我们完整的信息。不,恐怕半个字都不会透露。在警察眼中,遗属不过是招之即来、挥之即去的信息提供者。"

真世看着叔叔俊秀的脸。"亲自查明真相?真的能做到吗?叔叔也不是专业的刑侦人员吧?"

"我当然不是,但也不能因此就断定我做不到。也有一些事是警察做不到而我能做到的。"武史站了起来,"好吧,就说到这儿。"

"你要去哪儿?"

"入住时间早就到了,我回房间了。"

"等等,"真世也站起身来,"那样的话,我也来帮忙。"

"帮忙?帮什么?"

"你不是说要查明真相吗?父亲到底被谁所杀、为何被杀,我也想亲自查个明白。"

武史把脸转向一边,冷冰冰地说:"你还是打消这个念头为好。"

"为什么?我也想知道真相啊!"

武史像赶苍蝇一样挥了挥手。"别天真了!真相不一定是你想要的,背后可能是纠缠不清的爱恨情仇,也可能是哥哥身上不为我们所知的丑陋一面。刚才你只听了一些案发现场的情况,就吓得脸色煞白,之后肯定也好不到哪里去。我也不喜欢受人拖累。你还是老老实实地等着我查明真相吧。"

"我可以的,我不会再抱怨了。"

"你做不到的。"

"我做得到!"

武史又掏出了手机。"看到这个画面,你还觉得自己做得到吗?"说着,他掉转手机给真世看。

画面上的东西乍一看是一团灰色的黏土，但真世很快就认出了那是一张脸，嘴角歪斜，嘴里流着黏液，睁着的双眼通红，像是流出了血泪。这和真世在太平间看到的遗体截然不同，但真真切切就是英一。原来尸体刚被发现时是这个样子。

酸味再次涌了上来，真世蹲下身，捂住嘴，即使这样也没能忍住呕吐。刚刚吃下的东西吐了出来，弄脏了地板。

不知从哪儿冒出的员工飞一样地赶了过来。"您不要紧吧？"

真世拼命点头，却连一句"不要紧"都说不出来。

9

"你不是没把照片发到自己手机里吗？"真世用房间里的毛巾擦着嘴角，问道。

"自己的真实意图要藏起来，这是艺人的习惯。"武史一边操作手机，一边回答，"你感觉好些了吗？"

"没事了，对不起。"

真世正在武史的房间。两人的房型一样。

"我再确认一遍。一切以查明真相为重，绝不可犹豫和逃避。你能发誓吗？"武史向真世投去犀利的目光。真世觉得，武史不会让自己有一丝一毫的松懈。

"我发誓！"真世举起了右手，"绝不逃避！"

"好！"武史用力点了点头，"你说昨天你和那帮警察见过面，先告诉我你们聊了些什么？那帮人在打听什么？调动你所有的脑细胞，把你记得的全部细节都说出来，毫不隐瞒。"

"毫不隐瞒……从哪里开始？"

"警察是什么时候跟你联络的？"

"昨天下午。我上班的时候接到了电话。"

"那好，就从这里开始。"武史抱着胳膊，整个人靠在椅背上。

武史莫名的强大气场让真世不敢有半点懈怠，她把之前发生的事从头到尾详细讲了一遍，一直说到今天武史出场为止。

真世说完，武史仍然紧抱着胳膊。为了集中精力，他在听的过程中一直微闭双眼，这时才慢慢睁开。

"情况我都知道了，我们开始自己的推理吧。我想先给你看一些关键信息。刚才你说自己没事了。那好，这种程度的照片能接受吗？"武史拿起放在一旁的手机，给真世看另一张照片。

真世嗖的一下挺直了腰板。又是一张遗体的照片，不过，这次是一张全身照。她给自己鼓劲——不能回避。如果回避了，叔叔以后就再也不会理睬自己了。她努力冷静下来，然后凝视着画面。

正如武史所言，英一穿着西装，是深棕色的，真世有些眼熟。遗体旁边叠放着层层的纸箱，应该是凶手用来藏尸的。

"注意到什么了吗？"武史问。

"我看看……"她再次看向画面，"的确有打斗过的痕迹，衣服又乱又脏。"

"还有呢？"

"还有……"她从头到脚仔细看了一遍照片里父亲的遗体。不可思议的是，恐惧感消失了，她注意到一个细节。"啊……"

"怎么了？"

"没穿鞋子，只有袜子。"

"正是！"武史打了个响指，"而且仔细看的话，袜子底部很脏对吧？也就是说，不知怎么回事，他不是想脱鞋，而是没来得及穿鞋就开始了搏斗。"

"为什么会这样？"

"哥哥每次去后院，会穿什么？"

"他总会穿拖鞋。拖鞋应该就放在玻璃门前。"

"可见当时他连穿上拖鞋的工夫都没有。不过，要是和可疑的人搏斗，穿拖鞋并不一定合适。"

"可疑的人……"

"事情可能是这样的。"武史竖起了食指，"我刚才也说过，周六哥哥穿着西装出了门，吃完拉面后回了家。他从玄关进屋，脱鞋之后走进书房。可是还没打开屋内的灯，就发现后院有可疑之人闯入，于是他打开玻璃门去查看。凶手害怕哥哥报警，便袭击了他。一番搏斗之后，哥哥被杀了。"

话很简单，但是很有说服力，当时的场景仿佛就在眼前。

"毕竟父亲没有练过格斗什么的。"

"这不是关键。"武史摇了摇头，"关键是两人在打斗时有多拼命。哥哥应该不会想置人于死地，对方却不是这样，他想的应该是，既然被发现了，就只能杀人灭口。"

"凶手的目的是什么？"

"问题就在这里。既然是偷偷溜进别人家中，一般都会认为是要偷什么东西……"

"那人到底偷了什么呢？我完全想不出来。而且东西被翻得乱七八糟，可能父亲自己都不知道什么被偷了。"

"的确，乱成那个样子很不正常，甚至可以说没必要。如果只是为了找什么东西，大可不必弄这么乱。像你说的，凶手也有可能是为了不让人察觉失窃物品是什么而故意弄乱现场。但最稳妥的推理，应该还是凶手企图制造偷盗的假象。"

真世有些不解。"这是什么意思？"

"凶手的目的一开始就是要取哥哥的性命。但如果只是把他杀死，警察就会去调查哥哥背后是否存在怨恨、利害关系。于是凶手就伪造了一个单纯由偷盗引起的犯罪现场。实际上，这并非他真正的目的，所以现场的东西乱得很不自然。"

"这么说，凶手潜入无人的家中，是为了杀害父亲？"

"目前看来是这样。也许凶手想先潜入家中藏好，再趁哥哥回来时袭击他。在后院杀人不是他原来的计划。但他行凶之后，觉得最起码也要伪造一个入室盗窃的场景，便慌忙进屋布置了现场。"

"这样啊……"

"不过，如果真是这样，还有一件事不合情理——作案手法。"

"作案手法？你是说勒死？为什么不合情理？"

"如果一开始就以杀人为目的，使用刀具就可以，这样更稳妥。"

武史说到了点子上。真世也同意他的说法。

"会不会是凶手觉得可以在屋内现找凶器？他可能觉得厨房里会有菜刀、水果刀。这样一来，就不用担心凶器会暴露他的身份。"

"在案发现场找凶器？"武史忍不住笑了起来，"他都想杀人了，还会这么随便吗？万一找不到合适的菜刀或水果刀怎么办？哥哥可是一个独居男人，这种可能性也不是没有。如果我是凶手，以防万一，我还是会事先准备好凶器。毕竟如果是在大卖场买的刀具，也不会那么容易就暴露身份。"

"那会不会是有什么特殊原因，比如凶手没时间准备刀具……"

"那也不至于拿毛巾当凶器吧？"

"啊，对，刚才你也说过这个疑点。"

"警方鉴定，哥哥是被人用毛巾之类的东西从背后勒住脖子的。其实这是最大的谜团。如果因为没有刀，想改成勒死，这可以理解，但就应该会用绳子、电线这些细长而结实的东西吧。为什么要用毛巾？毛巾和手帕不同，并不是会时常拿在手里的东西。"武史思索着，神色严峻，视线投向远方。不一会儿，他长舒了一口气，看着真世说："根据案发现场和遗体的情况，目前只能推理到这儿。要更进一步，还需要其他信息。你想到什么了吗？"

"被你这么一说，我也……"真世有些狼狈，她什么也想不起来。

"他们说过，发现尸体的是你的同学？"

"对，一个姓原口的人。因为周日有同学聚会，我想他是来找父亲商量相关事宜的。"

"原口的职业？"

"我记得是开酒水商店的。"

"果然是个体户，难怪他周一大早上去找哥哥。好，"武史又打了个响指，"我们去找原口，听听他怎么说。你马上联系一下他，恐怕他也正想联系你呢！"

"会吗？"

"一般来说是这样，不然就有点不对劲了。你赶紧联系吧。"

"好。"真世拿起了手机，得先找桃子问一下原口的联系方式。说起来，她早该跟桃子联系了。

就在这时，手机收到了一条信息，是健太发来的。"抱歉，总给你发信息。情况怎么样了？遇到什么困难了吗？"

短短几句话透露出健太的担忧与无力。也难怪，未婚妻的父亲横遭杀害，他却什么也做不了。但作为一个局外人，他确实帮不上什么忙。

真世想了一会儿，回道："家里被弄得一团糟，感觉很不真实。幸好叔叔回来了，有了些依靠。谢谢你为我担心！"

回完信息，她抬起头，正好碰上武史的目光。

"我听哥哥说过，你已经订婚了。现在说这话有些不合时宜……"武史有些犹豫，但还是继续往下说，"总之恭喜你。"

"谢谢。"真世强作笑颜,表情却僵硬无比。"你知道刚才的信息是我未婚夫发来的?"

"不知道才怪。现在这种情况下,别的人发来的信息,你是不会马上就回复的吧,应该连看都不会看。"

"有道理。"真世觉得,在叔叔面前是撒不了谎的。她再次拿起手机,打给本间桃子。电话很快就接通了。

"哎,我是桃子……"她听到一个低落的声音。

"是我,真世。抱歉啊,现在才联系你。"

"哎呀……受累了,你还好吗?"

从桃子结结巴巴的语气里,真世察觉到,她已经知道了。"你都知道了?"

"嗯。昨天我听原口说的,真是吓了一跳。我很担心你,想给你打电话,又怕不合适;想发信息,又不知道该怎么说……"

"这样啊。"真世想,如果换成自己,恐怕也是一样。不论是想打电话安慰,还是想确认对方的情况,似乎都有欠周全。想必桃子也这样左右为难,克制着自己。

手机那端传来奇怪的声响,桃子好像在抽噎。

"桃子!"真世问道,"你怎么了?"

"呜,真世,对不起。你,你肯定比我更受打击,我这样哭哭啼啼的又有什么用呢……"桃子哽咽着说。

无言的悲痛突然涌上来,势头如此凶猛,真世根本无力招架,瞬间就让她内心的堤坝土崩瓦解了。等她回过神,发现自己已经放声痛哭起来。无论如何强忍、压制,都是徒劳。她哭得嗓子干疼。同时,在她意识的一个角落里,有一个异常冷静的自己在想,原来这就是号啕大哭啊。

10

从丸宫步行十分钟即可到达的商业街，是小镇最繁华的街区。可惜，如今这里与繁华两字几乎沾不上边。虽然纪念品商店和餐饮店鳞次栉比，却毫无生气，说到底还是疫情的影响。今天是休息日，不少店却仍卷帘门紧闭谢客。

原口商店位于商业街的中间位置。

真世从桃子那里要到了原口浩平的联系方式。接到真世打来的电话，原口很惊讶。但当真世提出希望向他了解一些关于英一的情况时，他并没有拒绝。他说自己随时都有空，他们可以到店里来。

真世和武史很快从旅馆赶了过去。

两人刚进商店，一个面朝货架整理账单的男子便扭过头来打了声招呼，但脸上的笑容十分僵硬。

男子正是原口浩平。他下垂的眉梢和眼角，以及一看就让人很有安全感的神情，和初中时并无两样。唯一的不同是，曾经瘦弱的少年如今已长成健壮的成年人了。

"好久不见。"真世说。

原口好像不知该如何开口,他舔了舔嘴唇,对真世说:"神尾……请节哀。"

"嗯。"真世点了点头,"也给你添麻烦了。"

"我没什么……"原口的视线停在了真世身后。

"我来介绍一下。这是我的叔叔,我刚在电话里提到的,我父亲的弟弟。"

"请多关照。"武史打了个招呼。

"您好,请多关照。"原口答。

他把两人领到店内的一个角落,那里放了一张圆桌和几把钢管椅。原口介绍说,这个角落是祖父设置的,本是为了方便外地游客坐下来品尝当地酒水。不过最近坐在这儿品酒的,更多是附近的常客。

"这个创意好。"武史在钢管椅上坐下。"既然这样,我也想喝上一杯,可以吗?"

"可以倒是可以……"原口道,面露困惑——这时候还能喝得下酒吗?

"那来点儿什么呢?听说这里是'万年酒窖'的专卖店?"

"是的,您可真是行家。"

"我也是听哥哥说的。他是个爱酒之人,最爱喝'镜誉'。"说着,武史指了指架上的一个瓶子,瓶上的标签写着"镜誉"。

"是吗?万年酒窖的社长是我家亲戚,他们的酒水都由我们代销,一些酒款只在我们店有售。"

"这个我听说过,哥哥经常夸你呢。他说自己在万年酒窖那边有个熟人,随时都能弄来传说中的名酒。"

"神尾老师还说过这话啊……"原口有些意外。他眨了眨眼睛,表情随之变得凝重起来。也许他是想到了这位恩师已经故去,遗体还是自己发现的。

真世的内心很是惊诧。的确，万年酒窖是本地唯一的酒厂，但武史不可能从英一那里听说过原口，他甚至才刚知道原口家的酒水商店是代代继承经营的。她想起武史离开丸宫前，一直盯着手机看——难道是在网上查原口商店？

"既然如此，那就尝一尝镜誉吧？"原口问武史。

"你来定吧！要是还有其他推荐，也没有问题。"

"好的。神尾你来点儿什么？"原口问一直站在旁边的真世。

"我就不必了。"

"怎么了？为什么不喝？这里可是酒水商店啊。"武史提出抗议。

"我知道，但我不是来喝酒的。"真世在叔叔身边坐了下来。

"那就来点儿软饮？你好像误解我了，这里是原口工作的地方，再简单的桌子椅子也是人家用心布置的。要是我自己的酒吧，可不欢迎那些什么都不点、只想找地方聊天的人。"

"没事的，"原口连忙摆了摆手，"也有很多人什么都不买，只是来闲聊。请稍等一会儿。"

说完他就走开了。

原口走远后，真世把脸凑到武史身旁，小声说："你撒起谎来，还真是有鼻子有眼儿。"

"什么意思？"

"别装傻了，我从来没见过父亲喝本地酒。还什么弄到传说中的名酒？你满嘴跑火车，万一露了马脚该怎么办？"

武史一本正经地说："这是一种促进交流的小技巧。再说，哥哥已经死了，不用担心有人会拆穿。要是真有人指出什么问题，我就说误会了呗。"

"又在这里胡说八道……"

原口捧着托盘回来了，托盘上放着一个四合瓶①和一只杯子。原口把杯子放在武史面前，斟满酒后说了声"请"。

武史举起杯子，闻了闻，做了个享受酒香的动作，然后慢慢地含了一口酒，像是在品味美酒过喉的感觉。"嗯，好酒！"

"太好了。"原口看起来像是松了一口气。

"甜度控制得很好，劲道足，回味清澈，非常清爽。比起细品，更让人想要一口接一口地喝下去。"

"这个也算镜誉的一种，不过酿造的酒精比例做了微妙的调整，我们店之后计划推出这款酒的限量版商品。"

"原来如此，味道的确与众不同。"

"这款酒的目标客群是年轻人，酒名还没有正式确定。万年酒窖让我们全权负责销售策划。"原口展示了一下瓶子上的标签。酒瓶上贴着一张白纸，上面只用朴素的字体标着"镜誉　原创特别本酿造酒"。

"真过意不去啊，难为你拿出如此特别的酒让我品尝。"

"应该的，酒要让懂的人喝才值得。"

"过奖了。"

两人的对话让旁边的真世很是烦躁。现在可不是优哉游哉品酒的时候。

"原口，"她插了一句，"我想向你打听一下你发现我父亲遗体时的详细情况。"

"啊……好的，你问吧。"

"我听说，你在发现遗体的前一天就想联系我父亲？"

"是的，同学聚会有一些事想跟老师商量。"

---

① 清酒常见包装。一合约180毫升，四合约720毫升。

"什么事?"

"也不是什么大事。其实在那之前,神尾老师跟我联系过,说难得师生重聚,想送瓶酒表示庆祝,问我该送什么好。我挑了几款酒,周日就想和老师联系,可是打了很多次电话都没人接。我总觉得放心不下,周一早上送货的时候,就顺道去老师家里看了看。"

"原来是这样。"

真世想,这的确是父亲一贯的作风。和久违的学生聚会,他不愿意只是作为座上宾受邀出席,也希望能送点礼物,表达自己的心意吧。英一有时候会把形式看得很重。

"我先在门口打了个电话,还是没人接。走到门前按了对讲机,也无人应答。我就试着拉了拉玄关的大门,发现竟然没上锁。我向里屋喊了一声之后,担心老师是不是晕倒了,马上转到后院,想看看情况。结果……"

"我知道了,不必说了。"原口不知道该怎么讲发现遗体的经过,真世看他为难,便做出打住的手势,说,"谢谢你。"

"警察问过话后,我不知道该跟谁联系,就给本间打了电话,我记得她和你很熟。"

"我听说了,是桃子告诉我的。"

"真对不起!"原口道歉说,"如果周日我没有先打电话,而是直接去老师家,也许就不会发生那样的事了。"

"你不用这么想。再说,他很可能周六晚上就遇害了。"

"周六?"原口的表情僵住了,"真的是凶杀吗?"

"据警方说,是这样的。"

"唉。"原口无力地叹了一声。

武史没有加入两人的对话,他突然把酒杯举到眼前。"这酒,果然是好酒!"

真世脸色一黑，想呲嘴以示不满。又打算接着聊酒吗？

武史似乎没有注意到她的表情，他看着原口，像是突然想到了什么。

"对了，我想起来了，哥哥跟我提过这款酒。"

"是吗？"原口不解地问道，"真的吗？"

"我记得他好像说过，以前的学生找他商量新酒款的事，说的应该就是原口你吧？"

"老师还这样说过吗？"

"他好像说，是要找他商量一件棘手的事。到底是什么事来着？"武史放下杯子，手抵眉心，摆出努力回想的模样。

真世满脸疑惑，这大概也是他瞎编的吧。武史最近应该没见过英一，也没打过电话。可他为什么要这么说呢？

"老师跟您说过这款酒的事吗？"原口摸了摸酒瓶。

"与其说是跟酒有关，不如说是跟你有关。他说，你很辛苦。啊，我想起来了。他说过，他的学生为了推销新酒款吃了不少苦，他也想尽可能帮点忙。听了他的话，我也觉得你们商量的事还挺困难的。哥哥只是个教书匠，不见得他教过的每个学生都会记得他、感激他。"

"啊……您了解得还不少呢。"

"就是个大概吧。不过，为新产品找销路真是不容易，要花很多钱吧？"

"是啊，钱当然也是要花的……"

"钱要花，但还有比钱更重要的事，也是生意场上最让人头疼的事。"武史猛地转过来看着真世，"你说说看，会是什么呢？"

"让我说？"

"你觉得是什么？"

"这个嘛,"真世思考了一会儿,"不知道。"

"你动脑筋想一想啊!"

"我说不上来……"真世简直一头雾水,为何会聊到这些?她有些不知所措。

"原口,你告诉她吧。"

"要做好宣传。"原口对真世说。

"宣传?"

武史啪地打了个响指。"没错,宣传!要想推销商品,宣传比什么都重要,新品更是如此。不过我说原口啊,那些人不会轻易点头的。"

"我也是这么想的,所以才去拜托神尾老师帮忙。"

"我猜到了。哥哥也很苦恼,不知道怎么办才好。毕竟对手又是不太好对付的那种人,怎么说呢……"

"比较骄横。"原口稍稍压低了嗓门。

"没错,骄横!这个形容很准确!世上有的是高傲的女人,那个女人更是这样吧?所以哥哥才会说,不知道怎么跟她开口提这件事。"

"果然是这样啊。这么说,他还没跟那边提过?"

"我听他说起的时候,好像还没提。不过后来也许有新进展。其实你周日想和哥哥联系,就是为了确认这件事,对吧?"

原口有些难为情。"对不起。的确是为了这件事。"

"我猜也是。"

"不过,神尾老师确实也问过我,同学聚会他该送什么酒。"

"嗯,我相信你。"

"等等!"真世插话道,"你们到底在说什么?我怎么听不懂?"

"我们不是在说给这酒做宣传的事吗?"武史抬了抬下巴,示意桌子上的酒瓶。

"所以我说我听不懂啊,到底怎么回事?"

"没办法,哥哥让我不要外传。"武史有些夸张地长叹一口气,"原口,你能给我侄女解释一下吗?"

原口一脸无奈,他点点头,开口说:"我一直在想,给这款酒取个什么样的名字才好。后来想到,能不能就用幻宫?"

真世没想到原口会突然提到幻宫这个名字。

"你是说《幻脑迷宫》?怎么用呢?"

"我想的是,干脆就取名为'零文字阿兹玛'。酿酒厂的社长觉得只用'零文字'也可以,可我觉得这样不够突出。只有用了主人公的全名,给人的感觉才足够特别。'原创特别本酿造酒 零文字阿兹玛'的标签印上身穿战斗服的阿兹玛彩图,怎么样,你不觉得很有冲击力吗?"

真世看着酒瓶,在脑海里想象了一下。日本酒与人气科幻动画片主人公相结合,是个不错的创意。

"我觉得很棒,但这需要作者授权吧?"

"问题就在这儿,当然要获得授权才行。如果可以,我还想请钉宫画一幅新的。"

"他不同意吗?"

"唉,这事啊……"原口忍不住叹气,看了看武史。

"到目前为止,你沟通到哪一步了?"武史问,"刚才我也说了,对手不好对付,事情进展不会那么顺利,毕竟她是个傲气的女艺术家。"

"女人?你指的是谁?"真世问。

"不就是作者吗?"

"作者是钉宫啊,你说的是谁?"

停顿一会儿后,武史咂着舌头,左右摇晃食指。"我现在说的不是钉宫,你真迟钝啊!你们的同学,一个高傲的女生,这么说你是不是马上就明白了?"

"啊?谁啊?"

"Kokonoe。"原口插进来,"初中那会儿大家都叫她可可里卡。"

"可可里卡?啊,你是说九重梨梨香?"

"嗯。"原口回答。

真世想起了她的马尾辫,还有她猫一样的眼睛。她举止张扬,有着争强好胜的个性,一直都是女生的头儿。

"才想起来?真拿你没办法!"武史摇了摇头。

"她现在在'报通'工作。"原口说出了总部位于东京的某著名广告代理商的名字。"听说就是她在负责幻宫的业务。我猜她可能是在公司里大肆宣扬了自己和钉宫是初中同学的事吧。她现在以钉宫的经纪人自居,说什么跟幻宫相关的业务都要经过她的手才行。你知道钉宫已经回来了吗?"

"我听桃子说了,听说他还会参加同学聚会。"

"没错。九重也跟他一起回来了,弄得我根本没办法和钉宫单独说话。钉宫对九重百依百顺,不管到哪里都要带着她。我想钉宫可能是迷上九重了吧。真希望能找到突破点。"

"原来是这样啊。"

"听懂了吗,真世?就是因为这样,原口才打算请哥哥牵线。对吧,原口?"

"没错。如果只是要搞定钉宫,那我直接去拜托他就行。现在卡在经纪人那里了……"

"经纪人这个说法不太准确。按照哥哥的说法,她还是一个艺术家，也比较自负，觉得自己和作者共同创作了作品。所以应该说，她是一个自称艺术家的人。"

"也许是吧。怪不得刚才您提到九重时，说她是女艺术家，我还奇怪呢。"

"对不起，没说清楚。"

"哪里哪里。"原口回道，轮番看了看真世和武史。"我想麻烦两位帮个忙，刚刚我们聊的这些，还请暂时不要往外说。"

"为什么？"真世问道，"因为这是销售机密？"

原口苦笑。"真遗憾，没有那么了不起，我只是不想让人觉得我先下手了。"

"先下手？"

"你听说幻脑迷宫屋的事了吧？"

"听说项目已经告停了。"

原口往回收了收下巴，说："对。项目刚提出来的时候，镇上可热闹了。大家都觉得这是一个了不起的计划，到处一片幻宫热。每个人都想搭上这趟顺风车，赚上一笔。可是疫情爆发后，项目化作泡影，所有计划都落空了。但仍有很多人不甘心，聚在一起讨论能不能另起炉灶。这些人里的中坚力量，就是我们几个钉宫的同学，尤其是柏木，他现在是'柏木建设'的副社长了，财大气粗。"

"是吗？"

真世对此并不意外。柏木广大的父亲，是实力雄厚的本地企业柏木建设的社长。

"毕竟幻脑迷宫屋工程的承包方就是柏木建设，柏木自己也觉得放弃实在太可惜了吧。再说，他不是一向喜欢当老大吗？总觉得自己为当地发展做了贡献。"

"不过，刚才不是说，和幻宫相关的业务都必须请示可可里卡吗？"

"是啊。所以柏木也说，虽然很麻烦，还是要打通这一环才好。不过，我这边没办法像他那样从容。不早点定下新产品的销售方案，就无脸去见万年酒窖。如果柏木知道我想请神尾老师去做钉宫和九重的工作，一定会怪我自作主张的。"

"有可能。可不管怎么隐瞒，新酒上市后还是会暴露的吧？"

"要是能拿到授权，柏木说什么我都不怕。我怕的是有人从中作梗，阻碍我和钉宫他们签协议。"

"这样啊。"

原来，在真世不知道的地方，有这么多复杂的利益纠葛。

"没问题，这件事我们给你保密。"武史看着原口，"你没跟警察提过这件事吧？"

"我觉得没必要说……"

"知道了，那我们也不提。"

"谢谢你们，这样最好。"原口低下头。

武史喝完了剩下的酒，放下杯子。"谢谢款待，真是好酒！"

"再来一杯怎么样？"

"不了不了，"武史把手伸进夹克内侧，"多少钱？"

"钱就不用了，我请客。"

"这可不行。"

"没事，真的没关系。"

"是吗……既然你这么说，那我就不客气了。"武史勉为其难道，收回了手。

真世向叔叔投去狐疑的目光——他真的打算付钱吗？

"神尾，本间应该也跟你提了，大家正在商量同学聚会到底怎么办才好。"原口接着说，"有人说，老师出了这种事，聚会应该取消。"

真世说："大家决定就好，我也做不了主。不过机会难得，大家要是能聚一聚，父亲在九泉之下一定也会很高兴的。我……就不参加了，免得大家为我劳神。再说，肯定也会有同学来参加葬礼的。"

"我一定会去。葬礼是什么时候？"

"日子还没定。"

"确定后记得告诉我，我来联系大家。"

"谢谢，桃子也这么跟我说了。好了，叔叔，我们走吧。"

武史点点头，指了指桌上的瓶子。"下次一定要让我付酒钱哦！"

"期待您再次光临。"原口笑着说。

出了店门，两人走了一会儿后，真世才问武史："刚才是怎么回事？"

"什么怎么回事？"

"原口去找父亲商量酒名授权的事，叔叔应该不知道吧？"

武史低哼一声。"我怎么可能知道？我只是发现他好像在刻意隐瞒什么，想揭穿而已。"

"你怎么知道原口有事隐瞒？"

"没什么大不了的理由，只是听了他的话，觉得有些不对劲。"

"哪里不对劲？"

"他是这么说的，神尾老师之前找过他，问他同学聚会该送什么酒好，他周日打了好几次电话，想和老师说一说这件事，但都没有联系上。"

"我没觉得哪里奇怪啊。"

"听他的意思，有事相求的是哥哥，而不是他自己。哥哥咨询过他买酒的事,他也帮忙挑好了酒,那只要留言说一句'有空请回电'就好,没必要一遍遍地打电话吧?"

"你要这么说,的确也是……"

"不仅如此,周一他还特地登门拜访。所以我推测,有事相求的不是哥哥,而是原口,他一定是遇到了什么事,想尽早见到哥哥。但他刻意隐瞒了这件事。男人想要隐瞒什么的时候,无外乎两个原因——女人,或者钱。我想他应该不至于去找初中的恩师谈论桃色话题。就算谈钱,也不会是赌博或其他不正当行为。这样一来,只能是谈工作了。那么,当下他最看重的工作又是什么呢?"

真世恍然。"是那款酒?"

"不过,谁会为了推荐一款新酒,去找一位退休教师呢?既然如此,要请他帮的忙,只能是牵线搭桥了。也就是说,原口真正想找的不是哥哥,而是哥哥熟悉的人,比如他教过的学生。而且你们马上就要同学聚会了,他想找的这个人,很有可能就是你的同学。但原口本人和这个人交情不深,所以需要请哥哥出面。"

真世边走边端详武史的脸。"这么短的时间里,你就能做出这么详细的推理?"

"这算不上什么推理。人的行为方式其实都差不多。"

"但你刚才不知道他要找的人是钉宫吧?"

"我怎么可能知道?我还以为他的同学里有个有钱人,他想通过哥哥去找他拉投资。我先下了个套,故意说推销新品要花很多钱吧,没想到他一边表示认同,一边又说'钱当然也是要花的'。听他这么说,我就知道不是钱的问题,赶紧调整了方向。"

"怪不得你突然给我甩了个问题。"

真世回想了一下当时的对话。虽然武史听起来滔滔不绝,其实并没有说到任何具体的事情。所有信息都是原口在武史的诱导之下自己交代的。

"叔叔,你好像以为钉宫是个女人。"

"原口用了'骄横'来形容这个关键人物,我就下意识以为对方是个女人,一时大意了。没想到这个需要哥哥牵线搭桥的人还有个经纪人。"

"好在顺利搪塞过去了,原口一点儿也没起疑心。"

"这点小事根本算不了什么。比起这个,他的话倒让我觉得,还有两个人应该去见见。"

"可可里卡,我是说,九重梨梨香和钉宫?"

"没错。听说他们也回来了,可能已经见过哥哥了。"

"好,我找机会和他们见面。说不定他们会来参加葬礼呢。"

"就这么办吧。对了,问你个事。"

"什么?"

"幻宫是什么?好像说的是什么迷宫?"

"啊?"真世停下了脚步,"叔叔,你连《幻脑迷宫》都不知道,还能自圆其说?"

"有什么好大惊小怪的。"

"正常人都会吃惊的吧。"

"这些都无所谓。什么是幻宫?快给我讲讲。"

真世长吐一口气,说:"到旅馆我再告诉你。"

11

《幻脑迷宫》是钉宫克树的首部连载漫画,也是他目前为止最重要的代表作。连载中断过几次,但也延续了近十年,足以反映出作品的人气有多高。《幻脑迷宫》集科幻、探险、推理于一体,还融入了很多对人性的思考。网上的百科词条这样介绍故事的开篇:

> 零文字阿兹玛原是个探险家,曾独自登顶珠穆朗玛峰等世界高峰。在一次穿越南极的旅途中,他不慎跌入冰裂缝,之后虽然奇迹般地获救生还,但他从此失去了双手和双腿,作为探险家的人生就此落下帷幕。他回到故乡,在妹妹玲奈的照料下勉强度日,只觉失去了生活的意义,内心充满绝望。当他得知玲奈的心上人已经向她求婚,妹妹却因担心哥哥而犹豫不决时,他深感自己这样活着毫无价值,一心只想死去。
> 就在这时,世界各地出现异常情况,频频发生原因不明的停电事故,电力系统也随之瘫痪。
> 一天,一位政府官员找上阿兹玛,对他说:"人类正在走

向毁灭,只有你才能拯救这一切!"

事情要从两个月前说起。两个月前,一位著名理论物理学家突然失踪。经调查发现,这位学者正沉睡在一个秘密的研究设施中,他的大脑已通过计算机,与一个巨大的网络连在一起。

实际上,世界上还有好几位天才科学家也身处同样的状况。他们自称"迷途羔羊"(Stray Sheep),以虚拟的身份生活在一个名为"迷宫"的虚拟空间里。

迷途羔羊的惊天计划浮出了水面:为了防止全球环境继续恶化,他们向几个主要发达国家的首脑提出要求——彻底废除核电、减排二氧化碳、净化水质,等等。这些要求还附带详细的时间节点,如果各国不能在规定期限内达成,他们将会破坏世界各地的电力系统。事实上,全球的电力系统已经处在迷宫的掌控之中。

如此激进的要求执行起来绝非易事,各国首脑都持反对态度。想要阻止迷途羔羊的计划,他们只能派人进入迷宫,进行谈判。

此前,已有好几位谈判员进入迷宫,但均无功而返。迷宫是一个超乎想象的世界,广阔、复杂,与现实世界有诸多相似,但也截然不同。最棘手的是,谈判员无法直接接触到谈判对象。迷宫里居民众多,但大多数只是电脑创造出来的虚拟角色。因此,谈判员第一步要做的是找到迷途羔羊。

历经千辛万苦,谈判人员找到了迷途羔羊们的藏身之处,却遇到了更大的困难——必须先翻越一座名为"大波斯菊"的巨型山脉。山脉由一座座几千米高的山峰相连而成,要想尽快翻越它,只能乘坐飞行器。然而,擅自飞越会被对方的监控系统发现，飞行器可能会被击落。

　　"迷宫问题应对委员会"认为，必须找到一位能独自翻越世界高峰的勇士，让他完成谈判任务。委员会对全球的登山家展开了调查，最终选定居住在日本的零文字阿兹玛。虽然现实中他失去了四肢，但只要他的大脑无恙，在虚拟空间里，他就可以全然无碍地自由行动。

　　交给阿兹玛的任务是，进入迷宫，找到迷途羔羊后与他们谈判，说服他们停止计划；如若不成，便设法摧毁控制电力系统的核心程序。

　　这必然危险重重。虽然迷宫只是一个虚拟空间，但如果人在其中遭遇强烈的冲击，可能会危及生命。遭受冲击时，会感觉到疼痛，如果大量出血，还有可能导致本体脑缺血。也就是说，虽然迷宫中的情况变化是大脑产生的投影，但这种变故会影响到现实中的人体，最严重的可能会致死。

　　政府官员对阿兹玛说："这是一项残酷的任务，除了你，没有人能够完成！"

　　阿兹玛很是烦恼——如此艰巨的任务，自己真的能做到吗？可比起无法动弹、苦挨时日的人生，他觉得这个使命会让自己活得更有意义。最重要的是，虽然只是在虚拟空间，一想到可以再次攀登危峰、挑战极限，他就热血沸腾。阿兹玛决定接受这个任务。

　　为了在不挪动阿兹玛身体的前提下让他的大脑接入网络，巨大的连接装置安装在了他的家中。

　　在委员会工作人员和妹妹玲奈的看护之下，无数电极安在了阿兹玛脑部。

　　成功进入虚拟迷宫后，阿兹玛在陌生的大街上看到了很多身份不明的人,他们大多是计算机制造出来的虚拟角色,但都如真正的人一般,拥有自己独立的个性和生活轨迹。在这个空间里,阿兹玛的敌人居多,但也有不少人愿意站到他这边,助他一臂之力。不过,即便对方看似可信,阿兹玛也不敢掉以轻心。关键时刻遭遇背叛,或千钧一发之际得到意外相助的情节,在整个故事中时常出现。

阿兹玛需要定期回到现实世界,向委员会汇报情况。在虚拟空间中,时间流逝的速度是现实世界的百分之一,迷宫中的一天,大约相当于现实世界的十四分钟半。阿兹玛每次醒来,完成汇报后,又再次回到虚拟世界中。

没过多久,阿兹玛来到了大波斯菊山脉,即将开始他的攀登。然而,真正的苦难才刚刚开始。

武史放下手机,抬起头,揉了揉眼睛。

"看完了吗?"真世问道。

"只看了开头。"武史把手机还给真世,"看来是个冗长的故事,这座大波斯菊山脉,肯定无法顺利翻越吧。"

"那是当然啦。其实,故事从这里才真正开始。"真世撷了撷手机,返回首页界面,"要知道,一共是三十五卷啊。"

"你都看了吗?"

"怎么可能?看了开头五六卷吧,还是跳着看的,都不怎么记得了。"

"听说故事发生地的原型就是咱们小镇?"

"是的。大部分情节都是围绕阿兹玛在迷宫里的探险展开,但阿兹玛会定期回到现实世界,所以漫画中也描绘了现实世界的混乱。这时就会出现许多与咱们小镇相似的场景,比如阿兹玛和玲奈居住的日式房屋。这张海报上想再现的幻脑迷宫屋,就是指那栋房子。"真世指着墙上的海报说。

两人此时正坐在丸宫的餐厅里。离吃晚饭还有一段时间,他们临时决定约殡仪公司的工作人员来这里面谈。因为刚接到了柿谷打来的电话,说司法解剖已经结束,遗体可以领走了。

和美去世时,真世也做过守灵夜和出殡的准备,和殡仪公司打过交道。她立即拨通殡仪公司的电话,说明了情况,并未隐瞒父亲有可能死于凶杀的事实。

主管的男子好像有些惊诧,但语气很平静。"那我们先和警方核实,再到府上拜访。"也许因为工作关系,他们对非自然死亡的遗体早已习以为常。

在等候殡仪公司工作人员的这段时间,真世向武史介绍了《幻脑迷宫》。但她也有许多细节讲不清,只好上网搜了相关信息,让武史自己看。

"原来是想打造一个现实版的幻脑迷宫屋。一个日渐衰败的旅游小镇,企图通过漫画在经济上一举翻盘,就像溺水的人,连根稻草都想抓一抓。"武史耸耸肩。

"也没有像你说的那么难堪,毕竟幻宫的人气非同一般。但话说回来,漫画爆红,也是在动画片播出之后。"动画片的播出,让已经完结的漫画原作再次受到了关注。

真世看了看手机时间,殡仪公司的人应该快到了。"对了,叔叔,亲戚那边怎么办?"

"什么怎么办?"

"什么时候通知他们父亲去世的消息呢?"

"神尾家这边的亲戚,我都通知过了。"

"啊?什么时候?"

"刚才你跟殡仪公司打电话的时候,我已经跟埼玉的叔叔联系过了。"

当时他的确在真世身旁打过一个电话,但通话时间不长。"然后呢?"

"然后?你想问什么?"

"你说了父亲的死因吗?"

"怎么会。我说是因为心衰。"

"心衰?"真世提高了嗓门。

"心脏停止了跳动,说是心力衰竭,不算撒谎吧?"

"这样能行吗?"

"有什么问题?说了心衰,就没人会问东问西了,没法问啊。真世,我告诉你一个窍门。"武史环顾四周后,凑近真世,说,"要是哪个名人死了,媒体报道是心衰的话,那就意味着这个人要么是自杀,要么卷进什么事件了。如果两个都不是,那就是在行房事时猝死的。绝对没错!心衰这个理由简直万能!"武史看起来信心十足,虽然也没什么证据能佐证他的话。

"守灵夜和葬礼的事,你又是怎么说的?"

"我很礼貌地拒绝了。我已经告诉他们,这些事由家人操办即可,请多多包涵。就这些。"

"就是说,爸爸这边不会有亲戚来了?"

"你想让他们来吗?"

"也不是,我只是觉得他们应该会来。"

"大家平时也没什么交往,来了不过是徒增烦恼。对方也会觉得麻烦吧。这样就行了。"

"那芝垣家这边的亲戚怎么办?"

芝垣是和美娘家的姓。母亲那边的亲戚,真世现在还常和他们联系。

"你想怎么办就怎么办。如果觉得麻烦，跟我一样搪塞过去不就行了。"

"就说父亲的死是因为心衰，不必来参加守灵夜和葬礼了？"

"对。"

"会不会露馅？毕竟是起凶杀案，早晚会见报的。"

"不用担心。从今天木暮的反应来看，警方应该暂时不想公开。即使媒体要报道，也要等警方锁定嫌疑人之后才行。"武史说得十分肯定。真世不知道该不该信他。

"不过，干子姨妈他们肯定会想来帮忙的。"干子是和美的姐姐，是个热心肠的人。

"要是那样，你就说，这里的人都在传新一波疫情的事，暂时不太欢迎外地人过来。"

"是啊，还有疫情这一招呢！"

"现在这种特殊时期，外地人擅自过来的话，会很不受待见的。你说得严重一些，吓唬吓唬他们。"武史用指尖戳着太阳穴，"多动动脑子吧。"

真世心里来气，但反驳不了。"知道了，我回头再打电话。"

"那就好，我不希望有无关人员在这里瞎转。"

"无关人员？"

"就是明显与案件无关的人。"

真世心头一跳，她看了看四周，确定无人之后，问："叔叔，你认为杀害父亲的凶手也会参加守灵夜或葬礼？"

"不这么想才不正常。"武史干脆地答道，"如果不是简单的入室盗窃、意外杀人，那么凶手就是哥哥认识的人。虽然还不清楚他们是什么关系，但只要不是见不得人，凶手出现在葬礼的可能性就很高。"

真世咽了一口口水。"真的会这样吗？凶手会来参加自己杀掉的人的葬礼？"

"你代入凶手的角色想想吧。现在这个时候，他肯定坐卧不安，担心自己的罪行被发现。他会觉得，如果不来参加葬礼，容易引人怀疑。此外，还会想打听警察侦查到了哪一步。"

"可是怎样才能找出凶手呢？"

"这就是问题所在。想要一下子就找出来是不现实的，但我们可以借助守灵夜和葬礼，了解哥哥的人际关系网。到时，来宾登记簿就是不可多得的嫌疑人名单。"

武史眼中闪过犀利之色。真世意识到，这个叔叔有很多副面孔，比她想象中更复杂。

没过多久，殡仪公司的负责人到了。一个小个子男人，姓野木，和美的葬礼也是他经办的。真世还记得他那张让人想到蚕豆的脸。提起上次葬礼，野木用力地点了点头。

"是的，所以这次还是由我来负责。令尊的事我非常遗憾，请您节哀。"

野木说，需要在警察局办理的确认手续已经办好了。警方希望殡仪公司在明天上午八点前领走遗体。

"我们会直接护送遗体到殡仪馆，家属希望一起去吗？如果死者是在医院或养老院去世，家属大多希望陪同。从警察局运送遗体出来的话，可能就不太方便了。"

"家属没必要到场。"武史说道，"刚做完尸检的遗体，也没什么好看的，肯定只是胡乱做了些缝合。等入殓师整理完遗容，再做最后的告别比较好。"

武史说话仍旧口无遮拦，真世实在听不下去。她看了眼野木，小个子男人也微微低下了头。

"我也觉得这样会比较好。我们一定会为令尊整理好遗容的。"

"好,麻烦你们了。"真世向野木鞠了个躬。遗体经过了尸检,一般都不会好看。不过她不明白,武史为什么连这些都知道?

"好的。那我们说回正题,您有什么具体要求吗?有没有希望我们务必做到的事?比方说,如果亲属不多,最近有种做法是省去守灵夜,一天之内办完葬礼。这样的话,费用上也实惠一些。"

"一天就能办好?"

"那可不行。"武史插话道,"守灵夜和葬礼要分开,这样才会有更多的人来。不过,不需要他们两场都参加,选一场就行。这样每天到场的人不会太多,也有利于疫情防控。"

真世察觉到叔叔可能另有打算。他应该是想让尽可能多的人在嫌疑人名单上登记。

"明白。"野木回答,"我们公司也非常重视疫情防控。尤其故去的人是学校的老师,我们推测,前来吊唁的应该不止十几二十人。为此我们有一个提议:二位是否考虑举办云端葬礼?"

"云端"这个词最近倒是经常听到。"那是怎么办的?"真世问。

野木介绍的流程是这样的:

布置祭坛,请高僧念经,这些一切如旧。但全程身处会场的只有至亲。吊唁的来宾会在另一个房间等候。房间很宽敞,保持良好的通风状态,座位之间也会留出一定间隔。守灵夜和葬礼的情形会由摄像机拍摄下来,在这个房间实时播放。

"家住得比较远或年事已高、行动不便的人,可以在线收看葬礼直播。既不能到场也不在家中的亲友,只要有手机,在室外也可随时连线。这样就能防止人群过于密集。此外,来到现场的人,接待处会先分发号码牌。会场边设有一块数字显示屏，我们会请他们按照屏幕上显示的号码依次入内上香，上完香再从另一道门出来。这样可以有效控制人流量。"

听了野木的介绍，真世在心中感叹，竟然有这样的方式？疫情改变的不只是日常生活，也影响了婚葬习俗。

"疫情严重的时候，我们还采取过不进场上香的方式，吊唁的人可以坐在车内上香祭奠。不过目前没有这个必要。"

"这不是挺好的吗？"武史说，"就按他们推荐的做法来，怎么样？"

"我也觉得挺好的。"真世表示同意。

"那好，我们就按照刚才介绍的流程来准备了。"野木在文件上记了几笔。

"我们还有一个要求。"武史说。

"请说。"

"能不能把上香台摆在灵柩旁边，请前来吊唁的人先瞻仰遗容，然后上香，再离开会场？棺盖请保持打开状态。"

"先瞻仰遗容……"野木脸上露出几分困惑。

"以前举行葬礼，仪式结束后，至亲会到灵柩前做最后的告别。但现在情况特殊，这样做就不太合适了吧？既然上香这个环节安排得这么好，最后告别的部分不妨也这样处理，安全又合理。"

野木点了点头。"说得对，就按您说的办。是守灵夜和葬礼都这样安排吗？"

"是的。还有，麻烦将来宾上香、告别遗体的场景都拍下来。视频不必传到网上，我们自己留作纪念就好。"

"明白。"野木不停地记录。

真世看了看武史的侧脸。他应该是出于某种考虑才提出这些要求，但到底是为什么呢？

细节都敲定后，武史就很少再插话，似乎已经对这个话题失去了兴趣。

遗像用的照片是从真世手机里的存图中挑选出来的。那是三年前英一参加亲戚婚礼时拍的。并不是拍得有多好，只是没有找到更合适的。

一个小时后，商谈结束了。好在野木对神尾家的宗派、供奉祖先牌位的菩提寺、墓地等有所了解，否则就要花去更多的时间。

这时已过了晚上七点，真世和武史决定吃晚餐。老板娘端来饭菜，满怀同情地说："很辛苦吧？"真世应了声"没事"。之前他们和老板娘打了招呼，要借餐厅商量葬礼的安排。

"如果需要帮忙，请尽管说，让我们也出一份力。"

"谢谢。"

"现在疫情防控的注意事项还真不少……"老板娘唠叨着离开了。真世没有向她透露父亲的死因，对方好像以为是病故。

"刚才你真正的目的是什么？"真世压低了嗓门问武史。

"刚才？"

"你让人上香前先瞻仰遗容，肯定有什么打算吧？"

"嗯。"武史把啤酒倒进玻璃杯。"一个杀过人的人，面对死者遗体时，很难装出一脸平静，一定会露出马脚。"

"你是想看个仔细？"

"对，哪怕只是细微的表情，也不能放过。虽然有摄像，但现场的感觉更重要。"

"明白了。"

真世觉得，这个叔叔虽然有时吊儿郎当，但考虑问题十分周到，是可以依靠的。

刚吃完饭,手机就响了。是柿谷打来的,问真世和殡仪公司的商谈是否已经结束。真世说已经谈完了,明晚是守灵夜,后天举行葬礼。

"这样啊。其实我想请你们帮个忙,现在可以去打扰一下吗?"

"可以的。"

"谢谢。那我这就过去,给你们添麻烦了。"柿谷匆匆挂了电话,仿佛想趁真世改主意前,赶紧赶过来。

真世跟武史说了之后,武史歪了歪嘴角。

"恐怕警察和我们想到一块儿去了。"

"想到一块儿?"

"等他来了就知道了。正好我们也有事要麻烦他。"

"什么事?"

"很多事。"武史一口气喝完剩下的啤酒,露出无所畏惧的微笑。

没过几分钟,柿谷就赶到了,比真世想象的还要快,看起来火烧火燎,十分着急。

真世坐到了武史旁边,与柿谷隔桌相对。

"白天那会儿谢谢你们。感谢你们对侦查工作的协助。"柿谷鞠了个躬,坐了下来。

"听说你有事找我们?"武史开门见山,像是在说"客套话就免了吧"。

"是的,听说葬礼都安排好了,就想请你们帮个忙……"

"到底是什么事呢?"

"我想先确认一下葬礼的规模会有多大?家人和亲戚都会参加吗?"

"不，亲戚都不来。除了我们，来的主要是哥哥的熟人。大部分应该是他以前教书时的同事或学生吧。明天我们打算去町内会问问，现在还不知道会有多少人参加。"

"这样算起来，大概会是多少人？"

"这怎么算呢？学校方面，是我侄女的朋友帮着联系的，哪些人会来现在还不清楚。"

"应该不会只有五六个人吧？"

"这就要看哥哥生前的声望了。"

柿谷把脸转向真世。"您觉得呢？"

"我的同学应该挺多人会来，但也不会超过二十人。其他届的学生、父亲的同事什么的，我就不好说了。"

"明白，明白。"柿谷点头。

"所以，你想拜托我们做什么？一直在等你说这件事。"

"哎呀，失礼了！我是想问，守灵夜和葬礼上，能不能让我们派几个侦查员过去？"柿谷轮番看着两人，像个生意人一样搓起了手。"我们不会让他们穿警服去的，可以让他们混进吊唁的来宾或者殡仪公司工作人员里。"

"啊？"武史惊道，"是想安插卧底吗？"

"没有那么夸张。"柿谷向真世他们摊开手，"我们推测，凶手或涉案人员很可能会在葬礼现身，想尽可能地掌握到场者的情况。不知能否得到你们的同意？"

真世这才明白武史刚才说的"警察和我们想到一块儿去了"是什么意思。

"你觉得呢？"武史问真世。

"叔叔决定吧。"

武史收了收下巴，看向柿谷。"我明白了。既然这样，那警察不如扮成殡葬工作人员吧,请不要混进前来吊唁的来宾里。"

"是有什么顾虑吗?"

"因为守灵夜和葬礼是以特殊方式举行的。"

武史简单向柿谷说了云端葬礼的安排。

"我想你应该了解了吧?吊唁的人是从另一个房间依次进入会场上香。如果警察混入其中,最后会被留在房间里。要是被其他人看到,会很麻烦的。"

"有道理。那如果让侦查员也去上香……"

"我不同意,八竿子打不着的人去上香,哥哥也不会乐意的。"

"我也反对。"真世举起右手,"这么做我有些抵触。"

"你们的心情我能理解。我们会和殡仪公司沟通,让侦查员扮成工作人员入场。还有其他条件吗?"

"卧底的事我们同意了,但我们也有个要求。守灵夜之前,我们想回一趟家。我侄女说了,哥哥有几件心爱的物品,以前就嘱咐过,希望自己离世时能一起带走。我们想回去取一下。对吧,真世?"

这些事之前都没商量过,武史突然向真世抛出问题,让她有些措手不及。她简短地应了一句"是的"。

"原来是这样……我知道了。那明天几点呢?"

"上午十点吧,不需要来接了。"

"好的,我跟看守的警察打好招呼。不过,书房里的东西还请尽量不要触碰,凶手可能在那里留下了什么痕迹,我们想尽可能保护好案发现场。"

"你别不讲道理啊,我们是要去取哥哥用过的东西,怎么可能不碰书房?"

"我也说了,想尽可能保护现场。那个房间本身就是重要的证据,请你们谅解。"柿谷两手撑在桌边,微微鞠躬。

武史长叹一口气,耸耸肩,说:"没办法,那我们尽量吧。"

"谢谢配合。不过,其他房间你们可以随便进入。"

"那还用说,那是我们自己的家啊。"

"还有别的要求吗?"

"目前就这些。"

"好的。"柿谷露出如释重负的表情。他刚刚一定很担心两人提出胡搅蛮缠的要求。"那今天就这样。"柿谷站了起来。

"卧底的事能谈妥真是太好了,这样你在木暮警部面前也好交代了吧?"

"算是吧……"柿谷苦笑。

"调查进展如何?有什么线索吗?"

"才刚刚开始,还不能说什么。我会努力的。"

"加油啊,全靠你们了。"

"好的,那我告辞了。"柿谷说完,转身离开了。

等柿谷走远后,真世问武史:"我们回家干什么?"

"我不都说了吗,回去取一些放到棺材里的东西。真世,你能找到那样的东西吧?"

"有是有。不过,这不是真正的目的吧?"

"目的当然是仔细勘查现场。今天白天有警察在,我没来得及细看。"

"也是。"

两人一起走出餐厅。武史挽起衣袖,看了看手表。

"都这么晚了啊。今天真是漫长的一天,明天只会更漫长,毕竟要守灵。你要做好心理准备哦!"说完,他迈开步子朝旅馆门口走去。

"你去哪儿?"

"便利店,买内衣和袜子。"

竟然没带换洗衣服?说起来,白天武史出现的时候也是空着手。不过,他不是说昨天在家附近打听情况吗?那昨晚他住在哪儿?还是说他先回东京过夜,第二天又来了这里?不,他是不会做这种无用功的。

真世想不明白。这人身上谜团太多,她不能掉以轻心。

回到房间后,真世给本间桃子发了信息,告诉了对方守灵夜和葬礼的安排。"知道了"——很快,她收到了桃子的回复。桃子还说,自己一个朋友的葬礼也是在网上举办的。看来这种形式最近比较常见。

尽管身心疲累,真世还是决定给姨妈干子打个电话。和美去世时,姨妈帮了很多忙,自己手机里还存着她的号码。

电话一接通,干子明亮爽朗的声音传来:"真世啊,好久不见!"

"姨妈,好久不见。"她故意压低了声音,想让对方多少注意到这个暗示。

但干子完全没有察觉。

"我听说你马上要和公司同事结婚了?恭喜!婚礼是在五月吧?现在这个样子,婚宴多半要在室外举行吧?不过五月时节好,在室外办婚宴一定非常舒服。我一直盼着去参加,希望当天是个好天气啊!"

她语速飞快,滔滔不绝,完全不给真世插话的缝隙。亲戚当中,这位姨妈尤其能说会道。

"不是的,姨妈,今天要说的不是这个。"

"啊,是吗?难不成是有喜了?真世,你是奉子成婚吗?"

"不是，不是！"真世把手机贴在耳边，对着空气连连摆手。"不是您想的那样。您先停下来听我说，其实家里出了点事。"

"啊，怎么了？你们分手了？"

真世实在无奈，但顾不了这么多了。

"不是的，姨妈……"她咽了口口水，接着说，"父亲去世了。"

一时间，什么声音都没了，真世甚至怀疑电话那端已经挂断。"喂？"她试着叫了一下对方。

"啊……对不起。真世，你刚才说什么来着？"

"我说父亲走了。事发突然，我想您一定很吃惊吧。"

她听到电话那头深呼吸的声音。"……怎么会？发生了什么？"

"是这样的，"真世喉头干涩，"是心衰。"

"是吗？怎么会，他身体一直很好……"

干子语气凝重，也不再多问了。正如武史所说，"心衰"真是一个万能的借口。

真世接着说，考虑到疫情，守灵夜和葬礼打算在网上举办。当她提到外地的访客可能不便前来时，一向热情的干子也表示理解。"太遗憾了！这也是没办法的事。"

打完电话，真世看到健太发来的信息。

"我想你肯定有很多事要处理，所以没有主动找你。后来的情况如何？有空的时候回我一下就好。"

信息写得很客气，真世能感觉到健太的小心翼翼。他肯定很想知道情况到底怎么样了，但又不敢打扰真世，所以连信息都没怎么发。的确，一天忙下来，真世几乎没有时间查看和回复消息。

真世拨了个电话，健太立即接了。也许他一直在等她的电话。

"是我，真世。现在说话方便吗？"

"没事，我在自己房里。你那边怎么样了？"

"挺多事的。"

"我想也是。遇到什么麻烦了吗？"

"我想想……"总不能告诉他，找不到凶手这件事最让她头痛吧。"现在只希望守灵夜和葬礼能一切顺利。"

"时间已经定了？什么时候？"

"守灵夜是明天，下午六点开始。"

"明天啊……"健太似乎有些为难。"明晚约了客户。我想把地板材料定下来，只能当面和他说。"

"没事，不用勉强，有其他办法。"

得知葬礼将在网上举办，健太并不惊讶，他好像早就知道这种形式。

"那样的话，守灵夜的情况也能看到吧。我晚点就能赶过去，可以把详细地址告诉我吗？"

"我回头发给你。不过，真的不用勉强，现在还有疫情呢。"

"当然要赶过去。未婚妻的父亲去世了，我连葬礼都不参加，说不过去吧？"

"你能这么想，我已经很高兴了。"

"那就明晚见！"

"嗯，好的。"

"晚安。"

"晚安。"

挂断电话，真世叹了口气。"未婚妻"这个词一直在她耳边回响，她一方面觉得踏实，一方面又有了新的不安。

虽然不幸失去了父亲，但自己还有健太，不久后两人就要组成新的家庭，这让她很安心。可现在的他们还不是一家人，以后会发生什么实在难说。她总觉得有些事情不会那么顺利。这种念头挥之不去。

真世微微摇了摇头。现在想这些也没用，先做好自己该做的事吧。

她把会场地址和联络方式发给健太后，想到应该看一下邮箱。

邮箱里躺着不少新邮件，但多半是不要紧的。正快速查阅时，真世突然愣住了。她看到一封题为"致神尾真世女士"的邮件，发件人的名字是她熟悉的。

犹豫片刻，她点开了邮件。内容并不长。

"请原谅我多次打扰，你已经向他确认过了吗？如果已经确认，他是如何回答的？你听了回答之后，仍然没有改变决定吗？"

真世删了这封邮件，把手机扔到一边。

12

远方传来小女孩的啼哭声。

声音从一条长长的走廊深处传来,走廊铺着木板,非常老旧。真世沿着走廊往前走,来到一间和室。只见和室里铺着被褥,母亲和美坐在上面,身穿日式睡衣,抱着一个婴儿。

"每次我刚要睡,她就哭了。"和美抬起头,皱着眉说。看似苦恼,嘴角却带着笑意。

"对不起。"其实不想吵到你的——她在心里抱歉。

刚刚还在啼哭的婴儿已经闭上眼睛睡着了,可仍有哭声不绝于耳。这声音渐渐变成了嘀嘀作响的闹铃声。

真世睁开眼,在昏暗的光线里看到了房间的壁龛。窗帘缝隙里漏出的阳光照在壁龛的挂轴上。那是一幅画着梅花的挂轴。小镇有很多赏梅景点,现在这个季节,本该是游客最多的时候。

她迷迷糊糊地想着这些事,伸手关掉闹铃。人的大脑真是不可思议,居然在梦中把闹铃声听成了婴儿的哭声。

她坐起身,转了转脖子。昨晚她还是没睡好,那个梦让她睡不安生。她自己也知道为什么会做那样的梦,但她想赶快忘记。

洗漱完，真世去了餐厅。她依然没有看到其他客人，也没有见到武史的身影。

"早上好！"老板娘向她问好。

"我叔叔还没过来吗？"

老板娘眨了眨眼，略显意外。"他刚才吃完饭就出门了，您不知道吗？"

"是吗？没事，本来也没说要一起吃。"

等早餐时，真世给武史打了电话。电话接通后，对方一上来就问："什么事？"

"你在哪儿？"

"外面。"

"我知道，我是问你具体位置。"

"去了太多地方，一句话说不清楚。"

"说几个地点呢？"

"你可真烦人！我也有自己的事要忙。对了，正好帮我做件事。你给柿谷打个电话，问问他哥哥的手机什么时候能还回来。不过他肯定会说这是重要证据，暂时还不了。"

"意思是让我问问看？"

"没错。但关键在下一步。对方这么回复你之后，你就说，让他给你看看手机里的邮件、短信、通话记录也行。就说你是遗属，有知情权。"

"我试试，但感觉不会这么容易啊。"真世挠了挠头，"这种事还是叔叔你亲自上吧？"

"我不行，我没有不在场证明。"

"不在场证明？"

"他们肯定会说'不能把侦查信息透露给有嫌疑的人'。这套说辞我太清楚了,昨晚才没提出来。"

"我有不在场证明,所以可以这么跟他们提要求?"

"至少他们不能用刚才的理由搪塞你。不过他们大概又会说,'让别人看到就麻烦了',那时你就强调你绝对不会让任何人看。"

"好,我试试。"

"拜托了。这些线索对我们的调查很重要。那一会儿十点家门口集合,别迟到!"武史语速飞快,自顾自说完就挂断了电话。

"真麻烦。"真世看着手机,嘟囔道。老板娘正好端来了早餐。

吃完早餐,真世回房收拾化妆。这时桃子发来短信。她告诉真世,学校那边的人,她能想到的都联系了,虽然不知道会有多少人,但她们那一届的很多同学今晚都会来。

真世对桃子表示了感谢。之后,她做了个深呼吸,拨通了柿谷的电话。

"有什么事吗?"柿谷的声音听起来有些紧张。真世开始问父亲手机的事。柿谷听了之后,再开口的语气中明显有为难之意。"实在对不起,等案情有了眉目,再和您谈这事。"

他说得很委婉,但正如武史所料,真世被拒绝了。

"好吧,那让我看看短信、邮件、通话记录什么的总行吧?"

"啊……"

"麻烦您了。"

柿谷清了清嗓子。"请稍等一下。"

他大概是找木暮他们商量去了。真世隐约能听到柿谷和别人说话的声音,但听不清具体内容。

"让您久等了。"柿谷接回电话,"非常抱歉,我们无法满足您的要求。"

"为什么?我不是有不在场证明吗?我肯定不是凶手。况且我还是遗属，看一眼遗物的权利还是有的吧？请放心，我绝对不会给别人看的，包括我叔叔。"真世把武史教她的话复述了一遍。

"明白，我非常理解您的心情。但即使您不给别人看，也有可能不小心说漏嘴。"

"我不会的，请相信我！"

"这不是相不相信的问题。作为侦查人员，我们有责任规避任何风险，还请您谅解！对不起，我还要开会，先挂了，再见！"

"可是……"还没等真世把"我是遗属啊"说出口，电话就挂断了。她叹了口气，给武史打电话说了刚才的情况。

"果然行不通啊。柿谷看起来很好说话，我本来还有些期待。"

"中途他好像去找谁商量了。"

"肯定是木暮。"真世听到武史的咂舌声。"没办法，那就放弃这个方案吧。"

"这个方案指的是什么？"

"待会儿再跟你解释，挂了。"

打完电话，真世看了看时间，已是上午九点多。她站起身，从衣橱里拿出昨晚睡前准备好的丧服。这是和美去世时买的，从那之后，她再也没穿过。

这时，健太发来了信息："早上好！主丧人加油！晚上见。"真世回道："谢谢！正准备出门。"

她从行李箱里拿出大号托特包，往里面塞了个黑色手袋，然后背着走出房间。上次操办和美的葬礼时她才知道，主丧人会收到很多礼金、唁电，丧葬合同书等物件也需要谨慎保管，所以这次她特地带上了托特包。

真世请老板娘帮忙叫了辆出租车，等车时，她上网浏览了一下新闻，看到东京的疫情已得到控制。她不由得松了一口气，这意味着健太出行也会相对容易一些。

坐上出租车，真世向街上望去，行人似乎比昨天多了一些。是因为东京疫情好转了吗？真世心绪散漫地想。

九点五十五分，真世到了自家门前，比约定时间提前了五分钟。门口站着身穿制服的年轻警察。她走上前说明了情况。

"我们听说了，您进去吧。"

"我和叔叔约了先在门口见，我再等一会儿。"

"您叔叔已经进去了。"

"啊，是吗？"

"大约十分钟前进去的。"

"好的。"

真世急忙穿过院门，打开玄关处的大门。她看到书房前站着一名戴口罩的警察。警察看到真世，立即挺直了后背。

真世见换鞋处有两双鞋子，其中一双比较破旧，应该是警察的；另一双是较新的皮鞋。

真世向警察打完招呼，探头看了看书房，没有见到武史。

"如果您要找被害人的弟弟，他在二楼。"警察客气地说。

"好的。"

真世沿着走廊往里走的时候，正好看见武史走下楼。真世没想到他竟然穿着丧服。

"叔叔，你不是说在门口集合吗？"

"我到得早，干等着也是浪费时间，就先进来了。这没什么大不了吧？"

"是没什么……不过，你这身衣服是怎么回事？"

"很奇怪吗？遗属守灵，当然要穿丧服。"

"我说的不是这个，我是问你从哪里弄来的？租来的？"

"我自己的。区区丧服我还是有的。"

"那你之前放在哪里了？"

武史不屑地撇了下嘴。"这没所谓吧？"

"我想知道，你是从哪里弄来的？"

"我存放在车站的投币式储物柜了。拿行李太麻烦，我就先寄存一下。"

"那个又是什么？"真世指着武史右手拿着的一个小包。

"你可真啰唆，以后你老公会被你烦死的！"

说着，武史不耐烦地拉开包的拉链，从里面拿出了一件东西——一个装礼金的奠仪袋。真世吃了一惊。

"现在就交给你，可以了吧？本来是想整理来宾礼金的时候再给你。"

"那我先收下了，谢谢。"

真世接过奠仪袋，放进包里。一想到自己是接受祭奠财物的丧主，悲伤又一次涌上心头。

两人来到书房前，站岗的警察分别递给他们一副手套，仿佛在对他们说：要是现场随便留下指纹，那就麻烦了。

两人打开门，走进书房，环顾室内。和昨天一样，房间依然一片狼藉。武史说得对，这里怎么看也不像是为了找东西而弄乱的，凶手多半是为了制造盗窃现场，刻意做的手脚。

"我去。"武史骂了一句。

"怎么了？"

武史指着书桌。"电话传真机被警察拿走了。哥哥在家的时候，就爱用固定电话。"

"的确是这样。他老觉得用手机打电话信号不好。"

"以前确实信号不好，他这是老习惯改不过来吧。我本来想，看不了他的手机,还可以查一下这边的通话记录……"武史苦着脸说。

真世走近书桌。只见抽屉被抽了出来,里面的东西仍散落在地。她看到地上有一支万宝龙钢笔,便捡了起来。这是结婚十周年时,和美送给英一的礼物,英一生前总爱用这支笔写重要信件。当时英一送给和美的应该是一条珍珠项链。真世还记得,那天他们一家三口去了夜景很漂亮的餐厅吃饭,那里的炸虾又大又美味,她特别开心。

真世又捡起了英一的老花镜。他有散光,平时多戴圆框眼镜,看书时才换成老花镜。真世第一次看到英一把老花镜架在鼻梁上时,英一还不到五十岁。那时她就真切地感到,父亲老了。

真世抬头看了看武史。他正背对后院,叉开腿站在那里,看着屋内出神。

"你在干什么?"

武史慢慢地抱起了胳膊。"我在揣摩凶手的心理,他为什么要把房间弄得这么乱?"

真世皱眉。"你还在琢磨这个?你不是说凶手是想伪造一个盗窃现场吗?怎么开始怀疑了?"真世小声嘀咕着,看了看书房门口。警察没有进屋,但时不时会瞟一眼屋内的情况。

武史道:"太拙劣了。"

"拙劣?"

"凶手的手法太容易识破了。如果是想伪造盗窃现场,稍微翻动一下书架和抽屉的东西就够了,没必要弄成这个样子。"

"确实,没动存折也很奇怪。"

"存折?"

真世告诉武史,昨天她试图从地板上捡起存折,被木暮阻止了。那本存折现在已不在现场,应该是警察带走了。

"这一点的确奇怪。小偷现在一般都不偷存折了,因为就算你拿着存折和印章去银行,如果不能证明自己是户主本人,也取不了钱。但犯罪时应该想不到这么多。凶手要是想让人认为他是冲着钱来的,应该把存折拿走才对。更奇怪的是,他连凶器都没准备。他的目的到底是什么?真的只是为了杀害哥哥吗?"武史思索着,走到真世身旁。"要放进棺材的遗物选好了吗?"

"嗯,选好了。我觉得这两样东西应该合适。他在另一个世界里,也需要笔和眼镜吧?"真世从托特包里拿出了钢笔和眼镜。

武史摇了摇头。"这样的东西是不行的。"

"为什么?"

"玻璃也好,塑料也好,火化时会熔化并粘在骨头上,捡骨灰的时候你会后悔的。要是想把它们一起下葬,等火化后再放到骨灰盒里吧。"

"那应该选什么好呢?"

"保险起见,就选那些吧。"武史用大拇指指了指身后的书架。

"书?"真世走近书架。"确实很适合他。"

真世凝视着书架上的一排排书籍,陷入了沉思。这么多书,父亲最喜欢哪一本呢?

她的目光停留在一本书上——《奔跑吧!梅勒斯》的文库本。回过神后,她注意到武史就站在自己身后。

"看来是选好了。"

"就这本。"真世取下书给他看。

"一个歌颂友谊的故事,也不错。"

真世的视线再次投向书架。"以前这类书有很多,现在好像只剩这本了。"

"这类书是指什么?"

"初中生也读得懂的书,像是福尔摩斯、鲁邦之类的。以前他常带学生到家里来,来了就推荐他们读这些书。"

"把初中生带回家?这事我可做不到。到最后他们不是弄脏房间,就是弄坏东西,搞不好还会偷拿走些什么。"

"说起来,"真世盯着《奔跑吧!梅勒斯》的封面,像是想起了什么。"我上小学的时候,有个初中生模样的男孩在这里看书。我问母亲那是谁,母亲说是父亲的学生。"

那是二十多年前的事了,当时真世刚上小学没多久,她只有一些模糊的印象。可能她真的不习惯怀旧。

武史一直盯着书架的边上看。那里收着与学校相关的档案。

"真世,你初中是哪一届的?"

"我吗?第四十二届。"

武史从书架上抽出一本档案,上面用签字笔写着"第四十二届学生毕业文集"。

"你想干什么?"

"看看而已。"

"可不要看我的啊。"

"你在说什么?读陌生人的作文有什么意思?"他噌的一下转过身,打开了档案。装订好的稿纸被他翻得哗哗直响。

"等等,不要啊!"

"找到了!三年级二班,神尾真世,这字写得真漂亮!"

"不许再看了!"

真世想抢回档案,但高个子的武史向斜上方高举双臂,她够不着。

"原来你初中的时候想当插画家?"

"不行吗?差不多可以了吧!"

武史放下手臂,合上档案。真世一把抢了过来,放回书架。

"咦?"武史的目光接着扫过其他档案,他突然皱起了眉头。

"怎么了?"

"这里的顺序弄反了。"武史指着第三十七届学生的档案说。的确,这一届的档案和旁边第三十八届的档案顺序弄错了。

"还真是。"说着,真世把文件调换了顺序。

"话说回来,他居然连这些档案都留着。"武史感叹道。

"要是还有机会问父亲,他想带什么到另一个世界去,他肯定会回答,这些东西都要带上。"

"也许吧。"武史双手叉腰,叹了口气,"不过棺材里可放不了这么多东西。"

13

殡仪馆位于小镇外的一个小山丘上。那是一栋三层建筑,简洁的白墙、巨大的落地玻璃让它看起来干净敞亮。火葬场紧挨其旁。殡仪馆和火葬场之间有长廊相连。那年,和美葬礼当天下起了雨,多亏了这条廊道,人们来来往往才不用时时打伞。

野木在门厅等候,身后跟着几名戴口罩的男子,乍一看会以为他们是殡葬工作人员。但野木介绍,他们全都是警察。

"除了我,公司只安排了三名员工。他们正在布置会场。"

假员工们看起来无所事事。前来吊唁的人入场前,他们应该都没什么事可做。武史冷冷地瞥了那些人一眼,然后看向野木。

"我还有个要求,现在提还来得及吗?"

"是什么呢?"

"在来宾接待处再增设一个拍摄点,我们也想记录下接待的情况。这个也不用公开,我们自己留着就行。"

野木从里兜掏出手机。"明白了,应该可以办到,我们来安排。"

"那就麻烦你们了。从哪个位置拍摄,待会儿再告诉你们。"

"好的。"

野木打电话时,真世问武史:"为什么要增加拍摄点?"武史没正面回答,只对她说:"必要时会告诉你。"

野木返回,说可以增设拍摄点。武史满意地点了点头。

两人走进会场时,工作人员正在布置祭坛。看到棺材已摆放到位,真世停下了脚步。棺盖没有合上,就放在旁边。她慢慢往前走,很快看到了父亲的遗容。他双目紧闭,表情安详,仿佛马上就要睡醒起身。这和真世在警察局太平间看到的截然不同。她想,入殓师的手艺还真不错。

真世从包里取出那本《奔跑吧!梅勒斯》,将它放在了遗体旁。这次的出殡仪式是调查的一个环节,她每一步都不能出错。

"有死亡报告吗?"武史问野木。

"有。"野木从腋下夹着的文件袋里抽出一页纸,递给武史。武史接过,走到稍远处仔细看了起来。真世跟在他身边,只听他喃喃说了一句,"原来是这样。"

"怎么了?"

"我想知道尸检报告是如何描述死因的。"

"上面怎么说?"

"'颈部血管遭受挤压,导致心跳停止。'果然不是单纯的窒息死亡。"

"那就是说,凶器的确不是细绳之类的东西。"为了不让野木听见,真世压低了声音。

"对。"武史回到野木面前,把文件还给了他。然后,他走近祭坛,抬头看了看已经布置好的英一遗像。照片里的英一看着镜头,面带微笑。这是一张在婚宴现场拍摄的照片,背景已经巧妙地抹去了。

野木走过来对真世说:"神尾女士,有几件事想跟您说一下,现在方便吗?"

"方便。"

"那我们去休息室吧。"

"好的。叔叔,你也一起来吗?"

"我就不必了,这些事你自己解决。"武史仍在看遗像,爱理不理地敷衍了一句。

在休息室里,野木向真世详细说明了接下来的安排。与和美的葬礼相比,这次葬礼简化了许多。出于防疫的需要,葬礼上得尽量减少人与人的接触。

谈话结束后,两人又回到了会场。会场布置基本已经完成,此时已看不到工作人员的身影。场内并排摆放着两把供遗属使用的折叠椅,武史坐在右边那把椅子上。

"叔叔,来一个饭团吗?"真世一边问,一边从包里拿出一个便利店的包装袋,那是她来殡仪馆路上顺道买的午餐,主要是饭团和日本茶。

"好,给我一份吧。"武史答道。

真世坐到他身旁,从袋里拿出鲑鱼和鲑鱼子饭团,还有瓶装茶,一齐递给武史。她自己吃的是金枪鱼蛋黄酱饭团。

真世撕开饭团保鲜膜,看着棺木说:"在棺材旁边吃饭团,总觉得怪怪的。"

"不是挺好的吗?就当吃白事饭了。"

因为疫情,今天取消了白事饭的安排。

真世默默吃着饭团,突然想起什么似的,盯着武史的侧脸看。

"怎么了,我脸上有东西吗?"

"叔叔,我第一次见你,是在祖母的葬礼上。"

"是啊。"

"葬礼前一晚,我们在准备祖母的守灵夜,父亲突然跟我说他还有个弟弟,吓了我一跳。"

"是吗?"

"我一直有个问题想问你。"

"什么?"

"我们第一次见面的时候,你就说你认识我,知道我会画画、喜欢猫。你还记得吗?"

武史喝了口茶。"我不记得了,也许说过吧。"

"当时听你这么说,我还以为是父亲跟你提过。可是后来我问父亲,他说他没有跟你详细讲过我的事。那你到底是怎么知道我会画画、喜欢猫咪的呢?"

"我为什么知道?"武史歪着头想了想,"不记得了。"

"不可能,你撒谎。"

武史看了眼真世,满脸意外。"为什么这么肯定?"

"你肯定使了什么花招,这种事,你怎么可能会忘?"

武史哼笑两声,对真世说:"你可真是越来越敏锐了。"

"快告诉我,到底怎么回事?"

武史瞪了她一眼。"这么想知道?"

"对啊!"

"那你出多少钱?"

真世被这个问题噎住,朝武史翻了个白眼。"又来这一套?"

"不行吗?这个世界上,哪有魔术师愿意免费揭自己老底的?"

"真是够了,我怀疑你是不是脑子进水?"

武史叹了口气,把吃完的饭团保鲜膜揉成一团,扔进了塑料袋中。

"没办法，今天情况特殊，就当是我给的礼金吧。首先，为什么知道你喜欢猫？答案是，我活了这么多年，还没遇到过讨厌猫的女孩，至少没见过哪个女孩会因为有人说她喜欢猫而不高兴的。"

"什么？"真世睁大双眼，"就这样？"

"没错。"

"说白了就是瞎猜？"

"这叫基于统计学的推测好不好。"

简直让人大跌眼镜。困惑了她将近二十年的谜底，竟然就这样？连变戏法都称不上，哪来的揭老底一说？

"那画画呢？讨厌猫的女孩不多，不擅长画画的女生还是很多的吧。"

"是啊。"

"这个的谜底又是什么？"

"下次再告诉你。"

"啊？为什么？"

真世正想抗议，身后传来一阵声响。她回头一看，是桃子穿着一身丧服赶来了。

"桃子！"真世站起身，冲对方打招呼。

"好久不见！"桃子跑了过来。两人手拉着手。

"你来得这么早！"真世事先拜托了桃子到现场帮忙接待来宾，没想到她这么快就到了。

"我想可能会有别的事要帮忙，就提前来了。不过，好像是来得有点早。"

"没事，正好有很多跟疫情防控有关的事，我得提前跟你说。"

"那就好。真世，你不要逞强，能让别人帮忙的事，就别全揽到自己身上。不然身体会垮掉的。"

"嗯,我会注意的。"

武史从真世身后走了过来。"这位就是桃子女士?"

"是的。桃子,我来介绍一下,这是我叔叔武史,我父亲的弟弟。"

桃子看上去有些紧张,说:"很高兴见到您。"

"我听真世提起过你,听说你厨艺很好。"

"啊?哪里哪里。"桃子摇头,赶紧摆了摆手。

"不是吗?我怎么听真世说,她吃过你做的菜,味道很好。做的是什么来着?"

武史看向真世,可真世完全不懂他在说什么。叔叔怎么又突然说出如此奇怪的话?

"啊,"桃子道,"是不是饺子?"

"对!"武史指了指桃子,然后看着真世问道,"你不是说头一次吃到这么好吃的饺子吗?"

真世完全不记得自己跟武史说过这样的话,便只含糊点了点头。不过她隐约想起来了,初中那会儿她去桃子家玩,好像确实在她家里吃过饺子。

"都多久的事了你还记着?"桃子用手捂住嘴角,不好意思地说,"又不是什么山珍海味。"

"你太谦虚了。这么好的手艺,你先生真让人羡慕。听说今天要麻烦你接待来宾,还请多多费心。我们回头再聊。"

武史向出口走去。出门前,他回头冲真世咧了咧嘴。真世突然反应过来,他刚才套话的方式,和他当年知道她会画画的方式一模一样。小学生有图画手工课,课上总会画些什么,即使画得不好,也总会得到一些人的表扬,比如爸爸。那就足够了,不会有人因此而不高兴的。

"他真是个好叔叔!"桃子在真世耳边说。

真世晃了晃食指。"他很不靠谱的,他的话你可别信!"

以新的方式进行守灵夜和葬礼,来宾接待上要注意的事项不少。每个来宾会收到一张登记卡,须在上面填写姓名、联系方式以及与死者的关系。现场摆放了几张桌子,以便来宾先在那里填好信息,再去接待处一并留下奠仪袋和登记卡。登记时,来宾可从贴了"未使用"标签的箱中取出签字笔,用完后再将笔放入"已使用"的箱中。

签字笔每隔一阵就会消毒、补充。负责接待来宾的桃子不光戴着口罩和面罩,还戴着手套。奠仪袋和登记卡都放在一个托盘里,之后会和托盘一起放入消毒箱中一键消毒。

"太麻烦你了,真不好意思。"真世向桃子道了个歉。

"没事的,怎么会。"说话间,桃子已经把写好的登记卡和奠仪袋放到托盘上。袋子上写着"池永良辅",旁边是桃子的名字。真世这才意识到,桃子结婚后随了夫姓。自己从来只唤她的名字,总是不太记得她现在的姓。

"我家那位待会儿也要赶过来。"桃子说。

"这样吗?可是,他人在关西吧?"

"嗯,我告诉他这件事之后,他说他不能缺席。"

"他和我们是同一个初中的?"

"是的。他初一和初三的班主任好像就是神尾老师。我没跟你讲过吗,老师帮过他很大的忙呢!"

"这样啊,可能听你说过,但我记不太清了。抱歉。"

这几年,真世和桃子最多一年发几封邮件,没怎么细聊过。

桃子说她要结婚的时候,真世也只是发了封贺电,没见过她的丈夫良辅。

"短期内你们还要继续两地分居吗?"

"我也不清楚,可能吧。"

"他在关西工作,你没想着一起过去?"

"这个……"桃子侧头想了想,"现在疫情还没结束,去一个陌生的地方,我还是有些害怕。与其这样,不如待在自己熟悉的老家。而且我还有孩子要照顾。"

真世也能理解桃子的心情。要是疫情蔓延,府县之间的跨地区出行都要受限。万一被困在人生地不熟的地方,真的很麻烦。真世不由得想,如果是自己会怎么做?她和健太所在的公司没有外地调动,但如果健太换了工作,必须到另一个地方长驻,自己也要一同前往吗?那样就不得不辞职了。

"所以你现在不上班了?"

"是的,不过……"桃子看上去有些不自在,"说实话,我还挺想继续上班的。现在没工作,是因为公司倒闭了。我之前没来得及跟你说。"

"原来是这样吗?"真世一直都不知道,"你之前是在旅行社工作吧?"

"嗯,旅行社去年秋天就破产了。疫情让旅游业遭受重创,小旅行社更是不堪一击,当时有些媒体用谐音打趣我们'不堪疫击',实在让人笑不出来。"她耸耸肩,苦笑着说。

真世看着朋友圆圆的脸,心想,她也不容易啊。看起来还是活泼开朗的样子,但其实每个人都有自己的烦恼。人到三十,这些都在所难免。

刚才一直不见人影的武史和野木不知从哪里冒了出来,两人在来宾接待处交头接耳,像是在指挥工作人员安排拍摄点。真世不知道武史又在打什么主意。

没过多久,身穿丧服的人接二连三来到了会场。最先过来和真世打招呼的是一位她没见过的老人,询问之后才知道他是英一退休那年的校长。老人已然有些口齿不清,艰难地向真世表达了"痛失一位好老师,希望凶手早日落网"的意思。虽然媒体没有报道英一的事,但这个小镇的任何风吹草动都瞒不过大家。

原口是和三名男子一起来的,他们也都是真世的同学。很久没见,大家又都戴着口罩,真世根本分不清谁是谁。其中一个宽肩男子站到了真世面前。

"神尾,请节哀。我是柏木。"他摘下口罩,露了一下脸,随即立刻戴上。他正是柏木建设的副社长柏木广大。

"啊……好久不见。"

"我听原口说了,真是不敢相信。居然有人能做出这么残忍的事!有什么我能出力的地方,你尽管说。"他说话铿锵有力,自带某种强大的气场。

"谢谢你。"真世表示感谢。

另外两名男子也上前同真世打招呼。略显发福的沼川开了一家居酒屋,瘦长脸的眼镜男牧原则在地方银行工作。

真世想起原口说过的事——幻脑迷宫屋筹建计划告停,柏木正牵头,想制定一个振兴小镇经济的新方案,沼川和牧原可能也参与其中。

四人向接待处走去。牧原像是想起了什么,又走回真世身旁。

"神尾,你最近和老师聊过什么吗?有没有说起过我们几个啊?"

真世摇了摇头。"这段时间没怎么和他聊天,怎么了?"

"没什么,最近不是有同学聚会吗?我就想,你们会不会聊到我们的事。"

"比如什么？"

"比如，'牧原现在是这个样子啊，沼川的店好像因为疫情经营困难了'之类的。总之，我想知道老师有多关心我们。"

"你很在乎这些？"

"有点。我本来想在同学聚会上问老师的，可是现在问不了了。他没跟你说什么的话，就算了。对不起，耽误你时间了。"牧原说完，便快步走开了。

这家伙真让人摸不着头脑。真世看着牧原瘦削的背影，心里直嘀咕。

来吊唁的人陆续到达。野木带真世见过前来念经的僧侣，一切准备就绪后，守灵夜正式开始了。真世走进会场，武史已经盘腿坐好。她刚在他身边坐下，武史便凑过来小声问道："嫌疑人的入场情况怎么样了？"大概是因为手持摄像机的工作人员就在附近，武史把嗓门压得很低。

"不许这么叫他们，我很多同学都来了。"

"这些人可都有重大嫌疑。"

武史话音刚落，葬礼司仪就宣布守灵夜正式开始。与以往的程序一样，僧侣进场后开始念经。不过现场除了工作人员，只有真世和武史。其他人则在另一个房间观看实况直播。

上香时，真世和武史站了起来。前来吊唁的人依次进场。第一个走进来的是老校长。他跟跄跄地走近棺材，向棺内看了一眼，满脸悲伤。他先双手合十，再慢慢地上完一炷香后，沿着地板上的指引标志往出口走去了。在武史的要求下，整个过程都被工作人员拍了下来。

后面的人排成一列，也是这般先瞻仰遗容，上香，最后从真世他们面前退场。真世想起武史对她说的话:要若无其事地暗中观察这些人看到英一遗容的第一反应。

终于轮到真世的同学了。柏木瞻仰遗容时神情肃穆,即便隔着口罩,真世似乎也能看到他那抿成"一"字形的嘴唇。沼川和牧原等人也看不出有什么异常。

排在最后的是桃子和一个高个子男人,应该就是她的丈夫池永良辅。英一到底为他做过什么,才让他特地从关西赶来守灵夜?

两人走近棺材,神情紧张。桃子看了眼棺内,痛苦地皱起了眉头,良辅也一样。有那么一瞬间,他似是惊讶地瞪大了眼睛,但马上收敛了神色。上完香,向真世他们鞠了个躬后,两人离开了会场。

没过多久,僧侣念完经退场,仪式结束。真世走出会场大门,看到桃子他们的身影,连忙走上前去。"谢谢你来帮我接待来宾,累了吧?"

"不累不累。要领我都掌握了,明天也交给我就好。"

"嗯,太感谢了!对了……"真世抬头看着桃子旁边的男子。"今天谢谢您特地远道赶来。我还一直麻烦桃子,实在抱歉。"

"别这么客气。"良辅摆摆手,"神尾老师生前真的很关照我,这是我应该做的。唉,怎么说呢,请您节哀。我知道这种客套话没什么用,也表达不出我的难过和气愤。实在对不起。我嘴比较笨,只会说这些。"

尽管戴着口罩,真世依然能感觉到他此时不知如何表达的焦躁。

"您有这份心意就够了,我想父亲也会很高兴的。"
"但愿如此。"
"良辅,"桃子指了指手表,"时间差不多了吧?"

"啊,是的。神尾,那我先告辞了。"

"今晚您住在桃子家吗?"

"不,我还要赶回去。"

"回关西?现在就走?"

"他今天得赶回去。"桃子在旁边说,"工作好像还挺忙的。"

真世再次看向良辅。"这么忙还特意赶来……真是太感谢了。"

"哪里的话。这不算什么,我已经习惯了。桃子,那我走了。"

"路上小心点。"

良辅点了点头,对真世说了声"告辞",朝正门走去。

"真不容易啊。"真世对桃子说。

"他是个工作狂。"桃子叹了口气。

其他前来吊唁的人都已经回去了。真世和桃子一起回到接待处,和野木商量第二天的安排。真世把收到的奠仪放进除菌盒里,再收进了托特包。

"咦,登记卡呢?"

"交给您叔叔了。"野木的视线投向真世身后。真世回头,见武史正和两名男子面对面站着,三人之间气氛有些僵。那两名男子是假扮成员工的刑警。

"他们在干什么呢?"

"不清楚……"野木歪了歪脑袋。"神尾女士,今天我先告辞了,明天还请您多多关照。"

"我要请您多多关照才是。"

野木深鞠一躬,看了一眼武史便匆匆离开了。大概是不想卷入不必要的麻烦吧。

"那我也回家了。"桃子说,"明天见。"

"嗯,明天也辛苦你了。"

送走桃子后,真世走到武史身边。

"怎么了?发生什么事了?"

"没什么事,我只是在拒绝这帮家伙提出的莫名其妙的要求。"

"怎么就莫名其妙了?我们不是一直在解释,是破案需要吗?"其中一名稍显年长的刑警说道,听起来很是委屈。

"到底怎么回事?"真世问。

刑警长叹一声,对真世说:"我们想借用来宾登记簿。原件不方便给的话,让我们复印一份,或拍个照也可以。"

"你们是说……"真世看了看武史手里提着的纸袋。登记卡就放在里面。

"这些都是来宾的个人信息,不能随便让别人看。"

"不是说了绝对不会外传吗?我们保证!"

"保证有什么用?窃听、私自安装 GPS 什么的,你们警察不是经常搞这些小动作吗?"

"我们怎么说您才相信我们呢?您难道不希望尽早将凶手捉拿归案吗?请配合一下我们的工作吧!"这语气已近乎哀求。

武史哼了一声。"配合?那我们提的要求你们也会配合吗?"

"什么要求?"

"不是别的,就希望你们能马上归还我哥的手机,如果还不了,那就让我们看看里面的信息和数据。"

真世注意到,刑警们听了武史的话,眼神立刻躲闪起来。

"这个要求……"

"不行,是吧?那我这边也不行!"

"您别这么说。这么重要的事,不是我能擅自决定的。"

"你的意思是需要上级批准?你是哪个部门的?辖区警局?"

"不,我们是县警本部的。"

"也就是说,你们的直属上司是木暮警部?那好,"武史突然指着旁边一名沉默"观战"的刑警,问,"你叫什么名字?"

"我?"突然被问到的刑警一脸疑惑。

"对,你叫什么名字?"

"我姓前田。"

"前田,你现在就给木暮警部打电话,打通了让我直接跟他说。"

"啊?现在就打吗?"

"对,立刻,马上!"

前田为难地看着同事,像在等待指示。稍年长的刑警默默地点了点头。

前田拨通了电话。

武史把纸袋递给真世,眼神仿佛在说:"你可要拿好了!"

"我是前田。遗属不肯外借来宾登记簿……不,他说不让看,也不让复印,要看的话,就得拿被害人的手机交换……对,被害人的手机。他还说想直接和您沟通。"

武史走到前田身旁,一把抢过他的手机,把手机贴在耳边后猛地转过身,背对警察。

停顿了一会儿,武史才语气粗暴地说:"喂,是我!你忘了?我是神尾英一的弟弟……问我为什么这么做,当然是因为我觉得直接沟通效率更高啊!我听你手下的人说了,你不肯让我们看哥哥的手机,还要我们给你提供信息?真不要脸,你们到底想干吗?"

和勘查现场那会儿一样,武史根本不关心对面的人是谁,有多大头衔,说话直来直去,也不知道他哪来这么大胆子和底气。

站在武史正前方的真世一边想着这些,一边瞥了武史一眼。

这一瞥让她吓了一跳。只见他左手举着一部手机说着话,右手在上衣内兜操作着另一部手机。真世仔细一看,武史用于通话的似乎是他自己的手机,而右手正操作着的才是前田的手机。换言之,他从前田那里抢走手机后,立即挂了电话,换自己的手机重新打给了木暮。他刚刚讲电话前之所以停顿了一下,就是因为这个。这样的手法令人难以置信,真世离这么近都完全没有注意到他偷梁换柱。两名刑警更难发现。

武史还在继续打电话。"真拿你没办法。既然你都这么说了,就给你点面子吧。手机我可以不看,但你得告诉我哥哥周六去了哪儿。如果你肯说,我就同意你们复印登记簿……别装傻了,查一下手机里的定位信息就能知道……为什么想知道?跟你们没关系。怎么样,你答不答应?反正我这边无所谓。"

突然,真世包里的手机震了一下。她收到了一封邮件。她拿出手机,看到发件人的名字时,屏住了呼吸。竟然是前田发来的。看来武史擅自操作了前田的手机。

"东京王国酒店?确定吗?时间呢?……还有什么……知道了。少在这儿自以为是,说好的事我从不食言,别把我和你们相提并论!"

挂断电话后,武史转身对两位刑警说:"我跟你们头儿谈好了。真世,把登记簿给他们。还要谢谢你呢,前田!"他把耳边的手机还给了年轻的刑警。

他是什么时候把前田的手机又换回耳边的,还神不知鬼不觉地收起了自己的手机?真世一头雾水。

14

　　平板电脑播放着今天在来宾接待处拍摄的录像。前来吊唁的人保持着一定距离,依次走到接待处,向桃子打完招呼后,将登记卡和奠仪袋放到托盘上。桃子旁边站着几个身穿丧服、胳膊上戴着袖章的男人,据武史说,这些人都不是殡仪馆的工作人员,而是刑警。

　　"注意这个男人的动作,你不觉得不自然吗?"武史用一次性筷子指了指桃子身旁的男人。

　　真世仔细盯着画面,只看到那个男人站在那里,没有发现什么异样。

　　"没什么啊……看起来很正常。"

　　武史不屑地撇了撇嘴。"真是缺乏观察力!你仔细看,每次来一个吊唁的人,那个男人都和桃子一起鞠躬,然后立即用左手摸领带。你看,又摸了。"

　　真世凑近屏幕仔细看。

　　"你这么一说还真是。他在干什么呢?"

　　"拍摄。"

"什么?"真世目瞪口呆。

"刑警为什么要和桃子一起站在接待处?原因只有一个,他们想从正面拍下所有到场的人。那个男人肯定戴了一个伪装成领带夹的隐形相机,只要来宾站到接待处前,他就按下右手的遥控快门。左手去摸领带是为了固定相机镜头,镜头要是摇晃,画面就会糊成一团。"

真世听了武史的讲解,气愤地说:"真过分!不仅未经来宾本人的同意,也没有和我们商量,这不就是偷拍吗?是犯罪行为!"

"就是偷拍。不过那帮家伙可不会有什么罪恶感,为了查案,他们可以不择手段。可惜的是,来吊唁的人清一色都戴上了口罩,他们没法准确地掌握来宾面部信息。真是活该!哎,马上到了,注意看屏幕。"

"马上到了?"

"继续看就知道了。"武史盯着画面,用筷子夹起煎鸡蛋往嘴里送。

真世和武史正坐在会场旁边的休息室里。刑警们撤离后,他们吃着外卖讨论下一步的行动。他们看的录像是武史让野木增加的拍摄点拍下的。画面中,轮到柏木上前,他和其他人一样,先向桃子打了招呼,放下卡片和奠仪袋后便离开了。桃子身旁的男子依旧在频繁地摸领带,其他刑警没有特别的动作。

接下来,原口来到了接待处。他向桃子低头致意,然后往托盘里放入卡片,正准备放奠仪袋。

"就是这里!"武史按下暂停键,用食指指着画面。

画面上,一名男子紧挨托盘站着。尽管他戴了口罩,真世仍能认出他就是刚才被武史命令给木暮打电话的年轻刑警前田。

"注意看他的左手。"武史说,重新按下了播放键。

正如武史所言，前田的左手微微一动。他摸了一下耳朵后面，然后放下了手，似乎很在意自己的口罩。

"别眨眼，看清他的动作。"武史按下了快进键。

真世打起精神注视画面中的前田，只见他又重复了一次刚才的动作。武史再次按了暂停键。画面中正站在接待处前的人，真世也认识。

"是牧原……"

"他也是你的同学？"

"是的，他在地方银行工作。"

"地方银行啊……"武史嘀咕着，再次按下快进键。

随后的画面中，前田也多次做出同样的动作。

"感觉不太对劲呢，前田警官的左手。"

"是吧？这绝不是一个简单的动作。好，现在开始回放。"武史倒回原口放登记卡之前。"这次注意看前田的右手，看得出他拿着什么吗？"

真世仔细留意，见前田的右手放在腰前。"好像是手机。他是在看手机吧？"

"没错。"

"他在看什么？"

"你觉得呢？"

"我不知道。告诉我吧！"

武史很是无奈。"稍微动动脑筋吧。"

"问你不是更快吗？别吊胃口了，快告诉我。"

武史微微哼了一声。"老这么偷懒，很快就会变痴呆哦！听好了，前田看手机，是因为上面有名单。"

"名单？什么名单？"

"当然是嫌疑人名单。来吊唁的人一放下登记卡,前田就会迅速低头和手机比对,如果这个人和名单上的信息匹配,他就会用左手摸一下耳朵。这相当于一个暗号,其他刑警看到这个动作就会采取行动。"

"什么行动?"

"你以为他们为什么要来盯着守灵夜和葬礼?不仅仅是为了拍摄来宾的长相,也为了随时监控对他们来说可疑的对象。我猜,前田抬左手发出暗号的同时,右手会用手机发信息给其他人,告诉他们这是名单上的哪一号人物。拿原口来说,他在这之后的一举一动,应该都受到了场内警察的监视。"

"等等。"真世举起了手,"那个嫌疑人名单到底是什么?他们怎么确定的?侦查工作不是还没多大进展吗?"

"你还真问了个好问题。你说的没错,警察手上也没什么重要线索,但是他们可以整理一份哥哥最近联系过的人的名单。"

"什么意思?我完全没懂。"

"为什么不懂?"武史的语气中夹杂着烦躁,"那是我今天一大早就想弄到手的东西,我不也让你去问了吗?刚才我尝试和木暮交涉,还被拒绝了。"

真世这才反应过来。"难道是父亲的手机?"

"你终于明白了?没错,手机是调查人际关系的信息宝库。短信、社交软件、通话记录……手机里都能查到。如果是熟人作案,他的姓名很可能会出现在手机中,固定电话也是同理。警察一定已经列好了名单。我很想把名单搞到手,所以才会在接待处安排拍摄点。"

"什么意思?"

"警察接下来会对名单上的人逐个排查。不过在那之前,他们需要尽可能多地收集相关人员的信息，而守灵夜和葬礼正是绝佳机会。我推测，现场的警察中一定有人专门负责在来宾接待处核对姓名。而且不只是简单的核对，他还要在可疑对象出现时向其他刑警打暗号。所以守灵夜一结束，我马上就去查了录像，看到底是谁在负责这件事。最后发现了这个愣头愣脑的小刑警。"武史指了指画面上的前田，"我还看出他手机里的内容应该是一份名单。"

"所以你才故意偷走他的手机？你迟迟不把登记卡给他们看，也是为了达到这个目的而演的一出戏？"

"其他刑警的手机里应该也有同样的名单，但我最能确定的是前田。而且我没有偷他的手机。你当时也看到了，我那是好借好还！"

"你不是还擅自操作了吗？"

"都到这一步了还计较这么多干吗？好了，我也给你发了邮件，你看了吗？"

"对啊！"

真世赶紧拿出手机，打开一封发件人为"前田"的邮件，大约二十个名字跃入眼帘。第一个名字就是"原口浩平"。真世如实告诉了武史。

"他一直想联系哥哥，打过好几次电话，所以名字才会是头一个吧。除了他，这里面还有你熟悉的名字吗？"

"嗯，有的。牧原，还有桃子，他们大概是为了筹办同学聚会联系父亲的。杉下可能也是这个原因。"

"杉下这个名字我第一次听说。他也是你的同学？"

"嗯，他在东京开了一家 IT 公司。"

真世补充说，杉下为了躲避疫情，最近才回到老家，人称

"精英人士杉下"。

"桃子说，杉下也去和他们碰头讨论同学聚会了，还炫耀自己在东京创业成功的事。他很可能直接给父亲打过电话，一方面是问候，一方面是炫耀。"

"原来如此。果然每个班都会有一两个装腔作势的优等生。"

"对啊，所以他才被叫作'精英人士杉下'。他今天没来，不知道明天会不会来。真烦人。咦，居然还有可可里卡的名字。"

"可可里卡好像叫……"

"九重梨梨香。原口说她虽然在广告公司工作，实际上是钉宫的经纪人。钉宫的名字也在名单上。有可能父亲受原口之托，主动联系了他们。"

"我认识的人好像就这些。"真世又看了一遍名单后说。

武史递给她一份文件和一支圆珠笔。"如果这里面有对应的名字，你就画个钩。"

那是依照到访顺序排好的登记卡的复印件，原件被警察拿走了。武史推测警察是冲着卡片上可能留下的指纹去的。

登记卡一共二十张，但因到场的人里有三对夫妻，实际人数为二十三人。对一名退休中学老师的守灵夜来说，真世也说不清楚这人数到底算多还是少。

她对着手机里的名单在复印件上打钩，一共钩出了六个人，除了原口、牧原、桃子之外，剩下三个真世都不认识。

武史拿着画好钩的文件，又从头放了一遍录像，发现那些人一放下登记卡，前田果然马上就抬起左手。真世不认识的那三个人在登记卡的"社会关系"一栏中，分别填写的是"老同事""町内会长"和"理发店老板"。

"我好像听父亲提过这位老同事爷爷，他应该是父亲工作那会儿关系最好的同事。这位理发店的大叔居然也来了！父亲说过，他俩已经有三十年的交情了。"

看到这里，真世想，如果父亲还在世，大概会和小镇上的这些朋友相互陪伴、安度晚年吧。

"今天只能推理出这些信息了。刚才要是时间再充裕一点，还能多看看前田手机里的东西。不过算了，就这样吧，光是转发那个名单就够麻烦的了。"武史关了视频，接着吃剩下的外卖。真世准备夹一个炸虾吃，还没有夹起来，她就停了筷子。

"对了，你从木暮警部那里打听到父亲周六去哪儿了吗？"

武史一边往杯子里倒罐装啤酒，一边点头。

"他说手机定位信息显示，哥哥下午六点的时候在东京王国酒店。从酒店到东京站步行大约要十分钟。他在酒店一直待到八点左右，之后又在东京站附近逗留了大约三十分钟，最后坐新干线回家。那三十分钟大概是为了吃晚饭。"武史意味深长地看了真世一眼，"你还记得他晚饭吃了什么吗？"

"当然记得，别小瞧人！拉面，从他胃里发现的对吧？"

"根据消化情况来看，死亡时间大约是饭后两小时。手机定位显示，哥哥应该是周六晚上十一点到的家，时间上是吻合的。我推测哥哥应该是刚到家就被杀害了。"

"父亲是周六晚上十一点左右被害的啊……"真世伸向炸虾的筷子缩了回来。对凶杀现场的联想让她顿时没了食欲。

"这样一来，衣服的谜团就解开了。既然哥哥去的是东京的一流酒店，不论见的是谁，他当然会毫不犹豫地穿上西装。"

"到底去见谁了呢？"

"从周六晚上六点起，他在东京的高档酒店待了约两个小时。如果换作一个男明星，他只可能在做一件事。"

真世明白了武史的意思。"和女人约会？这个我有点想象不出。"

"虽然不能乱下结论，但我也这么认为。东京王国酒店傍晚六点到八点是没有钟点房服务的。如果临时入住，最便宜的房间也得三万日元一晚。哥哥那么俭朴，不会为了和情人幽会如此挥霍。"

真世不屑地看了下武史。"你是因为这个才同意我的看法？"

"没有任何证据能证明哥哥没有在谈异地恋。不过，从刚才的分析来看，暂且可以排除去约会的可能。我推测，哥哥应该是去了酒店的大堂酒吧，和东京的某人见面。"

"为了尽快查出真相，我们得想办法弄清父亲到底见了谁吧？"

武史迟迟没有回答。他微微歪了下脑袋，吃起了生鱼片。

"叔叔！"真世喊了他一声，"你在听吗？"

"听着呢。可是我不太同意。"

"为什么？"

武史放下筷子，盯着真世说："哥哥周六去东京见了谁，不是说完全不重要，但也不是非查清不可。为什么？因为哥哥去见的人不是凶手。那个人可能与案件有关系，但不是杀害哥哥的人。"

"是吗？但父亲也可能和对方一起离开酒店，说不定还一起吃了拉面，坐上了新干线。"

"你是想说，他们一起回了家？"

"对。"

"那不可能。"

"为什么？"

"即使是在这样的小镇，监控摄像头也到处都是，车站就更不用说了。我想，警察不可能还没有确认过监控录像。如果当时哥哥不是一个人，肯定会有监控记录。警方也一定会找你辨认监控录像里的人。但警方没有这样做，只能说明当时哥哥就是一个人。"武史冷冷地看着真世，仿佛在问她"听懂了没有"。

真世接着问："如果他在东京和谁见面不重要，那你觉得什么才重要？"

"我说过很多次了，凶手应该是趁哥哥不在才溜进家的。也就是说，凶手知道哥哥周六晚上要出门。"

"啊，"真世小声惊叹，"这样啊……"

"谁知道哥哥会去东京——这才是破案的关键，警察应该也是这么分析的。不过，你可不要到处打听啊，凶手要是听到什么风声，马上就会起疑心，不能打草惊蛇，只能暗中调查。"

"知道了。"

武史虽然经常乱来，但他的推理能力确实让真世刮目相看。

真世正琢磨着有谁会知道英一周六的去向，却想起了另一件不相干的事。"太奇怪了……"她不由得说道。

"怎么了？"

"父亲当时为什么没联系我呢？女儿就在东京，他要过来的话，正常情况下应该打个招呼才合理吧？那天又是周六，白天我们或许还能见上一面。他要是愿意，晚上也可以在我那里住一晚。"

"有道理。"武史缓缓点头。"偶尔你说的话也挺有用的嘛。"

"不只是偶尔吧？"

"这已经是我能给出的最高评价了。总之，我们也得留心你说的这点。"

武史的表扬让真世感觉还不错，看来自己的想法并不离谱。她恢复了一些食欲，接着吃了起来。炸虾虽然凉了，但出乎意料地好吃。这是她最喜欢的食物。

吃完外卖，武史盘腿坐着，眼睛盯着平板电脑。这个平板电脑之前也存在了车站的投币式寄存柜里。

"叔叔,你觉得我的婚礼该怎么办才好?案子还在查,之后的情况不太好说。到底该不该如期举行,我自己拿不定主意。"

武史抬起头来,眼神游离了一阵,然后他看着真世说:"那就延期呗。"

过于直白的回答让真世有些吃惊。"你不是随口乱说的吧?"

"我是说,你没必要那么着急。"

"那还是推迟比较好?"

"男方怎么想?他愿意等吗?"

"我不知道,我打算今晚和他谈一下。他应该会理解吧。"

"是吧。"武史的视线再次投向电脑。

这时,真世的手机响了,是健太打来的。他说:"我刚到车站,马上出站了,一会儿准备坐出租车过去。"真世提醒了一句"路上小心",挂断了电话。

"看来是未婚夫到了。"

"是的,他说坐出租车过来。叔叔,待会儿你不如就坐健太那辆车回丸宫?"

"你们呢?"

"我是丧主,今晚就住在这里。和他在一起,我就不怕了。"

殡仪馆的休息室是一个和室,壁橱里备有被褥,还有淋浴间、卫生间,房门也能上锁。

"明天的葬礼,他也去吗?"

"我还不知道,应该是。"

葬礼于第二天上午十点开始。据野木说,加上火化,大概两个多小时就能结束,具体时长可能会因为来宾人数的多少而有变动。

"那我先回去了,明天再说吧。"说着,武史开始收拾自己的东西。

"对了,叔叔,这么说似乎不太好,不过……"真世拿过手提包,掏出今早武史给的奠仪袋。"你好像忘记往里放东西了。"

"放东西?"武史不情愿地问,"你是说放钱?"

"对,上香的礼金。"真世打开袋子,"你看,里面什么都没有。"她也是刚才悄悄确认的时候,才发现袋子空空如也。

武史面不改色。"这是当然,礼金我已经给过了。"

"出了?什么时候?"

"白天那会儿啊,我不是告诉你我是怎么知道你喜欢猫、很会画画的吗?我当时就说了'就当是我给的礼金',你忘了?"

"什么?那就算给了礼金了?"

"你不会是想收双份吧?想得美!"

真世看看袋子,又看看武史,她不记得手提包离开过自己的手。

"你是什么时候把钱拿回去的?"

"嗯……是什么时候呢?你要是肯付点儿费,我就告诉你。"

真世惊愕得说不出话来。这人的人品真是太差劲了,简直和骗子无异。

武史根本没工夫管真世怎么想。他收拾好行李,穿上鞋子,说:"怎么了?未婚夫马上就到了,不去门口接一下吗?"说完便匆匆往外走。

两人走到正门时,健太的出租车刚好在门口停稳,健太正在掏钱包付钱。武史就站在真世身旁,但真世估计自己绝不可能听到他说一句"车费我一会儿一起结,现在你不用管了"之类的话。

健太两手提着旅行包和丧服西装收纳袋下了车,神色间满是郑重和小心。

"哎呀，累了吧？"

"没事，不累。"

武史正跟出租车司机打招呼。真世从后面叫了他一声，然后转身对健太说："健太，这是我叔叔武史，父亲的弟弟。叔叔，这是我未婚夫中条健太。"

"哦，就是你啊！"武史走到健太面前，"总听真世夸你，说你体贴、认真、工作很拼！"

"哪里哪里……"健太笑道，看起来有些疑惑，又有些害羞。

"不用谦虚。她说你关键时刻特别靠得住，出手果断，还跟我讲过你这方面的故事呢。哎呀，是什么来着？我记得是跟工作相关的事。"他戳了戳太阳穴，皱着眉头苦想。

真世怔住了，她完全不记得自己说过这样的话。

健太可能想到了什么，开口说："要是跟工作相关，也许说的是那件事吧？"

"应该是，"武史指了指健太，"你说说看。"

"健太！"真世连忙插了进来，"不回答也行的。"

"可是……"

"叔叔，"真世转向武史，"今天您辛苦了，明天也请您多多关照，晚安！"她飞快地说完，深深地鞠了一躬。

武史有一瞬间板起了脸，但很快又露出笑容。"晚安。健太，那我侄女就拜托你了！"

"放心吧，晚安！"

武史上了出租车。两人目送他离去。

"真是个有个性的叔叔。"健太说。听起来不像讽刺，而是真心实意的赞叹。

"最好别跟他掺和在一起。"

"为什么？他人看起来很开朗啊？"听了真世的话，健太有些诧异。

真世突然觉得像泄了气一样浑身无力。她实在想不明白，一个喜欢装神弄鬼的人，怎么就那么容易招大家喜欢呢？

"反正不要跟他走得太近。"

"这样吗？好吧……"

健太想先去上炷香，真世便带他去了会场。见到安睡在棺材里的英一，健太深深地叹了口气，双手合十。

"真是做梦也没想到会发生这种事。我还有很多话想跟您聊呢。"他遗憾地小声说道。

健太上完香后，和真世一起回到休息室。真世换上之前塞到托特包里的运动衫，绷着的神经终于放松了。她觉得非常疲倦，躺倒在榻榻米上。

健太温柔地抱住她，她闻到了健太身上微弱的汗味，但并不讨厌。

"你辛苦了。"健太说。他亲吻真世，真世很自然地回应了他。"我父母也让我代他们问候你，希望你节哀。他们说，特别遗憾没能和你父亲见上一面，还让我好好陪你。"

"嗯，你替我谢谢他们。"

健太是枥木人，父亲是公务员，母亲是家庭主妇。两人一看就是认真、踏实过日子的夫妻。真世同他们见过两次。得知儿子的未婚妻被卷入凶杀案，不知他们是怎样的心情。

"亲爱的，婚礼的事……你说怎么办？"

听到真世这么问，健太思考了一下。

"婚礼的事我也考虑过。不过还是你来决定吧。你觉得怎么办才好？"

"嗯……要是父亲是生病或者意外去世，过两个月再办婚礼也没什么，但如果是凶杀案，情况就不太一样了。我担心举行婚礼的时间和审讯开庭的时间冲突。"

健太满脸苦涩。"那样的话，还是挺伤神的。"

"是吧？而且要是凶手一直没抓到，就更不适合办婚礼了。案子都没破，还能开心得起来？万一被人在网上乱嚼舌根，就更烦心了。"

"也是。那就延期？"

"我觉得这样好一些。"

"好吧，先这么定，咱们再看看情况。"

"对不起。"

"你为什么要道歉呢？"健太紧紧地搂住她。

真世把脸埋在恋人的胸口，闭上了眼。她的脑海中飘荡着各种混沌的思绪，这些思绪到底要飘向何方，她也无从预测。尽管如此，她还是希望，暂时先维持现在的样子吧。

15

第二天早上,真世和健太叫了辆出租车,一起到了镇上。两人在一家有年头的咖啡馆吃早餐。真世觉得自己已经很久没喝咖啡了。

吃完早餐,真世的手机响了。她打开放在旁边椅子上的手提包,拿出手机,是武史打来的。接通后,她先说了声"早上好"。

武史一上来就问:"你和他在一起吗?"

"是啊。"

"你们在干什么呢?"

"刚在咖啡馆吃完早饭,正准备回殡仪馆。怎么了?"

"我先确认一下,你要让健太帮忙吗?"

"帮忙?你是说让他帮忙布置葬礼?"真世看了眼对面的健太,他略微歪着头,也在盯着真世看。

"不是,我是问,你是不是打算让他参与调查。昨晚你们聊过了吧?"

"啊,这个……"真世移开视线,看向窗外,不再和健太对视。"昨晚没怎么聊。太累了,马上就睡了。"

"是吗？那你打算怎么办？这会影响我们今天的行动，你还是明确表个态吧。我倒是无所谓。"

"我不想把他卷进来……"

"明白了，那就这么做吧。他就在你边上？"

"嗯……"

"他这么听着我们打电话，应该已经意识到我们说的事和他有关，一会儿肯定会问你我们说了些什么。如果你答不好，只会让他起疑。以防万一，到时候你就照我跟你说的回答。"说完，武史便给真世做了个示范。真世没想到他打算让自己这样说，但她不得不承认，武史的话简洁而有说服力。真世答了声"知道了"，挂了电话。

"叔叔打来的？"健太问。

"嗯。"

"好像跟我有关？什么'没怎么聊''不想把他卷进来'，是什么事呢？"

他的反应正如武史所料。

"也不是和你直接相关，他是想问我，有件事要不要先和你商量一下。"

"什么事？"

真世停顿了一会儿，说："遗产的事。我们一直在讨论父亲的遗产该怎么分。"

健太呆住，看来他完全没料到是这件事。

"虽然说不上有多少财产，也算留下了一些。又涉及其他亲戚，好像还挺麻烦的。我和叔叔商量这件事时，他就问我有没有和你聊过。我说我们现在还没结婚，我不想让你太多地被牵扯进来。"

"原来是这样。"健太的笑容有些僵硬，"毕竟是你们家财产的事，我自然不便插嘴。"

"是吧？所以算了吧，这事就不提了。"真世看了看手表，"我们该走了。"

"好。"健太拿着账单起身，看起来完全没有起疑心。武史的建议奏效了。无论他人品如何，真世不得不佩服他的机智。

等真世和健太回到殡仪馆，殡仪公司的工作人员已经在布置会场了。看到真世，野木跑过来打了个招呼，向真世说明今天的流程。葬礼的大体程序和昨天的守灵夜一样，只是遗体火化时，只会有真世、武史和健太三人在场。

"刚才您叔叔联系我们，说今天不需要在接待处安排拍摄了，您这边没问题吧？"

"没问题，麻烦您了。"

警察手里的名单已经到手，需要重点关注的人也确定了，拍摄显然已经没什么必要了。

没过多久，桃子到了。真世给她介绍健太，她两眼发亮。

"我听真世说了，恭喜……"桃子猛地停下话头，捂住了嘴。她本想说"恭喜你们"。

"没事。"真世在旁边笑了起来，"不用这样忌讳。"

桃子有些尴尬地皱皱鼻子，对健太说了句"祝你们白头偕老"，然后鞠了一躬。

"谢谢！"健太答道。

"真不好意思，桃子，今天还得麻烦你。"

"没事的，我也只能帮这么多。"

"今天我们有同学会来吗？好像钉宫他们就在镇上？"

"我跟可可里卡联系过了，她说'如果克树有空就过去'。"

"克树？她是这么称呼他的啊！"

"是呢，像在炫耀他们的关系有多特别一样，她对其他人倒是苛刻得很。"桃子看了看四周，凑近真世说，"你听说了吗？柏木他们想借《幻脑迷宫》重振小镇经济。"

"我听原口说了。要想和钉宫交涉，还得先经可可里卡同意。"

"没错。她还要求柏木他们称呼钉宫为'钉宫老师'。"

"真的吗？"

"她说，既然要谈工作，就得有个谈工作的样子。"

"这有点过分吧，大家都同意了？"

"在可可里卡面前，好像没什么商量的余地。柏木也说了，为了小镇的发展，这点事不算什么。当了副社长，心胸果然不一样。"

"这样啊。"

真世心中感叹，大家似乎都在以各自的方式，在这座小镇努力生活着。

三人一起来到来宾接待处。野木递过来一沓唁电，说："这是刚刚收到的。"唁电大约有二十封。真世大致看了看，一半以上都是亲戚发来的，还有一些来自真世不认识的人。电文中随处可见"老师"字样，大概是父亲教过的学生吧。

健太感慨道："岳父很受人爱戴呢。要是我的初中或高中老师过世了，我也不一定会想到发唁电。"

"神尾老师不一样。"桃子认真地说，"虽然这和马上要办的同学聚会也有关系，但如果过世的是别的老师，不会来这么多人的。"

"这样啊。"健太小声叹道。

"昨天桃子的丈夫也来了，他也是父亲教过的学生。"

健太诧异地看着桃子。"真的吗？"

"我丈夫好像给神尾老师添过不少麻烦，不过具体情况我也不太清楚。"桃子有些不好意思地耸了耸肩。

"原来如此。"健太若有所思地点点头。这时，他手机响了，他从丧服内兜掏出手机看了看，面色一紧，说了句"对不起"就走开了。

"人真不错。"桃子小声说，"还没住到一起？"

"我们俩住的地方都太小了。"

"这样啊。确实，东京寸土寸金呢。"

"对啊。"

说到东京，真世想起昨晚和武史聊过的事。

"对了，桃子，你最近和我父亲聊过天吗？打电话什么的。"

"打过呀。"桃子回答得很快，"打过电话，也去你家拜访过。主要是想提前和老师商量同学聚会的事。"

"是吗？什么时候去的？"

"我想想……应该是上上周的周三吧。"说完，她长叹一口气。"他当时看起来很精神，也很期待见到大家。特别是听说我们要为津久见举行追思会，他非常高兴，说这是好事，还说到时候要向大家展示一些他珍藏已久的材料。"

"珍藏已久的材料？什么样的材料？"

桃子遗憾地摇了摇头。"我也问过他，但他不肯说，只说要给大家一个惊喜。他说这话的时候笑得像个调皮的孩子。没想到后来发生了这样的事……"桃子从包里掏出手帕，擦了擦眼泪。

"你们还聊过什么？"

"嗯？"桃子放下手帕，"你指什么？"

"比如，父亲说过接下来的打算吗？"

"接下来的打算？"桃子有些不解，"我没太懂。"

"他有没有说过，过几天要去东京之类的话？"

真世也觉得自己问了个奇怪的问题。如果是武史，他会怎问呢？

"东京吗？"桃子疑惑地嘟囔着，"我不记得他提过。怎么了？"

"没什么。不是什么大不了的事，别介意。"

"哦……"桃子点了点头，看上去还是很纳闷。

健太回来了，一脸愁苦。"对不起，真世。今晚我不能在这儿过夜了，必须赶回东京。"

"出什么事了？"

"倒不是多严重的事，好像是下单有误，我还是得当面找客户解释一下、道个歉为好。"

"这么麻烦啊。"

不管远程办公有多普及，总不能隔着屏幕向客户道歉吧。

"如果需要现在就赶回去，不如你先走吧，我这边没事的。"

"不用，不用。"健太摆了摆手，"已经约好了晚上八点去见客户，葬礼结束前我都留在这边。"

"这样吗？"

"大忙人啊。"桃子叹道。

"公司使唤我们太狠了。"

"桃子的丈夫也不容易，他在关西工作，昨天特地赶来守灵夜，一结束又赶回去了。"

"特地从关西赶来？"健太瞪大双眼，"那真是不容易！"

"这没什么。对了，真世，刚才你问的事……"

"刚才我问的事？"

"刚刚你不是问我，老师有没有说过他要去东京吗？"

"你想起什么了吗？"

"我倒没有听老师说过，但杉下好像说过类似的话。"

"杉下？"真世没想到会提起这个名字，"什么时候？他怎么说的？"

"上周一大家碰头那会儿,不过真是不好意思,具体怎么说的我记不清了。"桃子举起一只手,做了个道歉的手势。

"没事。杉下是吧?多谢了!那天还有谁去了?"

"有我和杉下,还有牧原和沼川。女同学大多不方便离家太久,很多人也都到外地去了。"

"毕竟还要带孩子。"

"可不是。"桃子点了点头。

原来杉下才是整件事的关键!真世想,这也许是个重大线索。

"你们在说什么?"健太问。

"没什么,不必在意。"

"你越这么说,越让人……"话还没说完,健太的视线投向了真世身后,"啊,早上好。"

"准备得差不多了吧?"听到声音后,真世回过头,看到武史站在不远处,和昨天一样身穿丧服。

"早上好。差不多了。"

武史环顾了一下四周,说:"还没有人来吊唁呢。"

"离葬礼正式开始还有半个小时呢。"

"是吗?"武史看了一眼手表。"那我借一下健太吧。"

"你想干什么?"真世防备地问。

"又不是要把他吃了,只是聊聊天而已,机会难得嘛。"

"你要聊什么?"

"当然是聊你们的未来啊。哥哥走了,我总不能看你一个人吧。你不觉得应当由我代替兄嫂,跟你的未婚夫聊聊,问问他对以后的想法和规划吗?"

这话明明挺正常,可是从武史口中说出来,只会让人心生怀疑。

"可以吗，健太？"

"好的，当然了。"健太听上去有些紧张。

"那我们走吧。真世，你就在这里接待客人，好好招呼大家。"

真世突然明白了武史的用意。两人已经决定不让健太参与案情调查，但关于前来吊唁的人，还有很多事情需要确认，所以武史故意把健太支走了。

"好吧，你们慢慢聊。"

望着两人远去的背影，真世好奇他们会聊些什么。以武史一贯的作风，一定又会说些不着边际的话来给对方下套。健太会怎么回应这种诱导性的提问呢？真世的心情很复杂，她既想知道，又不想打听太多。

这时，几名男子从正门走了进来。他们身上散发出一种生人勿近的气场，真世立刻意识到这些人不是来宾，而是便衣警察。不出所料，他们没有理会地板上的指路标志，径直走向了野木。

第一个前来吊唁的是个五十多岁的女人，身材高大，留了一头短发，气质很是干练。她的脸看上去很小，应该不只是戴了口罩的缘故。女人跟着指示，填好登记卡后来到了接待处。她向已准备就绪的桃子鞠躬致意，然后将登记卡和奠仪袋放到了托盘上。和昨天一样，桃子身旁仍旧站着前田，他右手拿着手机，左手却没有动。看来这位女士的名字不在名单上。

女人对桃子说了几句话，桃子听后用左手指了指真世。女人点点头，慢慢走到真世身旁。

"你是神尾老师的女儿吧？我记得你叫真世。"

"是的。"

女人摘下口罩，鞠了一躬。"我是神尾老师以前的学生津久见直也的母亲。"

真世不由得深吸一口气。"您是津久见的……"

"你还记得直也吗？我记得你探望过他好几次。"

"当然记得。说起来，我应该也见过您……"真世隐约记起她在病房和这位母亲见面的情景。

"想起来了？现在我已经变成老太婆了。"她眯了眯眼，重新戴上口罩。

"好久不见，今天谢谢您特地来一趟。"真世深鞠一躬。

津久见的母亲悲伤地说："事发突然，我听到消息的时候，很是震惊。听说他不是因为生病或意外……"

"是的，目前还在调查。"真世低声说。

她不住地摇头。"真不敢相信，这么好的老师竟然遇上这样的事。神尾老师对直也真的很好，直到最后一刻都在鼓励他。"

"父亲生前也经常说起津久见。不仅是在津久见还没生病的时候，他去世后父亲也总是提起。"

"是吗？虽然直也没能初中毕业，但我现在也心怀感激。幸好上天让他遇到了这么好的老师和朋友。"

"父亲要是听到这些话，一定会很高兴的。今天的葬礼钉宫可能也会来。"

"钉宫也来吗？"津久见的母亲问，"那待会儿也能向他问好了。他每年都给我寄贺年卡呢。"

"这样啊。真是有心了。也难怪，他和津久见是好朋友嘛。"

"是啊。"津久见的母亲点点头，然后小声说，"希望案情早日侦破。"

真世再次鞠躬致谢。津久见的母亲离开后，真世想，或许对这位母亲来说，时光早已定格在儿子离世前的初中岁月，她并不觉得这些事这些人已经过去了十几年。在他们那届七十多名学生中，津久见一直备受瞩目，甚至还没入学就受到了关注。他不仅学习好，是运动会的明星选手，还有超强的领导力，在念小学时就已经小有名气。据说，当时班上要是有谁被欺负，只要躲到津久见身后，就会得到他的保护，事情也能圆满解决。

津久见的这种影响力延续到了初中。他们那一届的同学里，有像柏木那样凭借魁梧的体格吸引追随者的大哥大，也有杉下那样的优等生，但津久见和他们都不一样。他不喜欢蛮不讲理，总希望人人平等，有时自己吃了亏也毫不在意。当时担任年级主任的英一也十分倚重津久见。他说，班上之所以能事事井井有条，人人友好相处，全部得益于津久见出众的统领能力。正因如此，他病倒时，真世一时无法相信这个事实。听说他患的是白血病，难怪上体育课时他看起来非常疲惫。那时真世还对朋友说："想不到他也有累的时候。"没人知道他已经病得这么重。

同学们给他留言、折千纸鹤，还一起制作了视频。而代表大家向他传达这些心意的，正是钉宫克树和真世。这么安排，除了因为他们与津久见关系最亲密，还有另一个原因。桃子偷偷告诉真世，大家都觉得津久见喜欢她。真世和其他女生一样，也不讨厌津久见，两人应该是对彼此都有好感。听了这话，真世觉得自己脸都红了。其实她自己也隐约感受到了这一点。

听桃子这么说之后，真世又去探望了几次津久见。有时她会向他倾诉自己的烦恼，比如因为自己的父亲是老师，跟同学相处时她总要绷着根神经。那时，津久见对她说了她日后时时想起的那句话。

"你是神尾老师的孩子又怎么了？你就是你。不用在意那帮无聊的家伙说的话。傻不傻？"

初三刚开学，津久见就去世了。真世和大家一起参加了葬礼，葬礼上很多女同学都哭了。自己也哭了吗？真世拼命回忆，却始终记不清。

她正沉浸在思绪中，有人从正门进来了，将她一下子拉回了现实。那是一个留着一头长卷发、戴着黑框眼镜的男子。大概是意识到要参加葬礼，他还戴着一副黑色的口罩。

男人径直朝真世走来。"真世，这段时间你受累了吧。"

真世没想到对方知道她的名字，吓了一跳。可这人到底是谁？

"对不起，请问您是哪位？"

"啊，戴着口罩没认出来吧。"男子摘下黑色口罩，露出瘦削的脸庞，嘴角微微上翘。真世认出了这张脸。

"你是杉下？"

"好久不见！想不到会在这样的场合重逢，真是太令人难过了！"他表情凝重，长叹一声。与其说他多愁善感，不如说他还是和初中时一样，总喜欢夸张地表达情感。

"谢谢你特意赶来！听桃子说，你现在回老家办公了？"

"可不是吗，我已经厌倦大城市的生活了。"他的语气像在说：你真是问了个好问题！

"我早就觉得，要是开展互联网业务，社长本人根本不需要待在东京，但一直找不到机会试试。借着这次疫情，我就想干脆回老家办公看看，结果比想象的还要顺利。虽然这次只回来待一段时间，但以后我考虑搬到这儿办公，东京的办公室也可以缩小规模了。"

杉下还是老样子，开口闭口只会聊自己的事。不过，与其听他喋喋不休地说些做作的慰唁之辞，这样倒更轻松一些。

"你回来后，见过我父亲吗？"

杉下皱着眉,摇了摇头。"很遗憾,我没见到他本人,所以一直很期待同学聚会。"

"可你不是和他聊过天吗?刚才我听桃子说的,你是不是还提到他要去东京?"

"啊,那件事。"杉下领会了什么似的点点头,"好不容易回来一趟,我想着应该问候一下老师,了解老师的近况,便给他打了个电话。接到我的电话时他还挺高兴的。"

"什么时候打的电话?"

"我记得是上上个周六。"

"那时候父亲说了他要去东京吗?"

"是的。他问我东京站附近有没有安静些的酒店,我问他是不是要去见你,他说算是吧。"说到这里,杉下也开始觉得不对劲,面露诧异。"你没听老师提过?"

"嗯,我是第一次听说。"

"是吗?那他可能要办别的事吧。"杉下不觉得这是多大的事,语气轻松。

"他说打算什么时候去东京吗?"

"当时是说,打算下周六去。东京站那边周六都会很挤,我想着附近的东京王国酒店人比较少,安静一点,就推荐给老师了。我和客户也常约在那里见面。不过那里离车站确实有点距离。"杉下说话简洁易懂,不愧是个脑子灵的人。

"你和大家商量同学聚会那会儿,也提到了这件事?"

"嗯,我猜大家可能都很关心老师的近况,就提了一下。"

"除了那次,你还向别人提过吗?"

"我想想,应该没有吧……我是不是不该说啊?"杉下看着真世,试探性地问。

"没有，没这回事。我只是听桃子说了以后，心里纳闷既然父亲要去东京，为什么不告诉我一声。"

听到这话，杉下迅速看了看四周，然后凑过来压低声音问道："这个可能和案情有关，是吗？"

"怎么会。"真世摆了摆手，"我只是好奇而已，其实没什么大不了的。"

"真的吗？"杉下显然不太相信。

真世后悔了。杉下这么聪明，她不该这样刨根问底的，太引人怀疑了。她这才知道从别人嘴里套话有多不容易，也许她应该向武史好好学学。

杉下离开之后，不断有人前来吊唁。有不少是邻居，真世跟他们并不熟，平时碰到也只是简单打个招呼，今天的葬礼也不例外。不过吊唁人群中站了一个二十多岁的年轻女子，身上朴素的丧服看起来不太合身，也许是借来的。真世留意了一下女子的举动，见她填好登记卡后走到了接待处。

年轻女子向桃子等人鞠躬，将登记卡放到托盘上。桃子旁边的前田突然举起左手，摸了摸耳朵后侧。这个动作真世再熟悉不过。她看似随意地从后面靠近桃子，在她耳边问："一切都好吗？"

"嗯，一切顺利。"

"那就好。"

真世扫了眼托盘，见刚才那年轻女子的登记卡上写着"森胁敦美"，"社会关系"一栏里填了"学生"。

来宾要先到会场旁的一个房间等候。真世快步离开接待处，在通往那个房间的走廊里追上了森胁敦美，从背后叫住她："不好意思！"

对方停下脚步，回头一见是真世，脸上浮现出不安的神色。

"感谢您今天特地前来。"真世微笑，"我是神尾英一的女儿。"

"哎，"森胁敦美小声应道，"我……我叫森胁。上初二的时候，神尾老师是我的班主任。"

"这样啊。不好意思，请问您是哪一届的毕业生？"

"第四十六届。"

比真世低四届，算起来她应该二十六岁左右。

"您今天赶来真是有心了，毕业这么久还一直惦记着……您毕业后和我父亲还有联系吗？"

"嗯，偶尔有事会去找老师。"

"这样啊。"

虽然真世很想打听更多，但在这里贸然发问，显然很不合适。没想到，这时候森胁敦美突然开口问："请问，牧原先生来了吗？"

"牧原？四十二届的牧原吗？"

"是的，差不多是四十二届吧。"

"他昨天来守灵夜了。"

"啊，这样。"

是错觉吗？真世觉得她看起来有些失望。"您有事找他？"

"没，没什么。"森胁敦美在胸前轻轻摆手。

她似乎有什么难言之隐。真世想追问，又实在找不到更好的借口。她也没有其他理由留着森胁了，只好说："今天还请您多关照。"

说完，真世打算转身离开。她一回头，看到在墙角暗中观察的便衣警察。他们应该是看到前田的暗号后，过来监视森胁敦美的。

真世回到大厅，继续等候吊唁的来宾。没过多久，一名身材高挑的女子和一名个头稍矮的男子走了进来。女子一头长发扎在脑后，简洁利落，身上的黑色连衣裙非常贴身，极富设计感。她没戴口罩，五官比初中那会儿更加精致。随着她一步步走近，不知为何，真世开始有些紧张。同行的男子跟在她身后，隔了一小段距离。

绰号"可可里卡"的九重梨梨香在离真世大约两米远的地方停下了脚步。她目不转睛地盯着真世，仿佛在炫耀自己那张美丽的脸。接着，她礼貌地鞠了一躬，没说什么话。真世也沉默着回了个礼。

九重从包里掏出一个漂亮的灰色口罩戴上。"好久不见，您还记得我吗？"她压低本就沙哑的嗓音问道。

"当然记得。九重，谢谢你特地过来。"

"神尾老师的事我非常遗憾，刚听说的时候我简直不敢相信。记得我最后一次见到他时，他身体看上去还很硬朗。我真的很难过，但逝者已去，还请您节哀。"

她以敬语开始对话，真世一下子不知如何是好，只好也改用敬语回道："谢谢您！"

她也有其他事想问。"九重，您最近见过我父亲？"

"嗯，我有事找老师商量，我们一起去府上拜访过。"她回头看了看身后的男子，叫了一声"克树"。

男子走上前，站在九重身边。他有点驼背，没戴口罩。和九重不同，他除了留了长发，样貌几乎没什么变化，还是细眼、小噘嘴，总让人想起某种小动物。

"请节哀。"钉宫克树用几乎听不清的声音说道，"你还记得我吗？"

"当然记得，钉宫！你现在正当红啊，我一直都很佩服你。"

钉宫嘴角一动，说了声"谢谢"，低头缩了缩肩膀。他还是和初中那会儿一样腼腆。

"我们之所以去找神尾老师,"九重继续刚才的话题,"跟柏木他们正在推进的小镇振兴计划有关。他们一直想请克树帮忙。"说着,她皱起了那双好看的眉毛。

"这件事我也听说了。"

"这里是我们出生、长大的地方,克树当然也想出一份力。不过您也知道,他的日程排得很满,能做的事也有限。我委婉地跟柏木表达过这层意思,可他们还是不理解。我猜他们一定会去找神尾老师从中斡旋,就先约老师谈了谈,跟他说明了我们的难处,我们也不想让老师左右为难。"

真世吃了一惊。九重现在说的,和原口打算找老师牵线的计划简直一模一样。难道大家都想到一块儿去了?

"这是什么时候的事?"

"应该是两周前的周四吧。"

"我父亲怎么说的?"

"他说'明白了'。老师说找他的不是柏木,而是另一个人,不过聊的差不多是同一件事。老师说他会好好向那人解释的。"

真世确信那个人就是原口。这样一来,所有的事都对上了。

"我还跟克树说,我们都是老大不小的人了,遇到麻烦还是只会去找神尾老师,真是很不像话。后来神尾老师出了这样的事……我真希望这只是一个噩梦。"九重露出一副悲伤得不能自已的表情。

"事已至此,也无法挽回了。今天请跟他做最后的告别吧。"真世鞠了一躬。

就在这时,真世身后传来一个声音,她不用回头也知道那是谁。

"这不是钉宫克树先生吗?您这么忙还专门来一趟,我作为神尾家的一员,实在不知怎么感谢您才好!"

真世觉得好像有一阵风从身边刮过。等她回过神,武史已经站在了自己身旁。

"您的《幻脑迷宫》我拜读了,实在是太棒了!主题深刻、情节刺激、结局感人,这部作品让我十分震撼。哥哥常说,世上有很多漫画家,但能创作出如此独特的故事的,只有钉宫先生您啊。"

"谢……谢谢。"钉宫怯生生地说,不自觉退了一步,恐怕是被武史讲话的气势吓到了。

"我还读了很多相关的报道,以前您的作品风格更雅致沉稳。我记得您的处女作《另一个我是幽灵》是围绕一个少年展开的童话。但您后来想要突破自己,便构思出这部恢宏的科幻冒险大作。"

"您了解的真不少。"

"那当然,我是您的忠实读者嘛。哎呀,今天能见到您,实在太荣幸了。"

"请问,这位是谁?"九重问真世。

"我是真世的叔叔,英一的弟弟,神尾武史。"武史做了自我介绍,"今天谢谢你们过来。您就是九重梨梨香女士吧?正如哥哥向我介绍的那样呢。见到您很荣幸!"

九重眉毛微微动了一下。"神尾老师是怎么说我的?"

"那当然是……"

武史还没说完便被打断了。野木叫了声"神尾女士",小跑着过来。

"抱歉打断你们的谈话,现在可以入场了,请您准备一下。"

"啊,好的。叔叔,我们该走了。"

"知道了。九重女士,钉宫先生,我们先告辞了。"武史向两人鞠了一躬,快步向会场走去。

真世也向九重梨梨香他们点了点头，跟着武史离开了。她这才注意到武史身后的健太。她问健太："你和叔叔都聊了什么？"

"聊了很多。原来你没少跟叔叔提起我呢。他知道我的好多事，吓了我一跳。"

健太的话让真世有一种不祥的预感。"他都说什么了？"

"问我喜欢什么样的女孩之类的。我什么时候跟你聊过这种话题了？"

真世真想仰天长叹。要套健太这种老实人的话，让他不停地透露自己的情况，对武史来说简直易如反掌。健太可能不仅说了太多不该说的话，没准儿手机都被武史看过了。要真是这样，真世回头得跟武史谈谈条件，交换他在健太手机里看到的东西。

葬礼开始了。和守灵夜一样，先是僧侣念经，然后是上香。真世和武史上香的时候，健太也全程跟他们一起。

来宾陆续进场上香时，现场也一直有工作人员在拍摄。但此次拍摄的用意何在，武史还没有告诉真世。

第一个进来的是津久见的母亲。真世刚在接待处看到了她的名字，她叫绢惠。上完香，大家从真世他们面前走过，先是杉下，然后是邻居，接着是森胁敦美、九重梨梨香、钉宫克树。桃子排在最后。

一般来说，亲友们还会做最后的告别，之后才会盖棺出殡。如今这个环节已经省去了。

"还有要放进棺材的物品吗？"野木问。棺材里现在只放了一本《奔跑吧！梅勒斯》。

"这样就够了。"真世回答。

棺盖合上，接下来便是出殡。棺材放在一个带轮子的台子上，由工作人员推着走。野木把牌位递给真世，武史不知何时已把遗像抱在了胸前。火葬场就在旁边，叔侄二人和健太做完最后的告别，一起在等候室等火化结束。

趁健太去厕所的间隙，真世把她从杉下那里打听到的情况简单告诉了武史。

"这个信息太关键了。"武史的表情非常严峻。

"你也这么认为？"

"如果杉下所言属实，我们就能大概锁定知道哥哥会去东京的到底是哪些人了。"

"你是说，当时去讨论同学聚会的人？"

"或者是杉下的熟人。不管怎么说，你昨天和今天来殡仪馆的这些同学，都要特别关注。"

"你是说凶手就在这些人当中？怎么可能！"

"那你觉得什么样的人才是凶手呢？"

"这个……"真世一时语塞。

"凶手肯定是哥哥认识的人。不管是你的同学还是别的什么人，估计你都会觉得难以置信。但这个人肯定存在。如果你实在不愿相信，我也不勉强，但你现在就可以放弃查案了。"武史淡淡地说，语气一反常态，十分冷静。

"我才不放弃呢。"真世干脆地反驳道，"我想知道真相。"

这时，健太从厕所回来了，两人结束了秘密谈话。

过了一会儿，火化结束了，接下来是捡骨灰。真世依照工作人员的指示，用特制筷子将英一的骨灰捡进骨灰盒。所有骨灰装好后，真世从包里拿出备好的钢笔和眼镜，说："麻烦把它们一起放进去吧。"

16

二月二十四日（周三）　桃子到访英一家。
　　　　　　　　　　　英一打算在津久见的追思会上给大家一个惊喜。

二月二十五日（周四）　可可里卡和钉宫到访英一家，商量如何应对柏木等人。

二月二十七日（周六）　杉下来电，问候英一。
　　　　　　　　　　　英一问他东京哪里的酒店适合与人谈事情。

三月一日（周一）　　　桃子、杉下、牧原、沼川四人碰头，讨论同学聚会相关事宜。

三月六日（周六）　　　英一前往东京，下午六点抵达东京王国酒店。
　　　　　　　　　　　英一晚上十一点到家后遇害。

三月七日（周日）　　　原口多次来电，无人接听。

三月八日（周一）　　　原口发现英一遗体。

武史久久看着这张整理了案发经过的纸页,终于抬起头,伸手去拿啤酒。

"哥哥说要在津久见的追思会上给大家一个惊喜,到底是什么?"

"是啊,真吊人胃口!桃子说,父亲只透露了这是他珍藏已久的材料,别的什么也没说。"

"听他的意思,应该不是不好的内容。"

"是呢。桃子还说,父亲说这话时,笑得像个调皮的孩子,很开心。"

"材料吗……"武史喝了口啤酒,视线又投向手中的纸页,"看样子,过去十多天里,哥哥联系了不少人,而且大多是你的同学。"

"这也挺正常,毕竟马上就要同学聚会了。"真世答道,左手按摩着右手腕。太久没动笔了,她才刚写几行字,手腕就有些疼。

两人正在武史的房间里。从殡仪馆出来后,真世把要回东京的健太送到了车站,然后回到旅馆。她先在自己的房间洗了个澡,换好衣服,再到武史的房间商量接下来的行动计划。真世把今天从同学们那里听到的情况详细说了一遍,武史让她在纸上列出一个时间表。她找了支圆珠笔,在武史的奠仪袋背面写下了大致情况。这个空的奠仪袋她差点就扔了。

"和哥哥有过联系的人,名字出现在警方的名单上并不奇怪,可是……"

武史点开自己的手机,调出他从前田那里偷来的"前田名单",和真世列出的信息做了对比。

"当时碰头的四个人中,牧原和沼川似乎没有和哥哥有过接触,至少暂时没什么证据证明这一点。前田名单上却有牧原的名字，你怎么看？"

"我也觉得很奇怪。说起牧原，有两件事我一直没想通。"

"你说说看。"

"第一件，昨晚守灵夜时，他问了我一个奇怪的问题，说他很想知道父亲有没有就他们的事说过什么。我问他为什么这么问，他说他想知道父亲到底有多关心他们。"

"是挺莫名其妙的，听起来很奇怪！"

"是吧？一般人怎么会想知道这些，更不会在守灵夜这种场合专门来问吧？"

武史望向空中，指尖在桌上敲了几下，然后停下来对真世说："我猜，牧原可能担心哥哥对你说过些他的事，而且是做出了一些负面的评价，甚至是批评他的话。"

"是吧？我也这么觉得。"

"如果是正面评价，他就不会含糊其辞了。也许他对哥哥做过什么亏心事。第二件事是什么？"

真世从身旁的包里拿出来宾登记卡的复印件。

"今天在葬礼上，这位女士出现的时候，我看到前田又打了那个暗号。"真世指了指"森胁敦美"的名字。

"关系那栏写的是'学生'……是不是那个扎马尾辫的年轻女孩啊？"

"对，"真世一边回答，一边盯着武史的脸，"你记性还挺好。"

"来参加葬礼的话，头发梳成那样不太好。要再往下扎一点儿才合礼仪。"

真世没想到武史也会像个老古董一样在意这些无关紧要的细节。她越来越搞不懂他了。

"这女孩怎么了？"

"我有些好奇，就去跟她打了个招呼，聊了几句。她说她一直和父亲有联系。"

"那你问没问她，他们最近一次联系是什么时候？"

"没问。"

武史不满地皱起了眉头。"这么重要的事，为什么不问？"

"对不起，当时没想到。"

"真拿你没办法，后来呢？"

"后来，她反过来向我打听牧原的事，问我牧原有没有来。我说他昨天守灵夜来过了，她听了之后似乎很失望。"

"是吗？"武史抱起胳膊，"听上去她很想见牧原？"

"我也有这种感觉，但不知道该怎么继续往下问了。"

武史撇了撇嘴。"真没用！"

"那你说，这种时候该怎么聊？"

"可以试着说，'我最近要和牧原先生见面，您有什么要转告他的，我可以帮忙'之类的啊。"

"这么说，她就会说实话吗？"

"这种时候不必想这么多，万一能打听到什么，不就赚了吗？以后再有这种事，先试了再说。"

"知道了。"

"森胁敦美……"武史拿起手机看了看，"前田名单上是有这个名字，不过……"

他把屏幕转向真世，真世看到名单上写的不是"森胁"二字，而是片假名读音拼写。

"我也注意到了，为什么是片假名拼写？"

"没错，为什么用了片假名拼写，这个问题很重要。我们先推理一下吧。你觉得森胁敦美为什么想见牧原？说说你的想法。"

"为什么想见他？一般来说，一个女人想见某个男人，多半是因为喜欢那个人。"说着，真世想起了牧原细长的马脸，"不过我觉得森胁应该不是这种情况。虽然这么说不太好，但牧原的长相不是很招异性喜欢。"

"不要轻易以貌取人。先不说这个，如果不是这种情况，又会是什么？"

"有事相求？"

"什么事？"

"那我就不知道了。"

"试试这么想吧。你说过牧原在地方银行工作对吧？也就是说，他跟钱打交道。那如果有人想去找他，最大的可能是什么呢？"

"我知道了！"真世啪地拍了下手，"找他谈钱的事！"

"这么分析应该是最合理的。"

"会不会是森胁敦美遇到了金钱上的困难，想找牧原帮忙？"

"有可能，但也许更复杂。"

"复杂？"

武史在手机上操作了几下，把手机放在桌上。没过多久，手机内置扬声器传出声音，有人说了一句"辛苦了"。

"这是什么？"

"嘘！"武史把食指放到嘴唇上，让真世注意听，别说话。

"他们是十点左右来的吧？在这儿待了多久？"这个粗鲁的声音听起来有些耳熟，真世眼前浮现出了木暮那张狐狸脸。

"大概一个多小时。男的先来的，在二楼待了一会儿。女的是十五分钟之后到的。"一个男人回答道。

"男的是被害人的弟弟吧？叫神尾武史什么的。他去二楼干吗？"

"这个我不太清楚……好像是去了自己的房间。我们总不能一直跟在他身后吧。"

"这种情形下,当然要先跟着,得盯到他走为止。"

"对不起,我下次注意。"

"停!"真世举起了右手。

武史冷笑一声,暂停了录音。"吓到了?"

"这是怎么回事?"真世满眼困惑,"有一个人是木暮警部吧?他在跟谁说话?"

"你不知道?你见过的啊。"

"什么?在哪儿?"

"昨天,在咱们家。进哥哥书房的时候,门口不是站了个值守警察吗?就是他。"

"这么说这段录音是……"真世看了看手机。

"我们走了以后,木暮来了。这是他和值守警察说话的录音。"

"你怎么录的?"

"离开书房前,我在书架上装了窃听器。我想我们走了以后,木暮他们一定会来。今早我跟值守的警察说落了东西,去书房悄悄取了回来。我刚试着听了一下,果然录到了些好东西。更走运的是,木暮说话时离窃听器还挺近。"

"窃听器?你怎么会有这种东西?"

"以前工作的必备品。为了取悦观众,很多时候都要用到这种文明的利器。"

"昨天你不是才说过警察擅自窃听是违法的吗?"

"在别人家里装窃听器当然是违法的,可是在自己家里装,那就另当别论了。接着听,别走神!"说着,武史又开始播放录音。

"被害人的女儿来了以后,两人都干了些什么?"木暮问。

"女的像在找什么东西,应该是被害人的遗物,准备放到棺材里。男的提到了电话传真机,说被人拿走了什么的。"

"他们要电话干什么?"又一个熟悉的声音,应该是柿谷。

"想查通话记录吧。今早被害人的女儿不是给你打过电话吗?要你把手机数据给她看。肯定是那个武史指使的。他看不了手机,就想查固定电话。"

"原来是这样,不过他们要通话记录干吗?"

"不知道。那个男的很狡猾,不能掉以轻心。"

"会不会是他们想自己追查凶手?"

"你犯什么傻?两个外行人也想追查凶手?"

"警部不是也说了吗,那个神尾武史很狡猾,我看他不像不懂行的人。向他提供一些信息,让他协助我们破案,不也挺好的?"

"胡说什么呢?遗属当然得配合警方进行调查,但我们也不能因此不考虑后果,主动把信息透露出去,这太荒谬了。而且他们和凶手之间的关系也还没查清。"

"被害人的女儿应该可以信任?让她听听那则电话留言呢?"

"电话留言?"

"就是那则为了父亲银行账户而来电的留言。来电人的身份还不知道,听声音似乎是个年轻女子,可能是被害人女儿的朋友呢。"

"有来电显示,身份很快就能查清。也许她也去了守灵夜或葬礼。这是目前为止最重要的一个线索。谁都不能透露,被害人的女儿也不行。"

武史再次按下暂停键,问真世:"怎么样?"

"警方居然现在还在怀疑我们啊!"

"这是他们的工作。先不说这个,没有听到什么关键信息吗?"

"那个电话留言?"

"没错。他们刚说,还不清楚来电人的身份,来电显示上虽然有电话号码,但没有姓名。不过这人都留言了,不可能自己是谁都不说。真世,如果是你给别人留言,你会怎么自报家门?"

"就简单报一下姓名吧,类似'我是神尾,打扰了'这样。"

"你会补充说'神'是神仙的神,'尾'是尾巴的尾吗?"

"不会吧,我觉得对方应该知道——啊,原来如此!"真世拍了一下膝盖,"打电话的人应该就是森胁敦美。她留言的时候只说了自己是森胁。听的人如果不认识她,便无法确定是哪两个字,所以前田名单里才会用片假名拼写标注。"

"我觉得这样分析没错。森胁给哥哥打了电话,但没接通,就留了言,说自己是为了父亲银行账户的事而来电。"

"所以她才想见在银行工作的牧原。"真世右手握拳,猛击了一下左手掌心,"嗯,感觉很多地方都能对上了。"

"我们来简单假设一下,"武史竖起了食指,"森胁敦美的父亲做生意失败了,资金周转困难,敦美就想找人帮忙。她先去找了哥哥,哥哥听了她的情况之后,想到牧原,就联系了他。"

"有道理,牧原在银行工作,也许还可以去找贷款专员帮忙。"

"可是牧原拒绝了哥哥的请求。"

"拒绝了?"

"他只不过是地方银行的一个职员,很多事都办不了,即便老师来找也无能为力。他要是都这么说了,哥哥也只能作罢。但牧原一直记着这件事,很在意哥哥会怎么看他。昔日的恩师放低姿态找自己帮忙,自己却无情地拒绝了,老师会不会对自己不满,觉得自己冷酷无情呢?所以守灵夜的时候,他才会问你哥哥有没有说过他什么。"

"真了不起!"真世鼓起了掌,"推理得太精彩了,所有地方都能自圆其说。"

武史面无表情道："这不是推理，纯属空想而已。我只是想说，这种情况是很可能存在的。但不能因为可以自圆其说，就断定它一定正确。"

"但你刚才说的确实也解释了前田名单上为什么会有牧原的名字。"

如果英一联系过牧原，手机里一定有记录。

武史双肘支在桌上，十指交握。

"森胁敦美想见牧原，应该是为了钱的事，而且和她父亲的银行账户有关。但不一定像我们推断的那样，只是单纯地请求资金援助。如果那是一起更为复杂的金钱纠纷，连哥哥也被卷入其中呢？现在还远不到鼓掌欢呼的时候。"

真世突然坐直了身子。"你是说，这些可能与案情有关？"

"没有理由排除这种可能。木暮也说了，这个线索很重要。"

真世从侧面看着武史，他锐利的眼神让她起了一身鸡皮疙瘩。

真世完全不了解森胁敦美。她看起来不像坏人，但仅凭外表就下这样的结论，实在太轻率。至于牧原，真世觉得自己还是了解一些的。她知道牧原十分敬重英一，如果他真的和案件有什么关系……这个世界恐怕就没有什么是值得信任的了。

武史接着播放录音。

"那两个人还做了什么？"听上去，木暮像在质问值守警察。

"女的把钢笔和眼镜放进包里后，两人低声说了一会儿话，说的什么没听清，他们好像也不想让人听到……"

"即使听不全，总该听到几个词吧？"

"好像说到了'盗窃''伪造现场'之类的。"

"什么？真的吗？"

"应该是吧。"

"那很可能说的是凶手刻意破坏室内现场的事。"柿谷说,"那个神尾武史果然不是一般人。他已经看出了这不是单纯的入室行窃、意外杀人案,凶手一开始就是蓄意谋杀。"

"哼!那也没有多了不起,只要是个推理迷,都能注意到这些疑点。这类套路他应该也不陌生,听说他以前还当过魔术师。其他还说了什么?"

"他们看着书架上的书和档案,像在缅怀被害人,但具体聊了什么听不清楚。女的还从书架上拿了一本书。"

"之后呢?"

"他们在房间里看了看,没过多久就走了。"

"只从房间里拿走了钢笔、眼镜,还有一本书?"

"应该是。"

"知道了。辛苦。"

武史按下暂停键。"人家把我归到推理迷里面了。"

"他们好像知道你以前是个魔术师。"

"他们应该调查过我在惠比寿的店。这些事稍微打听一下就知道了。我之前也说过,警方也认为这不是一起盗窃案,而是有计划的谋杀。"

"而且我的同学是嫌疑人?"

"还是重大嫌疑人!"武史说得很干脆。

真世双手紧握到一起。这时,手机收到了健太的信息:"已回到东京。主持守灵夜和葬礼,你辛苦了。有事随时联系,我马上就赶过去。注意身体。"

真世稍微想了一会儿,回复道:"这么忙还特地赶来,谢谢你。工作加油哦,再联系。"

"是健太发来的？"

"嗯。叔叔，你都跟他聊了些什么？"

"想知道？"

"想。"

"给多少钱？"

真世震惊得不知说什么好。"又来了？你适可而止吧！"

武史哼笑两声，说："他是个认真、诚实的人，这没错。"

"真的吗？你真的这么想？"

"问题是，过犹不及。"

"这又是什么意思？你是想说他过于认真和诚实吗？"

"到底是怎么回事呢？不如先说到这儿吧。"

真世敲了敲桌子。"喂，话别只说一半啊。"

"又不是我开的头。"武史站了起来，"吃晚饭去吧。"

"叔叔，今晚起你就自己付钱吧。"真世抬起头，瞪他了一眼。

"你说什么？"

"你忘了吗？我们早就谈好了，我只付两天的住宿费，还有到第三天中午为止的餐费。"

武史表情痛苦地掰着手指数了数。"今天都第三天了啊！"他自言自语似的小声嘟囔着，走近衣橱，从里面拿出了上衣。

"要出去吗？"

"是的。"

"去哪儿？"

"便利店。我去买晚饭，自己出钱的话，吃便利店的就够了。餐厅太贵了。"说完，武史披上外衣，走出了房间。

17

真世晚上吃的是炸猪排套餐。菜单上的图片让她突然来了食欲。也许是因为守灵夜和葬礼都结束了,她终于能松一口气。

她吃光了炸猪排和卷心菜,味噌汤也喝完了。这时,柿谷打来电话。接通后,真世最先听到的是对方的道歉:"葬礼刚结束,您还没好好休息就来打扰,十分抱歉!"

"什么事?"

"是这样的,我们有些事想向您确认一下,很快就好。"

"好的。是现在吗?"

"是的,我们希望越快越好。您现在在丸宫吗?"

"我在丸宫一楼的餐厅里。"

"您叔叔也和您在一起吗?"

"没有,他在自己房间里。"

"啊,好的。您知道丸宫斜对面有一家比较老的咖啡馆吗?名叫'长笛'。"

"我没注意过店名,但好像有些印象。"

"我们约在那里见面可以吗?晚上八点怎么样?"

"八点是吧?"真世看了看墙上的时钟,刚过七点四十。

"店门口挂着'准备中'的牌子,您不用管,直接进来就好,我们跟店主打过招呼了。"

"好的。"

"还有就是,"柿谷突然微微压低声音,"如果可以的话,能不能请您一个人来?"

真世很快明白了对方的意思。

"您是说,不要叫上我叔叔?"

"嗯……是的。"电话那端传来略显尴尬的笑声。

"知道了,我一个人去。"

"谢谢,待会儿见。"

真世从座位上起身,对老板娘说了句"多谢招待",走出了餐厅。她之前跟老板娘说过,可能还要再待一段日子。老板娘亲切地笑道:"您放心住,想住多久就住多久,我们怎么都方便。"真世知道,自从疫情来袭,旅馆的日子都不好过。有客人长期入住,对丸宫来说应该是件好事吧。

真世敲了敲武史的房门,听到一句硬邦邦的"进来"。

武史正躺在屋里摆弄他的平板电脑。桌上放着便利店的空便当盒,盒口封条上写着"三色便当"。真世忍不住在心里琢磨到底是哪三种颜色。她看到便当标价是四百四十日元。

"柿谷给我打电话了。"真世在武史身旁坐下,把待会儿要和警方见面的事告诉了他。

"这可是个打听消息的好机会。"

武史走到房间角落,在一个包里翻找起来。不一会儿,他拿出了一个蝴蝶形状的黑色饰品,放到真世面前。

"这是什么?"真世拿起那东西看了看,见上面还有个夹子。

"窃听器。你把它夹到手提包上。开关在尾巴那儿,折一下就行了。进咖啡馆之前打开就好。"

真世试着开了几次。"知道了。也好,他们问了我什么,与其让我回来讲给你听,不如你自己听。不过,你到底有多少个窃听器?"

"我不是说了吗,这是我工作的必备品。柿谷问你什么,你就如实回答,不必撒谎。但别提我们自己正在追查真相。"

"这个我知道,我没那么傻。可是柿谷到底要问什么呢?"

"大概能猜出来。"武史摸了摸他长出胡茬的下巴,"应该是想问你同学的事。"

真世心里一阵紧张。"会吗?"

"警察看过守灵夜和葬礼的登记卡,应该已经发现来的人大多是你的同学,有几个还出现在了前田名单上。他们当然希望能尽快展开调查。"

"不过,登记卡上关系那一栏应该只写了'学生',他们怎么确定都是我的同学,不是其他届的?"

"很简单,只要知道全名,警察就可以比对驾照数据库。驾照上有照片,即使同名同姓的人也不会搞错。驾照上还有出生年月日,马上就能推断出是哪一届的毕业生。"

"原来如此。"

真世也有驾照,但她不知道驾照还有这样的用途。

"要调查这些人的详细情况,最快的方法就是向认识他们的人打听。被问的人最好不要同案件有牵连。目前看来,你最不可能是凶手,柿谷提出向你打听情况,估计木暮也是勉强同意的。"武史望了一下远方,然后转头看向真世,露出一丝微笑。"好好表现!想在这类谈话中收集信息,最重要的一点就是尽量避免沉默,要和对方像处了十年的死党那样聊得越多越好。"

真世已经不记得自己上一次在东京看到的"纯咖啡馆"是哪一家了。看着眼前充满怀旧风格的店名，她不由得在心里感叹。"长笛纯咖啡馆"字样周围有一圈音符，也许这家店的老板是个音乐爱好者，或者曾经是玩音乐的人。

正如柿谷所说，店门口挂着"准备中"的牌子。真世把夹在包上的窃听器的蝴蝶尾巴往里折了折，然后推开门。当啷啷，头顶响起一阵悦耳的风铃声。

店内很宽敞，里面是一排排四人卡座。听到推门声，坐在店中央的两名男子立刻站了起来。一个是柿谷，另一个竟然是前田。店里没有其他客人，吧台后站着一名白发男子，应该是咖啡馆的老板。

柿谷低头鞠躬道："辛苦您跑一趟，实在对不住。"前田也同样鞠了个躬。

"没事的。"真世走到两人的对面。

"我们不会耽搁您太久。这位是县警本部派来支援办案的前田巡查长。"

听到柿谷的介绍，前田和真世打了个招呼："我是前田。"真世不能回答说"我认识你"，点头说了声"您好"。

三人坐了下来。

"您想喝点什么？这里的咖啡在本地很有名。"柿谷问真世。

"没事，不用了。"

"好的。"柿谷看向吧台，微微点了下头，老板领会了什么似的，身影消失在吧台后方。

真世环顾了一下店内，发现墙上贴着很多老唱片的封套。

"这家店的昭和怀旧氛围还是很浓的吧?听说已经开了四十年了。"

"是吗?"真世没想到这家咖啡馆有这么长的历史。

"现在很少有餐饮店还像这样放烟灰缸了。"柿谷看了看放在桌边、做工精致的烟灰缸,随后把目光投向真世,"神尾英一先生——您父亲他抽烟吗?"

"我父亲吗?以前抽,十多年前戒了。"

真世记得父亲戒烟那会儿,正赶上全国各地的出租车都开始实行禁烟政策。

"您还记得他以前用的是什么样的打火机吗?"

"打火机?"

"有没有他比较爱用的打火机?像是老式的煤油打火机,或者一次性打火机?"

"爱用的打火机……这个我没有印象了,应该就是普通的打火机吧。怎么了?"

"他的书房看起来很讲究,用一次性打火机好像不是很搭,烟斗或者卷烟可能更协调一点。"

"是吗?"真世有些摸不着头脑。"我从来没有想过这个呢。"

"这样吗?真是不好意思,和您聊这些有的没的。那么,"柿谷端正坐姿,看着真世,"守灵夜和葬礼,您辛苦了。我听手下的人说,虽然疫情不太乐观,还是有很多人去吊唁。"

"托您的福。"

"为了配合调查,您还提供了登记卡给我们,真是十分感谢。负责调查的同事也托我向您转达问候。"

他说的负责调查的同事大概就是木暮吧。如果真是这样,这句话理解成嘲讽更合适。

"能帮上忙就好。"

"那是当然。这些信息非常有用,所以我们才大晚上的把您叫出来。我们发现前来吊唁的人中,有很多是您的初中同学,想向您打听一下他们的情况。"果然不出武史所料。

"这跟周日要举行的同学聚会有关吧。"真世淡淡地答道。

"我从原口先生那里听说了同学聚会的事,然后……"

柿谷从公文包里拿出一份文件,放到真世面前。那是一份复印件,把全部登记卡集中复印到了一起。一部分名字前打了钩。真世一看就明白了这个记号的含义。

"做了记号的应该都是您的同学,没错吧?如果有遗漏,请告诉我们。"

真世从头看了一遍复印件。"我觉得没错。"

前田名单中没有出现的柏木和沼川,在这份文件里也被打上了钩。应该就像武史所说,警方核实了登记卡上所有写了"学生"的人的驾照,并根据出生年月日推测出了他们是哪届的学生。

"那好,先从池永桃子女士说起吧。听说她负责守灵夜和葬礼的接待工作。您和她的关系非常好,可以这么认为吧?"

"是的,她应该是和我关系最好的。"

"她是做什么工作的?登记卡上写的住址是横滨。"

"她以前有工作,现在是家庭主妇。她丈夫最近被外派到关西工作,所以她这段时间回了娘家。"

"您知道她丈夫在哪儿工作吗?"

"我记得是'东亚乐园'。"

柿谷惊讶地张大了嘴。

"那可是娱乐企业巨头啊,他一个人去外地,真是不容易。"

"是啊,昨天他还特地从关西赶来吊唁。听说他也是父亲教过的学生。"

"原来如此。"

柿谷频频点头。他身旁的前田一脸严肃地敲着笔记本电脑，打字速度相当快。是要把全部聊天内容都录入电脑吗？

"您和池永桃子聊过案子的事吗？"

"没聊过。但父亲突然离世，她应该是真的非常悲痛。"

"她最近和您父亲有过联系吗？"

"为了同学聚会的事，她去家里看望过父亲。"

"您有没有问她，当时都聊了些什么？"

"她说，提到了要为初中过世的同学举行追思会什么的。等等，"真世看着柿谷，"您是打算这样问完所有同学的情况吗？不是说很快就能结束？"

"对不起，拜托您了。"柿谷两手扶在桌上，低头鞠了个躬。真世心里很不耐烦，但她想起了武史的叮嘱，决定还是聊下去。

"那好吧，下一个是谁？"

"接下来是杉下快斗。杉下也离开了家乡，现在住在东京。他是特地赶来参加葬礼的吗？"

"不，他不是。"

真世简单讲了杉下在东京成功创业，现在由于种种原因回家远程办公的情况，还说到杉下给英一打电话问候时，英一问了他东京酒店的事。听到这里，柿谷和前田脸色大变。

"杉下给您父亲推荐的酒店，确定吗？"

"杉下自己跟我说的，只要向他本人确认一下，应该就清楚了。"

"好的。"

柿谷收了收下巴，给前田使了个眼色，前田继续敲打键盘。

果然,一切都像武史推测的那样,警方也在追查到底有谁知道英一去了东京。

接下来问到了钉宫克树。

"您的同学里有个大人物呢!真没想到。我的几个儿子都非常喜欢《幻脑迷宫》。"柿谷说这话时眼睛发亮,"听说他今天也来参加葬礼了?"

"是的。他是个大忙人,这次特地前来,我很感激。"

"你们说话了吗?"

"简单聊了几句。我对他的成就表示祝贺,他劝我节哀。"

"提到和您父亲相关的事了吗?"

"他最近倒是见过我父亲。"

"什么时候?"

"上上周吧。"

真世其实清楚地记得日期,二月二十五日,周四。但她担心自己说得太确切会显得不自然,于是故意说得含糊一些。

"是有什么特别的事吗?"

"我有一批同学计划重振小镇经济,想让钉宫帮忙。钉宫担心他们可能会去找父亲当说客,就先找到了父亲,说不希望给他添麻烦,请他不要参与此事。"

柿谷歪了歪头,问:"重振小镇经济是指……"

"我也是从同学们那里听说的,具体情况还是得找本人确认。"表明自己与此事无关后,真世便告诉了柿谷,柏木建设的副社长和其他人好像正在策划一个可以代替幻脑迷宫屋的项目。

"我也一直很期待幻脑迷宫屋。"柿谷一脸可惜地说,"项目中止了,我觉得很遗憾。即使要制定替代方案,《幻脑迷宫》也是必不可少的,但钉宫先生对此不是很积极吧。"

"好像是说虽然很想帮忙,但日程排得很满,能做的事也有限……啊,抱歉,这不是钉宫说的,是九重说的。"

"九重?"柿谷重复了一遍这个名字,看了看桌子下方。应该是在下面翻开了记事本。"是九重梨梨香吗?"

"是的。"

"她为什么要替钉宫说话?"

"这个有点复杂。"真世告诉柿谷,九重梨梨香在东京的大型广告公司工作,现在是钉宫克树的经纪人。

"所以,钉宫去见您父亲的时候,不是一个人,而是和九重一起,对吗?"

"对,谈工作的时候,九重一定会在。"

"这个经纪人还真能干。"柿谷眯起了眼睛,"除了那天,钉宫和九重还同您父亲有过接触吗?"

"不太清楚了。"

"这样啊。我个人也认为,要是能得到钉宫的协助,小镇一定会发展得更好,但也不能强人所难。"

真世只能含糊地点了点头。

这时,她听到包里的手机响了。是武史打来的电话。

"抱歉,我能出去接个电话吗?"

"当然。"柿谷张开手掌,做了个"请"的手势。

真世把手机贴在耳边,出了店门。"喂,是我。"

"马上就该谈到牧原了。"武史说。

"应该是,我该怎么办?"

"问你什么,你就如实回答。没有问的就不要多说,比如和森胁敦美的对话。"

"好的。"

"不过，有句话你得按我教你的说。我现在说给你听。"武史慢慢地说出了一句话。

真世听后很是困惑。"这么说行吗？"

"你不必担心，按我说的来就是。"

"嗯，我试试看。"

看到真世回来，柿谷和前田连忙坐正。真世说了句"对不起"，重新坐到对面的座位上。

"能接着聊吗？"柿谷问。

"好的，下一个是谁？"

柿谷先是看向手边，又抬起了头。"请谈一下牧原悟吧。他就在本地，您知道他是做什么工作的吗？"

"牧原来守灵夜了，听说他在'三叶银行'工作。"

"他是银行职员？"

柿谷并没有过激的反应，但真世看到前田的脸颊微微跳动了一下。

"我不知道他在哪家支行工作。"

"没事。守灵夜那天你们都聊了些什么？"

"就简单打了个招呼。他说很想知道父亲是怎么看他们的。"

这是她和武史聊过的小插曲。不过，可能因为真世说得太漫不经心，柿谷并没有觉得哪里有问题。

"他平时和您父亲有来往吗？在银行工作的人都会想方设法拉客户。如果他经常去找您父亲，应该也不奇怪吧？"

"这些我不清楚，我没听父亲说过。"真世觉得该说出武史教她说的那句话了，她说："父亲一直对钱、理财之类的事不感兴趣，他不太懂这些。每当他在这方面遇到困难，通常会找我叔叔商量。"

"啊？您说的叔叔，就是那位……"柿谷睁大了眼睛，"神尾武史先生？"

"是的。"

"是吗？这个还挺意外的。他看起来也不像是懂这些事的人。"

"他很在意钱的。"真世心想，岂止是很在意，简直是贪婪。但一想到武史正在监听他们说话，她只好嘴下留情。

"这么一说，好像是这样。勘查现场的时候，他还想跟木暮警部打赌来着。"

"所以说，要是我父亲和牧原打过什么交道，我父亲很可能对我叔叔说过。你们有什么想要了解的事，我可以问他。"

"这个就不必了，谢谢。"

最后，他们聊了聊柏木和沼川。真世发现，除了知道柏木在他父亲的建筑公司担任副社长、沼川经营着一家居酒屋之外，她对这两人几乎一无所知。真世再次重申，自己对他们正在推进的小镇振兴计划并不十分了解。

柿谷站了起来，向她深深地鞠了个躬。"情况我们都了解了，占用您这么长时间，真是抱歉。感谢您的帮助。"站在身旁的前田也连忙鞠躬道谢。

"如果案子有什么新进展，可否也告诉我们一声？我们也想了解最新情况。"真世一边伸手去拿手提包，一边说道。

"好的。有任何可以告知的消息，我们都会第一时间联系您。"

柿谷的回答只让真世感到无力。这等同于在说："目前没什么能告诉你的。"

18

真世回到丸宫的时候,时针刚走过九点,即她与警察谈了差不多一个小时。真世觉得没什么收获,武史却不这么认为。

他拿起了手机。"我给你打电话的时候,你不是把包留在座位上了吗?幸亏你这么做,才让我录下这段对话。"

他点了点手机,扬声器里传来说话声。

"三月二日被害人打过电话的事,不问问吗?"这个轻声提问的人应该是前田。

"看她那样子,应该什么都不知道吧,问了也白问。前田,木暮警部不是也叮嘱过你,不要让对方知道不必要的信息吗?"

"是说过……"

"我们聊到现在,她好像也没有刻意隐瞒什么,待会儿就接着往下问吧。"

"嗯,交给您了。"

武史按下暂停键。"听到了吧?"

真世抬起头。原来自己出去接电话的时候,两人还有过这样的对话。"'三月二日被害人打过电话'指的是什么?"

"哥哥的手机或固定电话里，应该留下了拨打电话的记录。不过，这不代表哥哥一定和对方通过话，因为电话有可能没有接通。但有没有通上话这件事只要问一下电信公司就清楚了，警方不会连这一点都想不到。所以可以认为，警方已经确认，哥哥三月二日和某人通过电话。"

能在短时间内通盘考虑所有可能性，然后得出结论，真世不由得对武史的敏锐感到叹服。但她总是不敢相信，眼前这个推理高手，和那个一有机会就想讹自己侄女的叔叔，竟然是同一个人。

"听柿谷他们的口气，哥哥打电话的对象似乎在之前的谈话中出现过，可能是桃子或钉宫，也可能是杉下或可可里卡。但不管是谁，目前没有人告诉你接到过哥哥打来的电话。"

"真想知道这个人是谁……"

就在真世小声嘀咕的时候，桃子发来信息，问："现在方便给你打个电话吗？"真世看到后，主动给桃子打了过去。

电话很快接通了。"抱歉，现在方便吗？"桃子的语气里满是歉意。

"嗯，没关系。昨天和今天一直都在麻烦你接待来宾，真是太感谢了，帮了我大忙。"

"别客气。真世，我现在在沼川的店里呢，原口也在。"

"啊，是吗？你们都在沼川的店里？"

"我们正在讨论同学聚会的事，神尾老师的葬礼刚结束就说这些好像不太好，但是已经没有时间了。"

"也是。"

"大家还是想问问你的意见。可以的话，现在能过来一趟吗？"

"现在？"真世看了看表。现在是晚上九点半，还不是很晚。

"你已经很累了吧，要是不方便，不来也没关系。不过我们这儿离丸宫不远,走几步就能到,我就想先问问你。"

身旁的武史在一张小纸片上匆匆写下几个字,递给真世。真世接过来,见上面写着"去吧"。他似乎察觉到桃子在电话里约真世见面了。

"好吧,我这就过去。跟我说一下沼川的店名,我应该能查到具体位置。"

问完店名,真世挂了电话,向武史讲了一下刚才的情况。

"也许能获得一些新信息。别喝多了,别让酒精影响你的灵敏度!"

"我会注意的。这个先还你。"真世把夹在手提包上的蝶形窃听器还给了武史。"我走了。"说着,真世站了起来。

正打算就这样出门时,真世听到武史从后面叫住她。对方若有所思地走了过来。

"桃子的丈夫在东亚乐园工作吧?"

"是的,有什么问题吗?"

"我记得之前在网上看过报道,说是疫情之后,那家企业就以远程办公为主了,而且原则上应该已经取消了员工的外派。"

"真的吗?"真世吃了一惊,"你说的是真的吗?可是,桃子她……"

"我只是提前跟你说一声,而且那是'原则上'取消了外派。凡事都有例外。"武史笑了笑,"你也很久没跟大家喝酒了吧?别喝多,开心点!"他拍拍真世的肩膀,转身回了屋。

如桃子所说,从丸宫走到沼川的店要不了十分钟。这家店的装潢模仿旧式民居。大概是出于疫情防控的需要,大门一直敞开。

店内宽敞明亮,桌椅崭新,角落里坐着一对上了年纪的夫妻。

看到真世进来，戴口罩的女店员说了句"欢迎光临"。

桃子和原口坐在吧台前。吧台上竖着透明的亚克力板，用于阻挡飞沫，挡板的对面就是沼川。沼川见真世到了，抬手同她打招呼，桃子和原口也扭头看过来。

"久等了。"真世打了个招呼，坐到桃子身旁。

"真世，不好意思啊，这时候还叫你出来。"

"没事，葬礼结束，我也正想出来喝一杯。"

真世点了杯扎啤，喝之前先举杯说："大家都辛苦了！"她想起来，自己回家后，这还是第一次喝酒。

看着桃子的侧脸，真世想起了武史的话——东亚乐园已经不再外派员工，可是桃子却说丈夫池永良辅一个人在关西工作，良辅昨天也没有否认这一点。

也许这没什么大不了的。武史也说过，凡事总有例外。真世告诉自己，暂时别想这件事了。

那对上了年纪的夫妻结完账离开了。女店员忙着给他们坐过的桌椅消毒，店里只剩真世他们几个人。

"空荡荡的吧？"沼川把小菜放到真世面前，说道，"双休日好一些，平时就是这个样子。疫情之前，店里生意挺好的，最忙的时候，要雇三个人来帮忙。"

"哪里的餐饮店都一样。"原口说，"旅游城市要是没人来，就只能这样了。经常在我那儿订酒的酒馆，好几家今年都要关张了。"

"难道在特效药和疫苗研发出来之前，只能这么干熬着？"

沼川苦笑着摇了摇头。"即使有了药物，也不知道还能不能恢复以前的样子。很多人都忘了在外面喝酒是什么滋味了，而且我们小镇本就没有可以主打的金字招牌，游客不来的话，怎么折腾日子都不好过。"

"所以还是要靠《幻脑迷宫》啊！"桃子凑近真世，"沼川在考虑翻修，想把店面改造成幻脑迷宫屋的风格。"

"真的吗？"真世抬头看沼川。

"主要是总得做点什么啊，得搞一些创意吸引年轻人，让他们愿意来打卡、发帖。原口也在考虑给新酒款起个和《幻脑迷宫》有关的品名。要是做成了，我这儿也要好好宣传一下——可以吧？"

"嗯……"见沼川投来询问的目光，原口挠了挠脑袋，含糊地应了一声。他看着真世，尴尬地笑了笑，满脸写着"我偷偷找老师牵线的事，要替我保密"。

每个人都在拼尽全力谋求生路。看来，《幻脑迷宫》对于这个小镇而言，几乎是唯一的希望。

"好了，真世，你觉得同学聚会应该怎么办才好？"桃子切入了正题。

真世喝了口啤酒，放下杯子。"之前我对原口说过，大家按原计划来就好，我就不参加了，不想让大家费神。"

"说了多少遍了，不存在什么费不费神的！"

"我也这么想。"沼川接话道，"没能参加守灵夜和葬礼的人，应该都想在同学聚会上见见你。初中那会儿有人因为你是老师的女儿，有意回避你，但现在大家都长大了，这些都没什么了。"

"没错。"原口轻轻举了下手，表示赞同。

就在这时，沼川的手机响了，他接起电话。

"你好……嗯，当然有位置……包场？哎呀，原口他们已经来了，还有本间和神尾……没有别的客人了。什么？哦，原来是这样……好，知道了，待会儿见。"挂断电话，沼川看向了真世他们。

"柏木说他们现在过来。"

"是吗?这可巧了。"原口说,"还有谁啊?"

"好像牧原跟他在一起,还有钉宫他们。"

听沼川这么说,不光是真世,连桃子和原口都很吃惊。

"好像是柏木非要邀上他们的。他说,如果店里还有别的客人,就不太方便了,想要包场。我说你们都在,没别人,他说太好了。我得先把这个挂出去。"沼川从架子上拿出写有"包场"字样的牌子,离开吧台。

"柏木真有一手!神尾老师的葬礼刚结束,他就约到了钉宫。"桃子感叹道。

"可能就是因为现在情况比较特殊,才更容易约他们出来见面吧。"原口皱了皱眉头,"估计他是对钉宫说了'一起缅怀神尾老师'之类的话,晚饭应该也是他请客。"

"吃完饭,换个地方继续做钉宫的思想工作,不愧是'胖虎'!"

"哈哈哈,"沼川笑着走回来,"是呢,大家背后都叫他胖虎。"

"对,牧原是'小夫'。"

"真有意思,他俩的关系长大后也没变。"原口一边笑,一边喝着啤酒。

"对三叶银行来说,柏木建设可是他们在这儿最大的客户,小夫在胖虎面前怕是永远抬不起头了。"

真世愉快地听着大家聊天。柏木现在虽然也是有头有脸的人了,他们仍然能用知名漫画里的角色来打趣他,这些都是老同学才有的特权。

"可是胖虎竟然要款待大雄,真是世事难料啊。"沼川突然严肃起来,"不过我们也没资格笑。疫情让我们的生活越发难过,这时候我们要靠的不是以前的孩子王胖虎,而是那会儿谁都看不起的大雄,想想还真是势利。"

"你这么说就没意思了,《哆啦A梦》中,大雄也经常帮助别人的。"原口心里无奈,口中却是不服气。

他们说的"大雄"就是钉宫克树。钉宫不像大雄那样懒惰,做事也从不敷衍潦草,但不可否认,他的存在感很低,经常受到大家轻视。只有津久见会支持他、护着他,当他的后盾。和津久见在一起,钉宫总觉得很有安全感。津久见就这样成了"哆啦A梦"。

真世想起自己第一次和钉宫代表大家去探望津久见的情形。躺在病床上的津久见看到他们,非常开心。"哎呀,好久不见了!"

"你还好吗?"真世问。他笑着回答:"心情倒是挺好的。"

"现在研发了很多新药,得了白血病也不意味着马上就会死,很多人好像都治好了。我这病还不清楚要用什么药,医生正在做各种尝试。考验才刚刚开始呢。"

话题明明那么沉重,津久见的语气却像在预测职业棒球的排名一样稀松平常,仿佛说的是别人的事。

但只要看看他的病容,就会发现情况根本不像他说的那么乐观。他的头发已经掉光,眉毛和睫毛也看不到了。原本让人备感安全的健壮体格,如今也消瘦得像另一个人。

"没错。"钉宫接着他的话说,"医学进步这么快,只要耐心等待,一定会找到好药的。"

"我也是这么想的,现在也只能等了。所以啊,钉宫,你也该让我读读你的新作品了吧?我每天都躺在床上,实在太无聊了。你在画新东西吧,怎么样了?"

"嗯,慢慢画着呢。"

"搞什么啊,画好了就赶紧拿来给我看看啊!"

"知道了,我会努力的。"钉宫在病床旁暗自攥了攥拳头。

真世还没弄清他们在说什么,津久见便接着说:"神尾,羡慕吧?我可是钉宫画的漫画的第一个,也是唯一一个读者哦!"

真世这才明白过来是怎么回事。大家都知道钉宫想成为漫画家——这也是津久见传开的。但没人知道他当时已经画好了成稿,津久见还是他的第一读者。

据他们自己说,两人最早就是因为钉宫的漫画成了好友的。那会儿刚上初中,有一次两人拿错了书包,津久见碰巧看到了钉宫自己画的、一直放在书包里的漫画。津久见说,那让他震惊又赞叹。

"完全是专业人士的水平,不仅画得好,情节也特别有意思。我一下子就被吸引了,还立刻成了钉宫的忠实读者!后来我就跟钉宫说,一定要和他成为朋友,这样有一天我才能向别人炫耀!钉宫以后一定会成为当红漫画家的,到时候我就能跟别人说,'他可是我的好朋友'。多酷啊!"

听了津久见的夸奖,钉宫在床边害羞地笑了,看起来也很高兴。

津久见之于钉宫,简直就是哆啦A梦般的存在。好朋友的热切鼓励对钉宫而言,就像是给予大雄勇气的"竹蜻蜓"和"任意门"。

真世正呆呆地回想着往事,身后传来一个低沉的声音。"哟,都到齐了呢!"

真世回头一看,柏木正走进店里。昨晚的守灵夜,他穿了一身很有派头的黑西装,不过相较而言,今天这身奶油色的西装更适合他魁梧的身材,让人联想到电影里的黑帮教父。

"神尾,你辛苦了。没累坏吧?"

"没事,谢谢。"

柏木身后跟着牧原,然后是钉宫和九重梨梨香。九重穿着一条蓝色连衣裙,外面披着一件驼色大衣。要驾驭这样的搭配,需要对自己的身材有足够的自信，九重显然可以做到。她身上散发出来的气场和早上参加葬礼时完全不一样，更加性感迷人。要是她在东京的大街上走过，也许会有人频频回头。

见九重走过来，真世站了起来。"九重，谢谢你早上来参加葬礼。也谢谢你，钉宫。"

九重悲伤地摇了摇头。"哪里的话，我也对克树说，还能见到老师最后一面，真是太好了。这段时间你一定很不好受，希望你早日振作起来！"她流利地说出这些话，不知为何，像是女演员在背剧本台词。

"谢谢。"真世还是向她道了谢。

"好了，我们先坐下吧。坐哪边好呢？"柏木扫视了一下店内，然后转向钉宫，"老师，您看坐哪儿好？"

真世吓了一跳，怀疑自己听错了。柏木竟然真的称昔日的同窗为"老师"，语气没有丝毫的不自然。

"我坐哪儿都行，柏木你定吧。"

"好，墙角那边比较宽敞，我们就坐那儿吧。沼川，可以吗？"

"嗯，随便坐就好。"沼川从吧台里回答。

"你们也一起坐过来，怎么样？"柏木向坐在吧台的原口他们打了个招呼。

"怎么办……"原口不知所措地动了动身子，想站起来，又有些犹豫。

"我就不过去了。"桃子摆摆手，"你们要聊工作吧？我就不打扰了。"

"那我也坐这边吧。"原口又一屁股坐下来。

"我也坐吧台。"真世说。

就在这时，真世收到一条短信。她拿出手机一看，立时瞪圆了眼。竟然是武史发来的，告诉她："坐到柏木那边去！"

正感到无比困惑的真世突然注意到了自己的卫衣帽沿，倒吸一口凉气。帽沿夹着一个蝴蝶饰品，正是武史的窃听器。她想起自己离开房间时，武史拍了一下她的肩膀。他一定是在那个时候把窃听器夹上去的。也就是说，武史听到了目前为止她和同学所有的对话。

窃听器的信号不可能传到丸宫那么远的地方，所以武史肯定也在附近。

真世很气愤，但现在不是生气的时候。她站起来，对柏木说："我还是坐过去吧，可以吗？不妨碍你们吧？"

"好啊，当然可以。某种意义上说，神尾，你才是今晚的主角。沼川，今晚我请客，吧台那边的单子算我账上。"

好几个人鼓起了掌。"真是大方！"桃子说。只有坐在真世旁边的九重梨梨香面无表情。

女店员端来瓶装啤酒和玻璃杯。柏木马上拿起一瓶啤酒，说："好了，我们场地也换好了，老师，您先来一杯。"

钉宫说了声谢谢，把手里的玻璃杯递过去。他似乎并不抵触"老师"这个称呼。

所有杯子都倒上了酒水。真世正想着该不会要干杯吧，柏木突然神情肃穆地对她说："神尾，这次的事真的太突然了，我也非常难过。让我们在这里为神尾老师举杯祈福吧。"

大家纷纷举起杯子。柏木的声音再度响起："请默哀。"真世也闭上了眼。她想，胖虎就是不一样。

默哀结束后，大家闲聊了一会儿。柏木问："怎么样啊，神尾？你很久没回来，这次回来感觉如何？"

"你指的是哪方面？"

"你不觉得这个小镇很窝囊吗？以前虽然谈不上有多火，好歹也是有点人气的旅游景点，附近也挺热闹的。现在呢？商业街上关掉的店比开着的还多，这像话吗？"

"唉。"对此，真世也不知道还能说什么，"现在整个日本都是这样，疫情结束前，也没别的办法。"

"那你觉得疫情过去之后，游客还能回来吗？小镇还会像以前一样热闹？"

"这个我也说不上来……"真世其实很想让柏木别问她这种问题。

"举个例子，东京迪士尼乐园还在限制入园人数吧？要是疫情结束，限制取消，你觉得人们还会像以前那样蜂拥而至，甚至比以前人数更多吗？"

"嗯，估计会是那样。"

"可是这里呢？也会像迪士尼那样吗？旅游景点到处都是，像咱们小镇这样毫不起眼的观光地，就算疫情结束，大家都能自由出行，一定也吸引不了多少人的。"

"也许吧。但把这里和迪士尼乐园相提并论，不太合适吧。"

柏木慢慢从怀里掏出口罩戴上。"我知道，要是把迪士尼比作东京著名的晴空塔，我们这里就是随处可见的信号塔，没有半点特色。类似的旅游小镇遍布日本，一旦疫情结束，彼此之间就会产生同质化的竞争。只有在竞争中站稳脚跟，小镇才能生存下来。因此，再小的可能也要去试试才行。"

真世明白了柏木突然戴上口罩的原因——谈论重要的事情时，他不想让别人因为担心飞沫问题而分神。柏木说这些话时气势十足，真世无法反驳。

柏木再次摘下口罩，放回西装内兜，满脸堆笑地对钉宫说："所以老师，您能不能帮我们一把？我想为小镇出点力。"

钉宫困惑地瞟了一眼九重。

"不是说好今晚不聊这个吗？"九重开口了，"所以我们才答应跟你来这里。"

柏木苦笑道："我的意思是，吃饭时可以不聊。这层意思你其实是知道的吧？"

"我之前也说了，克树现在正处于关键时期，不断有新企划找来，光是应付这些就已经筋疲力尽了。"

"九重啊，这里面的先后排序，你来统筹不就好了？你也是因为这样才待在钉宫身边的吧？"柏木的语气中透着谄媚，表情却强硬得可怕。这种反差让人毛骨悚然。

"没错。但不可能完全不经克树之手就完成。请你理解。"

"这个我知道，我们也在想各种方案，尽量不给老师添麻烦。"

"什么方案？建剧场是不可能的，这个之前已经跟你说过了。"

"剧场？"真世问了一句，"剧场指的是什么？"

九重把脸转向真世。"他们想在镇上建一个剧场，把《幻脑迷宫》搬上舞台，太荒谬了吧？这样一部作品怎么可能搬得上舞台？不说别的，演员该怎么办？"

真世也觉得不靠谱，但没说出口。

"那只是计划的一部分，我们就是这样想过而已。我上次也说了，今天的方案才是最重要的。"柏木向身旁的牧原使了个眼色。

牧原拿出平板电脑，放到桌上。

"其实我们想说，能不能借用一下'蓝天之丘'？"

"蓝天之丘？"九重提高了嗓门，"你们打算怎么用那个不起眼的破败公园？"

那是一个位于郊区的公园，毫无特色，平日里空旷而冷清。

"先听听牧原怎么说吧。"柏木笑着上下摆了摆手。

"漫画人物的铜像不是一般都建在跟它有渊源的地方吗？我们想和《幻脑迷宫》联动，一起做这件事。"牧原接着说，"不过只立一个铜像的话，太普通了，也没什么意思。我们就想换个思路，不用铜像，用新材料制作的、精心上过色的人偶，差不多雕像大小。不仅放主要角色，还要再现那些人气爆表的名场面。这样的话，读者啊观众啊一定会来。"

九重突然咧了下嘴，怎么看都像冷笑。"他们也许会来上一次吧。可是只要拍了照，发到社交平台，就不会再来了。"

"所以需要经常升级调整，慢慢增加一些名场面的角色人偶吸引回头客。蓝天之丘很适合，那里空间够大。如果场景能不停地更新，一定会引发关注的。"

"怎么样，神尾？我刚说这儿是个不起眼的小地方，但这个计划还挺大胆的吧？"柏木看着真世，颇有些得意。

"公园名也要改成'幻脑迷宫主题公园'。目前公园是由市里负责运营维护，我私下找过市政府的人，他们对此很是积极。"

牧原讲到这里，九重扬了扬眉毛。"请不要单方面推进这些事啊。"

"牧原不是说了是私下打听的吗？这种事就需要提前沟通。九重，你也不是外行，这些你是知道的。"柏木安抚了一下九重，又转向钉宫，"怎么样，老师？能不能请您考虑一下？"

"我到底要做什么？"

"克树！"

"名义上是监修，实际上什么都不用做。您只要挂名就好，其他事都交给我们,不会给你们添麻烦。"

"不行,克树。如果都交给这帮人,《幻脑迷宫》会被他们糟蹋的。"

"我们怎么会做这种事?"柏木摊开双手,"你为什么不肯相信我们?"

"即使你们没有这种想法,也很可能导致这种后果。你们大肆宣传要建什么幻脑迷宫主题公园,万一弄砸了怎么办?要是那些脏兮兮、缺胳膊少腿的人偶照片在网上传开,原著的形象也会大打折扣的。"

柏木的目光变得犀利起来。"不会失败的,我们不能让它失败,这个我保证!"

"光凭你一句话,我们就该把这么重要的作品交给你吗?"

"这是你的……"柏木把后面的话吞了下去。

真世知道他想说什么。他想问:这是你的作品吗?但这话要真说出口,就要伤和气了。柏木也明白,想要说服钉宫,必须过九重这一关。

但真世也认为九重说得很有道理。在小镇郊区的一个荒凉公园摆上人气动画的角色人偶,能吸引多少游客根本难以预测,如何维护这些人偶也是个大问题。

九重瞅了一眼手机,对钉宫说:"克树,该走了吧?今天起了个大早,累了吧?"

"是呢。嗯,那我们就告辞了。"钉宫看着对面的柏木,"谢谢你今晚的款待。"

"哪里哪里。"柏木摆了摆手,笑着说,"下次还能请你们出来吗?"

"前提是不谈这些事。"九重说。

柏木夸张地皱了皱眉。"九重，我可真服了你！"

"好了，克树，我们走吧。"九重站起来，"神尾，再见。"

"今天谢谢你，也谢谢钉宫。"

钉宫"嗯"了一声，点点头，在九重的催促下出了店门。

送走二人后，柏木重新坐下来，把瓶子里剩下的啤酒全都倒进自己杯中。

"沼川，再来一瓶啤酒！"他把倒空的酒瓶重重地放到桌上。

"真是难缠，得想办法对付九重才行。"牧原一边叹气，一边嘟囔着，把平板电脑收回包里。

"只能继续和他们谈。从他们刚才的反应来看，似乎比上次提剧场方案时有希望。九重怎么想的先不管，钉宫本人应该觉得这个提议不错。"柏木松了松领带，喝了口啤酒。

真世的手机又收到一条新信息，是武史发来的，让她按他的指示说话。

"幻脑迷宫主题公园如果能建成，应该会很有趣吧！"真世说出了台词。

"是吧？"柏木的眉毛一挑，"只要宣传得当，一定会吸引很多游客的。"

"资金……"真世清了清嗓子，"资金怎么办？需要不少钱吧？"

"总有办法的，这就靠你了，对吧？"柏木拍了拍牧原的肩膀。

"只要能确定下来，肯定能找到赞助商。"

"那就好。我叔叔说了些事，我还挺在意的。"

"你叔叔？"牧原惊讶地问，"他说了什么？"

"好像是父亲找过他，说他教过的学生可能遇到了金钱方面的困难。说的应该不是你们吧？"

牧原脸色骤变，柏木的表情也突然严肃起来。

"说的是什么啊？真搞不懂。"牧原不由得提高了嗓门。

"我也不知道详细情况，只是偶然听我叔叔说过几句。没事就好，对不起，大家都忘了吧。"

柏木一把抓起刚送来的啤酒瓶，将酒倒进杯里。一股白沫腾地从杯口溢出。

"不管怎么样，"他语气强硬地说，"我们必须做点什么。在这个一没资源、二没特色的小镇，《幻脑迷宫》是天赐的机遇。小镇就是一艘船，所有人都是一条船上的蚂蚱。如果现在不努力，船沉了，大家只能一起淹死。"他灌了一大口啤酒，用手背擦了擦嘴边的泡沫。

19

窗外的阳光照在电脑屏幕上。坐在电脑前的真世对着话筒说了句"请稍等",一遍遍地调整屏幕的角度。她把电脑转了个九十度,自己和坐垫也一起挪动了位置。外面的晚霞染红天际,一转眼大半天就过去了。

"久等了,咱们接着说吧。"她一边对着电脑说话,一边在心里想,其实没必要露脸啊。

"只算厨房的施工费的话,一共是六十二万八千日元。"屏幕里的女子说。她是真世的同事,比真世晚进公司,算是个后辈。

"这里面包括岛台的费用吗?"真世问。

"没有呢。听说岛台就用现在的,没错吧?"

"没错,但应该要先拆下来。厨房要重铺地板,所以得再确认一下这部分的工程费用。"

"请稍等。"同事似乎在查看手头的资料。"是的,包括了岛台的费用,拆除费是九万八千日元。"

真世在手边的笔记本上记下了这个数字。

"抽油烟机通风管道的工程费用算好了吧?橱柜的材料费也定

了,还有没算进去的吗?"

"只剩止水阀了。"

"那个六千日元就行了。还要加上消费税。"

"好的。那和厨房相关的费用就这些,看得到吗?"同事给真世看手写的施工明细表。字比较小,但可以看清。

"可以了,能不能麻烦你整理好后发邮件给我?最好今天之内。"

"好的。"

"麻烦了。"

"辛苦了!"

对方的脸从屏幕上消失后,真世呼出一口气,啪嗒一声合上了笔记本。她看着展开的图纸,重新核对刚才记录下来的内容。

今天是带薪休假的最后一天,但好几个项目需要处理,所以真世一大早就开始了远程办公。从今天的办公成效来看,下周的工作应该可以顺利开展。但这并不意味着可以一直远程办公。作为建筑师,必须实际接触材料和零部件。向客户讲解时,也不能只隔着屏幕对他们展示地板和壁纸,就让他们做决定。没有从事过生产性工作的政治家和官员一味说"请大家尽量远程办公""推动线上化"之类的话,真世真想对他们说:有时间你们倒是去工作现场看看啊。

突然间,真世想起了桃子,确切地说,是想起了桃子的丈夫。

真世听说,娱乐企业的职员有时必须在项目开发地待上一段时间。所以当桃子说她丈夫被派到外地时,她一点儿也没有起疑心,只是觉得桃子太不容易了。

但现在,她很在意武史说的那番话——东亚乐园现在是以远程办公为主,不再外派员工。如果武史说的是真的,她又该如何看待桃子说的话呢?

正当她陷入沉思之际,手机响了。看到来电显示,她吓了一跳——又是柿谷。

"您好,我是神尾。"

"您好,我是柿谷。昨晚突然打扰,真是抱歉。"

"没事。又有什么事吗?"

"不,今天不是来找您的。请问,神尾武史先生现在在旅馆吗?"

"找我叔叔?我不知道他在哪儿,今天我们还没见过面。"

"是吗?那能不能请您把他的电话号码告诉我,我们有点事想找他。"

"好的,请稍等。"

原来警方没有武史的联系方式。真世查了查手机,报出武史的号码。柿谷道谢后挂断了电话。

真世把手机放回桌上,心里有些纳闷。柿谷到底想找武史说什么?

昨晚她回到丸宫时,都快午夜十二点了。她本想去一趟武史的房间,但时间太晚,便作罢了。漫长的一天结束后,她也已经筋疲力尽。

今天早上,真世吃完早饭后去敲武史的房门,但无人回应。她试着拧了拧把手,发现门上了锁。看来武史出去了。真世想过给武史打电话,但她也没什么急事要讲,便决定先工作再说。中午,真世出门买午餐时又去了趟武史的房间,但他似乎还没有回来。他到底去了哪里?

真世无法集中精神,磨磨蹭蹭地处理着手头的工作。就在这时,手机再次响了,是武史打来的。接通后,武史问她:"你在房间吗?"

"在。"

"在干什么?"

"处理工作。怎么了,柿谷给你打电话了?"

"没错,我们约好三十分钟后见面。想来就一起来吧。"

"我可以去吗?"

"我问了柿谷如果你想去,能不能一起。他虽然不太情愿,但还是同意了。你去不去?"

"去!三十分钟后对吧?去哪儿?"

"那我们二十分钟后先在这儿的餐厅见。"

"好的。对了,叔叔,你现在在哪儿?"

"我刚回来,在房间里呢。好了,待会儿见。"武史自顾自挂了电话。真世放下手机,整理好办公文件,伸手去拿化妆包。

收拾一番之后,她去了餐厅,见武史穿着那件他常穿的夹克,正和老板娘说话。

"叔叔,你一早去哪儿了?"

"去了很多地方。我有很多事要处理。"

每次他一说这种话,真世就知道他一定又在盘算着什么。她也知道武史不会轻易跟自己透露,所以决定不再细问。

"柿谷好像还没来。"真世说。

"见面的地方不在这儿,在对面的长笛咖啡馆,是我要求在那里见面的。"武史看了看手表,说道。

"这样啊。不过这个时间店里还有别的客人吧?"

昨天真世和柿谷他们见面时,店里已经打烊。现在才刚过下午五点,咖啡馆应该还在营业。

"生意要真这么好就好了。即使有客人,也只是附近的老人吧。坐远些,说话小声点儿,就不用担心会被人听到了。好了,差不多该出发了。"

武史向门口走去,真世跟在后面。

到了长笛,真世看到柿谷和前田选了最靠里的桌子,和昨晚一样并排坐着。大概是不想让别人听到聊天内容。其实店里也没有别的客人。吧台的白发老板小声说了句"欢迎光临"。

见真世和武史进来,两个刑警站了起来。柿谷致歉道:"两位这么忙,多有打扰。"

"我们非常愿意配合调查。"武史拉开椅子,看了看店内,"真世说得没错,这家店还真是特别,咖啡似乎也很不错。"

柿谷点了点头,说:"这里的咖啡我非常推荐。"

"那好,来都来了,我就不客气了。"武史坐下来,似乎无意自己出钱,"真世,你呢?"

"那我也来一杯吧。"

"请来四杯咖啡。"柿谷对老板竖起四根手指。

前田打开笔记本电脑,脸色不太好看。也许是对柿谷被武史牵着鼻子走的样子非常不满。

"好了,找我到底有什么事?"武史问。

柿谷端正坐姿,看了吧台的老板一眼。老板正背对着他们磨咖啡豆。因为相隔较远,只要他们不弄出很大的声响,就不会被听到。

"昨晚我听真世女士说,神尾英一先生生前会找您商量金钱方面的事,对吗?"柿谷压低嗓门问道。

"是这件事啊。没错,虽然没那么频繁,偶尔会找我商量。哥哥对这些事不太了解,以前被银行职员哄着诓着买过些莫名其妙的理财产品。具体的我也不清楚,但他应该吃过不少亏。我嫂子以前就跟我抱怨过,说哥哥人太好了,只要有点交情的银行职员来求他,他就不好意思拒绝,真是让人不放心。他本人也意识到不能一直这么下去,就来问我的意见。"武史说得有鼻子有眼儿,要不是真世知道他在瞎编,可能都要信了。

"不过,"武史接着说,"其实我本人也不太懂理财,只是跟哥哥比起来,我的经历多少丰富一些,没那么容易上当,所以他才会来找我。"

真世想,这倒是大实话,在哄骗别人这方面,你本就是行家。

"他最近有没有找您聊过这些事啊?"

"最近倒没有。我刚才也说了,哥哥本来就不太关心理财什么的。作为一名教师,他觉得钱是要靠自己劳动去挣的。他经常说,有些人退休后没了收入,为了赚钱就走上投资的道路,内行人还好,外行人没准儿会引火烧身,得不偿失。哥哥应该早就做好了打算,他没有要抚养的对象,只要自己不挥霍,靠存款和养老金足够维持生活。"

虽然不清楚他说的是真是假,但这个说法本身是可信的。英一就是这样谨慎的人。

"那就是说,这段时间他完全没找您商量过钱的事?"

"没有。硬要说有的话,那就是大约一个月前,他打电话跟我说家里维修的事。这么说倒是……"说到这里,武史很不自然地停了下来,视线开始游离,像是在思考什么。

"怎么了?想起什么了吗?"

"没什么,一些无关紧要的事,跟哥哥自己的资产没有关系,请忘了吧。"

"是什么事呢?不介意的话,也可以说给我们听听吗?"柿谷抓住了话茬。

"倒也没什么好介意的,但我不觉得和案情有关,你们听了也没什么用。"

"那也没关系,请您讲来听听。"

"说是这么说……"武史还是没有继续,显然是在故弄玄虚。

这时,磨好的咖啡送了上来。老板用非常郑重的手势把托盘上的四杯咖啡放到每个人面前。咖啡馥郁的香气让人愉悦。真世拿起奶杯,倒入了一些牛奶。

"哎,这么好的咖啡,怎么会有人不先尝一口就加牛奶呢?正确的喝法难道不该是先品一下纯正的黑咖啡吗!"武史端起咖啡杯,凑近鼻尖,微微闭上眼睛,摆出一副品鉴的架势,"嗯,美妙!"接着他啜了一小口,像是细细咂摸味道一样,慢慢动了动喉咙。"酸味适中,味道醇和,齿间留香,这是哥伦比亚咖啡豆磨的吧。我说得对不对,老板?"

"您说得太对了!我弄到了优质的咖啡豆,这是稍加拼配后做出来的。"白发老板答道,两眼放光。

"豆子磨得没话说,还有一些恰到好处的涩味。"

"不敢当,多谢夸奖。"

"对了,店里能吸烟吗?我看这里有一个复古的烟灰缸。"武史指着桌边的玻璃烟灰缸问道。

"可以的,请吧。"

"那太好了。"武史从夹克里兜摸出一包香烟。当他把手伸到另一个口袋时,停下来望着对面两位刑警。"对不起,忘记问二位了,我可以抽烟吗?如果二位很在意二手烟味,那我就不抽了。"

"没关系的,您随意。"柿谷说。

"那就不好意思了,喝到好咖啡的时候,就想抽一支。"

武史从口袋里掏出一个煤油打火机。

真世费了很大劲才让自己不要露出太过惊讶的表情。她和武史多年后再相见,直到今天,她都没见过他抽烟。难道只是因为丸宫和殡仪馆都禁烟，他一直没有机会抽吗？

武史从香烟盒里抽出一支烟，叼在嘴上，娴熟地用打火机点火，但是打火机只冒出了火花，没有点着。重复两三次之后，武史啧了一声，把打火机放回桌上。

"没油了，这几天忙得没工夫加油。我之前还想着要赶紧去买，结果也没来得及。昨天早上回家取东西时，想顺便看看家里有没有存货。找了半天也没找着。"

武史站起身，一边喊着老板，一边走近吧台。

"店里有火柴吗？"

"有的。"说着，老板从吧台下面取出什么递给武史。武史说了声谢谢，回到座位上，手里拿着一个小小的火柴盒。

"真让人怀念啊。现在很多店都不再做印有自家店名的火柴了。"

武史取出一根火柴，划燃后送到嘴里叼着的香烟旁。嘶的一声，烟的前端一下子燃成一个红点。他挥挥手熄灭火柴，将火柴棒扔进了玻璃烟灰缸。

"原来您也抽烟？"柿谷问。

"这要看时间和场合，我只在想抽的时候抽。我才不是那种明明没有多想抽，却老是习惯性点烟的人。那种人连味道都尝不出来，只会吐出有害烟雾。"

"您总是用这个煤油打火机吗？"柿谷看了看桌上的打火机。

"是的。便宜货，我在美国工作时买的，留个纪念而已。"

"您刚才说到家里的存货，是您自己准备的吗？"

"不，是哥哥的。我记得以前书架底下存了几盒。"

柿谷看了看真世，又看了看武史，诧异地说："可是我听真世女士说，英一先生已经戒烟很久了。"

"他确实不怎么在人前抽烟。不过偶尔为了换换心情,还是会抽一下,我见过好几次。"

"所以,他最近还在使用打火机?"

"你是说煤油打火机?"

"是的。"

"以前他有好几个,最近不知道了。家里存的油都用完了,最近可能没在用了吧。"武史喝着咖啡,吐着烟圈,不时满意地点点头。"这感觉真不错!在咖啡店休息放松,就应该这样。"

前田在柿谷耳边低声说了几句话。柿谷看了一眼前田的笔记本电脑,点了点头,视线再次回到武史身上。

"好了,接着聊刚刚的话题。"

"刚刚聊的什么来着?"

"关于钱的事,英一先生跟您说过什么吗?"

"那件事啊。"武史一边抽着烟,一边点了点头,"我刚才也说了,这事与哥哥本人无关,也不适合在这里讲给你们听。哥哥还特地叮嘱过我,事关他人隐私,不要到处乱讲。"

"但是,"柿谷两手撑在桌上,身体前倾,"万一此事与案情有关呢?告诉我们一个大致情况就可以,我们保证绝不会泄露出去。"

"我也很为难啊。"武史摆出为难的神色,"要是我说出那个人的名字,你们肯定会去找他问话吧?这么一来,人家不就知道是我说的了吗?"

"我们会处理好的,不会给您添麻烦,您放心吧。"柿谷苦苦劝说,旁边的前田也跟着一起低头请求。

武史两指夹着香烟,双眼往斜上方看。一段时间后,他慢慢在烟灰缸里掐灭了香烟。

"既然如此,那不如这样。由我自己来说的话,我心里还是有点抵触的。但你们可以问我问题,我用'是'或者'否'来回答。"

柿谷露出困惑的神情。"回答是或否?"

"是的,这样如何?"

前田默不作声地敲打着键盘,柿谷瞥了一眼屏幕。上面显示的应该是前田的意见,也是搜查一科的意见。柿谷看着武史说:"这个难度有点大,我都不知道从何问起。得请您先告诉我,是关于哪方面的话题?"

"嗯……"武史抱着胳膊想了想,简短地答道,"继承遗产。"

"什么?"

"继承遗产!某人去世了,遗属要继承财产,就是这样。好了,其他的我不能再说了。"

真世看了看武史的侧脸。他到底在说谁?

前田再次敲起了键盘。柿谷又往屏幕上看了一眼。

"去世的人叫什么名字?"

武史不耐烦地说:"不是说了吗?我只回答是或否。"

前田继续飞快地敲键盘,柿谷照例往那边瞟了一眼。

"那好,这个人是去年四月去世的吗?"问题突然具体起来。

"是的。"武史不假思索地答道。真世吃了一惊。

"是因为意外事故吗?"

"不是。"

"是病故吗?"

"是的。"

"死者遗属找到英一先生,是在遗产继承方面有事相求,或想咨询什么吗?"

"是的。"

"可是英一先生觉得自己应对不了,就找您商量了?"

"没错。谈不上商量,就是闲聊,或者发几句牢骚。"

"牢骚……也就是说,这不是一件让他感到愉快的事?"

"这个问题我也暂且回答'是',因为他说心情很沉重。"

"心情沉重吗?这类表述……是他充当了某种中间人的角色?"

"是的。钱财纠纷的中间人,谁都不愿意揽这种活儿吧。"

"您知道纠纷的具体内容吗?"

"不知道。他只是随口说了几句,我也没问具体情况。"

"随口说了几句……这是否意味着死者非但没有财产,甚至还有巨额债务?"

"不是。"

"那就是在遗产继承问题上有分歧?"

"也不是。"

"那就是本该继承的财产不见了之类的事?"

武史停顿了一会儿,微微点头,说:"是的。"

真世看到柿谷倒吸一口凉气。

"英一先生看起来像知道这起纠纷直接原因的样子吗?"

"我不知道他了解到什么程度,只记得他好像是希望事情不要闹大。不好意思,具体的情况我不记得了。"

"原来如此。"柿谷小声说,把脸转向身旁的前田。两人眼神交会了一下,似乎在相互确认。

"这些信息很有参考价值,感谢您的协助!"柿谷鞠躬谢道。

"可以了?"

"可以了,谢谢您。"

武史端起杯子喝了口咖啡,说:"咖啡还没喝完,机会难得,我想喝完再走。"

"您随意，请慢慢享用。"柿谷说。

前田合上笔记本电脑，开始收拾，准备离开。武史突然伸手按住了电脑。

"您要干什么？"前田第一次开口说话。

"你们根本就没喝咖啡吧。尝一下如何？不然对店家也太不礼貌了。"

前田撇了撇嘴，满脸的不情愿。

"您说得对，那我不客气了。"柿谷端起杯子喝了一口。"哎呀，味道的确不错！"

"浪费可不好。"

"您说得对。"

"有件事想和你们商量商量。看在我这么配合你们的分儿上，能不能请你们也回答一下我的问题？"

柿谷和前田对视了一眼，然后满脸堆笑地回道："您想问什么？"

"没别的，和我侄女的同学有关。我听真世说，你们在怀疑他们？"

"没有没有。"柿谷摇了摇头，放下杯子，"绝对没有这样的事。只是他们的名字都出现在了守灵夜和葬礼的到场人员名单上，我们想知道他们是哪些人。"

"柿谷组长，"武史胳膊肘撑在桌上，往前探了探身子，"大家都不是小孩子，客套话就免了，实话实说不好吗？因为你们，真世心里很煎熬呢。"

"什么意思？"柿谷疑惑地看向真世。"您很煎熬吗？为什么呢……"

真世默默地低下头。她完全不明白武史想说什么。

"真的不懂？听好了，都是因为你们，她再也没办法相信自己的同学了，毕竟他们可能就是杀害父亲的凶手啊。她之后还要和这些同学打交道，现在却不得不对所有人心存怀疑和戒备。你们不觉得她太可怜了吗？"

"哎呀，所以我才说，我们没有把他们当成嫌疑人的意思，之前问真世女士那些问题，只是例行排查而已。"

"要是这样，那就请告诉我们，哪些人有不在场证明？"

"什么？"柿谷瞪大了眼睛。

"出现在名单上的人，你们肯定会去找本人核查吧？不，可能你们已经问了不少人了。别跟我说你们不会去确认他们的不在场证明啊，连真世和我都被问过。"

"这个一般都会问的。"

"对吧？所以请把结果告诉我们。知道了谁有不在场证明，真世才能放心和他们相处。对不对？"

"嗯。"被武史这么一问，真世只好配合地点头。她知道自己眼下不能乱说话，干脆都交给武史好了。

"您的意思我明白，但这些事不太方便告诉您……"柿谷支支吾吾地说。

"不能说？"

"很抱歉。"

"这是侦查机密，我们不方便透露。"前田在一旁淡淡地说道。

武史靠回椅子上。"那就没办法了。"

柿谷似乎松了口气。"您能理解吧？"

"要是这样的话，我们只能自己去问了。我们去见每个人，确认他们到底有没有不在场证明。"

武史这番话让两位刑警一下子惊慌失措起来。

"不不不，"柿谷轻轻摆动着双手，"请您不要这样，我们会很难办的。"

"有什么难办的？跟你们没什么关系吧？"

"这样做会妨碍侦查工作。"前田说，"接触案件相关人员，要做好相应的准备，不能打草惊蛇。一旦乱来，很容易前功尽弃。"

"这跟我们又有什么关系？"

前田抬眉说："抓不到凶手，你们也无所谓？"

"为了抓凶手，牺牲活着的人的幸福？那不抓也罢。"

"牺牲？这太夸张了。"

"什么？！有胆你再说一遍？"武史站了起来。

"好了好了，都冷静点！"柿谷连忙起身和稀泥。"喝杯咖啡冷静一下吧！"

武史重新坐下。做了个深呼吸后，他再次身子前倾。"我们做个交易吧。你们把相关人员的不在场情况告诉我们，我们保证不会干涉调查，也不会说出去半个字。我也希望你们尽快破案，早日抓住杀害哥哥的凶手。可是我实在不忍心看着我可爱的侄女深受煎熬。柿谷组长，前田巡查长，你们能理解这种心情吧。"说到最后，武史已经是一副不达目的不罢休的样子。

两名刑警面面相觑，一筹莫展。

柿谷为难地说："这事我们做不了主啊……"

"我明白，所以前田巡查长，你给木暮警部打个电话吧！"

被武史指着的前田面露怯意。"给组长打电话？"

"对。你要是觉得不好开口，可以像守灵夜那天一样，让我直接跟他谈。"

"这个就不必了。"

"那就拜托你了。"

前田叹了口气，不情愿地起身，从怀里拿出手机，走到店外。

柿谷喝完咖啡，放下杯子，满脸苦涩。

"你一定在想，这个案子的遗属可真麻烦，对吧？"武史说。

"哪里的话……"

"别骗人了，都写在你脸上了。不过柿谷组长，你设身处地为真世想一想，她被迫怀疑自己的同学，难道不痛苦吗？"

"是的，我明白。"

"真的明白吗？我听真世说，你也是哥哥教过的学生，可是你竟然都没出现在守灵夜，也没参加葬礼，连一炷香都没有上。"

这个出乎意料的指责让柿谷非常狼狈。"那是因为……"

"因为立场不允许？就是说，要先执行任务？你只知道看县警本部那些人的脸色行事，但那些人真的能理解真世的心情吗？"

柿谷没有回答，只是低着头。他从裤兜里拿出手帕，按住了太阳穴。这时前田回来了。

"我们办案有自己的原则，和涉案人员打交道时要慎重行事。我们也不是一下子就去找所有相关人员问话的。此外，即使当事人说自己有不在场证明，也要后续取证才行。我们认为，目前不能公开不确定的信息。"

"意思是确定了就可以公开，但现在还需要一些时间。对吧？"

"是的，但请您千万不要告诉其他人。"

"这个我明白，我可以保证。"

前田站着把电脑放进了包里，看来是不想再喝咖啡，打算直接离开。柿谷也站了起来。

"我还想知道一件事。"武史竖起食指，"上周六，哥哥到东京之后，在东京王国酒店和谁见了面？你们已经知道了吧？这事应该和案件无关，透露一下也无妨吧。"

两位刑警看了看彼此。

"这个还没查清楚。"前田回答。

"真的吗?"

"即使查到了,"柿谷说,"也不可能告诉你们。"

前田有些惊讶,向这位辖区警局的组长投去严厉的目光。但柿谷没有理会,接着说:"因为这关系到隐私。"

"好吧。对了,我们家门口现在还有人值守,到底要守到什么时候?邻居都看着呢,差不多适可而止吧。"

"很抱歉,请再等一段时间。"柿谷语气殷勤地说,"不过两位要是回家,不会再有人守在你们身边了。只是请尽量不要进入书房。另外,如果要带走什么东西,麻烦和值守警察说一声。"

"真是麻烦。算了,我们准备明天上午回去一趟,请跟值守警察打个招呼。"

"好的,是去取什么东西吗?"

"我侄女想回去拿毕业相册和毕业文集,他们周日有同学聚会。"

真世根本没有说过那样的话,但她保持了沉默。

"知道了,我会跟值守的警察打好招呼。"

"那就拜托了。好了,真世,我们走吧。"说完,武史站起了身。

20

回到丸宫,武史一进房间就脱下上衣跑进了盥洗室。真世想知道他到底要做什么,便偷偷往里看了一眼,发现他竟然在刷牙,这让她有些莫名其妙。她把刚从便利店买的便当和茶摆到桌上,打算效仿武史,晚饭就吃这些。虽然这样有些对不住老板娘,考虑到接下来的安排,她还是节省一点儿比较好。

她取下便当的保鲜膜,不经意间扫了一眼房间的角落,看到一个昨天还没有的纸袋。她好奇里面装了什么,走过去打开一看,全是漫画,不仅有全套的《幻脑迷宫》,还有钉宫的其他作品。

"终于洗干净了。"武史从盥洗室里走出来。

"叔叔,这些漫画你从哪儿弄来的?"

"还能从哪儿弄来?当然是买来的,不过是在旧书店买的。"

"你白天出门,就是为了买这些书?"

"不光是这些。"武史盘腿坐正,从自己的购物袋里拿出肉酱意大利面和罐装威士忌苏打。看来这些就是他今天的晚餐了。吃面之前,他开了一罐酒,喝了一口,十分不悦地说:"嘴里还是有烟臭味,抽烟就是这点讨厌!"

"叔叔，我还是第一次看到你抽烟呢。"

武史没有立刻接话。他思索片刻，把酒放到桌上，一把拽过脱下的上衣，从内侧衣兜掏出一盒香烟。他打开烟盒，抽出一支烟，然后看着真世问："你有一百日元的硬币吗？"

"一百日元硬币？应该有的。"

"借我一个。"

真世拿出钱包，取出一枚硬币放到桌上。武史左手拿起硬币，右手拿着香烟，慢慢将两样东西凑近。

接下来的一幕让真世忘了呼吸。她看到武史用嘴叼起烟，抬起了头——那根香烟竟然穿过了硬币。

"啊？怎么做到的？"

武史依然叼着烟。他用指尖捏起硬币，轻轻扯开后放到桌上。真世立刻拿起来检查，但没有看到硬币上有穿孔的痕迹。

"再来一遍！"

"外行人就会这么说。"武史一脸不耐烦地把烟放回烟盒，连同盒子一起扔进了垃圾桶。

"有时候不得不表演一点这种小魔术，所以作为魔术师，我必须会抽烟。"

"叔叔，求求你了，再来一次！"真世双手合十道。

"你好烦人啊。"

"这一百日元，就送给你了。"

"别瞧不起人了。现在最重要的是填饱肚子。"武史伸手去拿意大利面，取下保鲜膜，打开盖子，用塑料叉子卷着面条吃了起来。不过是几个普通的动作，武史做起来竟然有了几分迷幻色彩，真不可思议。

真世拿起一次性筷子，打开了炸鸡块便当。她看见标签上标注的卡路里数值很高,想着今晚只能先这样。如果一直吃这种东西,很快就会变胖的。

"叔叔,我能问你点事吗?"

"是要问健太吧?"

真世呆住。"你怎么知道的?"

"看你这眼巴巴的样子。"

真世很生气,但还是忍住了。"叔叔,你有没有看他的手机?"

"为什么要看他的手机?"

"你不是喜欢偷看别人的手机吗?"

"可别误会啊,我只是想了解破案进度,不得已才从刑警们的手机里挖了点信息,并不是喜欢。"

"那你没看健太的手机?"

"低级趣味,我才不干这种事。"

"原来是这样,那就算了吧。"真世再次吃起了便当。

武史也默默地把意大利面往嘴里送。突然,他停了下来。"他好像挺受欢迎的。"

正嚼着腌菜的真世差点噎住,连忙喝了口茶。"是健太自己说的吗?"

"他嘴上没这么说,但这种事一聊天就知道了,他交往过的对象应该不止一两人吧。"

"这个我知道。"

"谈过很多对象也是件好事啊,意味着你是他认真选中的人。"

"真是这样吗?"真世歪了歪脑袋。

"你自己呢?也是从好几个男人中选择了健太吗?"

"我可没有交往过那么多男友。不过我也是经过深思熟虑的。"

"是吗?不过这些对我来说也没所谓。"说着,武史又吃起了意大利面。吃完后，他扔掉饭盒，开了第二罐威士忌苏打。"好了，我们回顾一下与刑警的对话吧。"

"好的。"真世也吃完收拾好了。虽然她告诉自己不能吃太多，结果还是把食物一扫而光。"我先问个问题。你明明不喜欢抽烟，为什么刚刚还要抽呢？"

"这个待会儿再说。先聊聊刑警为什么来找我。和我们计划的一样，他们上钩了。刚才他们主要想打听哥哥有没有找我商量过钱的事。"

"我听得一头雾水。继承遗产是怎么回事？"

"这个我得说明一下。其实呢，今天早上我去了一趟森胁家。"

"森胁敦美家？你去见她了？"

"我哪能这么神经大条。我是说，我去看过她家的房子。在一片住宅区里，那栋房子可是相当漂亮。这也不奇怪，房子曾经的主人森胁和夫是一位能干的实业家，在好几家大企业当过高管，九年前才从美国回来。回到家乡后，他名义上虽然担任了一些公司的顾问，实际上早就引退了。和夫是和平的和、丈夫的夫。"

"你都是听谁说的？"

"听他家邻居说的啊。森胁和夫先生似乎很受人尊敬，没人说他的坏话。听说他还积极参加町内会的各项活动呢。"

"你又扮成刑警四处探听了？万一和真刑警撞上怎么办？"

"不会怎么样。我又没做坏事，而且我也没说自己是刑警，都是对方自己以为的。"

真世想，肯定是你诱导别人这样想的，但现在说这个纯属浪费时间。"听你这么说，那位森胁和夫先生已经去世了？"

"去年四月去世的，死因就是疫病。"

"原来是那个时候……"

那时正是疫情最严重的时期。

"根据这些信息,我推断森胁敦美在电话留言里说的'父亲的银行账户'的事,应该指的就是遗产。"

"所以你才和柿谷他们说是关于继承遗产的事。可是,你又是怎么知道财产不翼而飞了?"

"这是刚才柿谷说了之后,我才知道的。"

"啊?可是你明明回答了'是'啊。"

"因为他给出了这样的信号。"

"给出了信号?"真世没懂,"这是什么意思?"

"你还记得之前的两个问题吗?第一个问题是,死者是否不仅没有财产,还欠了巨额债务;第二个问题是,是否在遗产继承问题上产生了纠纷。"

"对,然后你都回答了'不是'。"

"那是因为柿谷的眼睛有一瞬间往右上方看了看。"

"眼睛看了右上方?"

"一般来说,人边想事情边说话的时候,眼睛容易看向右上方;回忆事实则会看向左上方。简单来说,就是说谎的时候看右边,说真话的时候看左边。"

"是吗?"真世左右动了动眼珠,"我下次找人测试一下。"

"这是个下意识的反应,本人都意识不到,外行更难察觉。我也说了,凡事都有例外。但我和柿谷见过几面,也聊了几次,我确信这个法则在他身上是适用的。"

"真的啊。"

"我也观察了一下前田那个小年轻。要判断他对某件事感不感兴趣,从他的肢体动作就能看出来。聊他不感兴趣的话题时,他放在键盘上的手指肌肉是松懈的;但一谈到他感兴趣的话题,他手指的肌肉立即就会紧绷起来,眨眼的次数也会马上减少。当柿谷问本该继承的财产是不是不见了的时候,两人的表情动作都明确暗示了答案。"

听到这儿,真世盯着胡子拉碴的叔叔看了半天。

"怎么了?"

"没什么,我在想,你这种能力能不能用在更美好的事上?助人为乐之类的。"

"你可真爱管闲事!总之,多亏他们,事情的来龙去脉我大概弄清楚了。应该是警察去找了森胁敦美,调查了她给哥哥打电话的原因和那条留言的意思。森胁敦美大概是查了一下已去世父亲的银行账户,发现有一笔巨款不见了,于是想拜托哥哥向银行负责人打听一下情况。至于她为什么要去找哥哥,可能是因为她父亲说过,那个负责人是哥哥介绍给他的。"

"那个负责人就是牧原?"

"这么想是合情合理的。警方之所以派柿谷他们来找我,无外乎两个目的,一是证实森胁敦美的话是否属实,二是确认哥哥是否知道存款从账户里消失的原因或存款的去向。"

"如果是这样,他们这一趟可白跑了,因为你其实什么都不知道。"

"但森胁敦美的话应该是真的,毕竟她没必要撒那样的谎。问题是哥哥知不知道存款为何不见了。我猜,即使不知道,他可能也有所觉察,因为他其实很懂金融方面的事。"

"什么?"真世不由得喊出了声,"你刚才不是跟刑警说,他不太懂的吗?"

"不这么说,就没法解释哥哥为何要来问我啊。他年轻时还炒过股,对理财产品也了解不少。"

"这些我都不知道。"

"都是很久以前的事了。这几年经济不景气,理财投资的风险很高,他不怎么出手了。不管怎么说,假设哥哥知道存款消失的原因,事情就比较复杂了,因为肯定有人不想这件事暴露。"

真世听懂武史这句话的一瞬间,身上起了一层鸡皮疙瘩。"那个人杀死了父亲?"

"至少警方在考虑这种可能性。"

"不会吧……难道是牧原?"

"如果刚才说的是事实,那他就脱不了干系。你再回想一下,昨晚你在你同学的店里,和牧原怎么聊的?"

"你说的是这句吧:父亲以前教过的学生可能遇到了金钱方面的困难,所以找叔叔咨询过此事。"

"牧原听到这句话时是什么反应?从窃听器里听起来,他似乎不太平静。"

"确实有点不自然……"

"但不大可能吧……"真世刚说到一半,又硬生生把后面的话咽了回去。她想起武史对她说过,不管最后查出凶手是谁,她都会觉得难以置信。

"如果这个猜测是对的,警察早晚会弄个水落石出,我们只需要静观其变。"武史冷静地说完,喝了口威士忌苏打。

真世叹了口气,喝了口茶。尽管她不愿意把同学看成杀害自己父亲的凶手,还是得先做好心理准备。真世回想着昨晚在居酒屋的情景,如果牧原有涉案嫌疑,他会当着自己的面泰然自若地谈论幻脑迷宫主题公园的计划吗?

真世看到武史的上衣口袋里有一样发光的东西掉了出来,正是那个煤油打火机。

"那个打火机,是你以前就有的吗?"

"你是问这个?"武史捡起了打火机。

"镇上没有像样的杂货店,我去买漫画的时候顺便到旁边镇上的家居中心买了一个。地方小镇的零售店越来越少,还是得去大型商超才好。"

所以武史之前说那是他在美国买的纪念品,也是瞎编的。

"你还没回答我,为什么要在警察面前抽烟?"

"昨晚你和柿谷见面的时候,他问了个很奇怪的问题吧?问哥哥抽不抽烟,还问用的什么打火机。"

"是呢,我也觉得这个问题好奇怪,到底怎么回事?"

"刑警的提问一定是有用意的。他们应该是在现场或者遗体身上发现了打火机的痕迹。"

"打火机的痕迹?"真世皱起眉头,"这是什么意思?"

"这个表述是有些奇怪,但现在也只能这么说。要是他们找到了打火机,一定会拿来给你看,向你确认那是不是哥哥的东西。但他们没有这么做,说明他们发现的不是打火机,而是表明有打火机存在的东西。我怀疑他们发现了打火机的机油,所以准备了这些东西,用来试探他们,观察他们的反应。"武史把打火机开了又关,弄出咯吱咯吱的声响。

"柿谷一下子就上钩了,问你父亲是不是曾经随身带着打火机。"

"他这么一问,我就确信,说不定是哥哥衣服上沾了机油。打火机的油虽然会蒸发,但气味不会消失,鉴定人员应该注意到了这一点。"

真世两手托腮,顺着这个思路往下想。"凶手拿着煤油打火机,和父亲拉扯时,不小心弄洒了机油——是这个意思吗?"

"有这种可能。你的同学中都有谁抽烟?"

"嗯……昨天在沼川的店里没人抽烟,所以我不知道。"

"餐饮店里不能抽烟,这已经是常识了。"

"是呢。对了,我还想问你一件事,你说父亲最近时不时也会抽烟,是真的吗?"

"当然不是!"

"果然又是骗人的。"真世瞪着武史,"叔叔,我好像明白你的套路了。"

"这个还真不好说。我可是城府很深的人。"

"反正你就是个鬼话连篇的骗人高手。不过刚才你最后一个问题问得好。"

"你是说哥哥去东京见了谁的问题?"

"是的。虽然他们没把名字告诉我们,但他们肯定已经知道是谁了,而且那个人好像和案情没什么关系。"

"与其说是我问出来的,不如说是柿谷故意说的。前田似乎对此很不满。"

"故意说的?为什么?"

"不知道。就算是他对哥哥的一点补偿吧。"

真世明白了武史的意思,也稍微改变了对柿谷的看法。

"好了,讨论结束,今晚我要专心读书了。"武史拍了拍双腿,站起来,从墙角的纸袋里拿出几本《幻脑迷宫》。

"你该不会想从头看起,把这些都看完吧?"

"不行吗?"

"没什么不行的,只是会很辛苦吧。"

"这可是关系到家乡经济的漫画,即使有些累,读了也不吃亏。"武史倚着墙,翻开了漫画第一卷。真世想起葬礼上武史对钉宫说了那么多恭维话,但那时他其实根本没读过钉宫的作品。还真敢说。

"那我回房间了。"真世起身，准备离开。

"我们明天一早就出门，先跟你打个招呼啊。"

"要去哪儿？"

"我不是跟柿谷说过，我们要回一趟家吗？"

"真要回去啊？我还以为你又信口开河。"

"什么叫信口开河？那是一种对话技巧，是经过深思熟虑的。"

"去取毕业相册和文集，只是你的借口吧？你的目的是什么？"

"明天到那边再告诉你。"

"好吧，晚安，你好好读书吧。"

武史的眼睛没离开漫画，只稍稍抬了抬右手，以示不送。

真世回房卸妆的时候，接到了健太的电话。

"我都听说了，你今天在线和同事对接工作了。"

"有些事今天一定要处理，这样下周的计划就不用更改了。"

"下周就回来上班吗？"

"我是这么打算的，怎么了？"

"没什么，我还以为你这段时间都要在那边工作。"

真世笑了起来。"怎么可能？办不到啊。"

"是吗？我这次去，发现你们小镇挺宁静舒适的，你的老同学也多在那边，我还担心你会不会不想回东京了。"

"不会的，只是这边还有很多杂事要处理，暂时回不去，之后还要去跟警察见面。"

"是吗？"健太的语气凝重起来，"案情有进展吗？"

"还不知道呢，都交给警察了。"

"的确也只能这样。"

"我尽量不去多想。"

"嗯,这样最好。我不去那边真的行吗?明天是周六,一早我就能过去。"

"你能来我当然很高兴,不过还是不用了,事情实在太多,可能连好好说话的时间都没有。"

"是吗?那好吧,等你有空了就跟我说一声,我马上赶过去。"

"谢谢。"

真世打完电话,长叹一口气。

虽然她心里希望健太能来,但考虑到目前的状况,他来了只怕反倒会添不少麻烦,她也不想让健太知道自己与武史正在查案的事。

宁静舒适的小镇——真世回味了一下健太对家乡的评价。

如果自己的同学真的是凶手,健太的父母知道后,又会对这个地方产生怎样的看法?一个原本普普通通的人,突然间性情大变,对自己的初中老师下了毒手——他们会不会觉得这座小镇也是一个民风野蛮、无法无天的地方呢?

可是,这明明是一座美好的小镇啊。

一座平凡而无名、几乎无人到访的小镇。

21

第二天早晨，真世在餐厅吃早饭时，武史慢吞吞地走进来。他一屁股坐在了真世对面的座位上，看起来很疲倦，有明显的黑眼圈。

"熬夜了？"

武史大幅度地活动了一下脖子，又用右手揉揉肩膀，说："只睡了大概一个小时吧。"

"整套漫画都看完了？"

"那当然！结尾我完全没料到。没想到主人公能从虚拟空间又回到现实世界，在没有双手双脚的状态下和敌人作战。构思还真是奇妙！"

武史的早餐也端上来了，早餐费包含在住宿费中。可是他竟然没有马上动筷子，只是不停地喝茶。也许是没有食欲。

"不过，"武史端着茶杯，小声说道，"《幻脑迷宫》的确是一部杰作没错，但我觉得钉宫早期的作品也不赖。他的处女作也算得上相当优秀了吧？"

"你连他的处女作都读了？"

"名叫《另一个我是幽灵》,情节设定是未能降临人世的双胞胎哥哥将灵魂寄附在主人公身上,以幽灵的形式出现,在现实世界和另一个世界之间来回穿梭。主人公和幽灵哥哥齐心协力,克服了各种困难。故事轻松有趣,很温暖,让人回味无穷。"

"评价很高嘛。"

"就是从这部作品起,钉宫开始了他的职业生涯。此后一段时间,他也发表过类似风格的作品,但没有引起很大关注。后来他毅然转型,改变了作品风格,这才大获成功。不得不说,他真的是个很有才华的人。"

也许是花了一整晚读完钉宫作品的缘故,武史也成了钉宫的忠实读者,对他盛赞有加。

"他是个天才,津久见也这么说过。"

"你说的津久见,是那个已经去世的同学吧?"武史终于拿起了筷子,"他怎么说的?"

"我没跟你讲过吗?他说钉宫一定会成为出色的漫画家。"

真世向武史大致说了初中时钉宫和津久见的关系,还提到大家的绰号:柏木和牧原被叫作胖虎和小夫,钉宫是大雄,津久见则是哆啦A梦。

"哆啦A梦……"武史吃起了早餐,但并没有认真吃。

"你在想什么?"

"《哆啦A梦》里还有一个重要的角色吧?是个女孩子。"

"'静香',大雄梦寐以求的女孩。"

"和钉宫在一起的美女,就是静香?"

"你是说可可里卡?"真世摇了摇头,否认道,"不一定吧。不管怎么说,静香是支持大雄的啊。"

"可可里卡不是这样吗?"

"我觉得不一样。支持当然是支持的,但她的支持是有目的的。说白了就是打理着和《幻脑迷宫》相关的事务,等着哪里能冒出一个更大的项目而已。而且可可里卡初中时根本没把钉宫放在眼里,完全把他当空气。"

"钉宫呢?他喜欢可可里卡吗?我记得原口这么说过。"

"这一点应该没错。不然他怎么会那么听她的话?"

武史点了点头,接着吃东西。

吃过早餐,两人各自回房,准备出门。武史让真世把葬礼时背的托特包带上。

两人叫了辆出租车,前往家中。家门前依然站着一名值守警察。他显然已从柿谷那里得到消息,看到真世和武史来了,简单行了个礼便退到一旁,让两人进去。

一进书房,武史便径直朝书架走去。真世见他站到档案前,有些意外——他真的要用到这些东西吗?

武史抽出一本档案,那是真世他们第四十二届毕业生的毕业文集。

"把这个放包里吧。"

真世接过武史递来的档案,沉甸甸的。也难怪,档案里应该有两百多页稿纸。真世把档案放进托特包里,感到背带一下子就把肩膀勒紧了。

"真世,我问你,毕业文集是不是会印好发给全体毕业生啊?"

"是的,毕业典礼当天发。"

"你现在还留着吗?"

"文集?我好像没扔,应该在房间的书架上吧。"

"你说的是这里二楼的房间?"

"对,我以前的房间。"

"那你去找找看,找到的话,也一起放到包里。"

"拿它做什么?两份档案的内容都一样,只不过我那份是印刷品而已。要拿那份,现在这份死沉的档案就可以不要了吧?"

"真烦人!别废话了,按我说的做。"

"好吧。"真世不情愿地答了一句。她正要走出书房,武史又叫住她。"等一下。"真世回头一看,武史正从书架上抽出另一份档案。

真世走回去,见档案的封面上写着"第三十七届毕业生毕业文集"。

"这届的文集有什么问题吗?"真世问武史。但武史没有作答,只是板着脸翻页。没多久,他的手停了下来。

"果然,和我想的一样。"他嘿嘿笑了一声。

"什么意思?快告诉我!"

武史啪嗒一声合上档案。再看向真世时,笑容已从他的脸上消失,眼里满是忧虑。

"真是的,我最不想掺和的就是这种麻烦事,但既然要查明真相,也顾不了这么多了。"

"你在说什么?别故作深沉,快给我讲讲。"

武史轻轻叹了口气,然后开口道:"真世,有件事想麻烦你。"

"麻烦我?什么事?"

"这事有点复杂,你不愿意的话可以拒绝,我再想别的办法。"

22

白色的墙壁,红色的屋顶,院子里有一大块草坪。他们家原先就有这么气派吗?真世一边回想,一边按下对讲门铃。很快,一个爽朗的声音传来:"来了!"

"你好,我是真世。"

"来啦?自己开门进来吧!"桃子说。

真世刚走进院门,玄关的大门就打开了。身穿套头衫的桃子迎了出来,身旁还跟着一个穿着短裤的小男孩。真世不由得"哇"地叫了一声。

"你好呀!"

男孩警惕地躲到了桃子的身后。

"怎么啦?该怎么和客人打招呼啊?"

在桃子的催促下,男孩好像说了句什么。真世没听清,但还是回了一句"谢谢"。

桃子带真世去了起居室。起居室正对院子,光线明亮。真世上初中的时候,来这里玩过好几次,但现在她已经不记得当时的情形了。真世这么一说,桃子笑着回道:"那是当然。"

"这里三年前刚刚翻修过。父亲退休后,说要把房子改造得舒服一些,一下子就花了三分之一的退职金。花完他自己都慌了,说再这么下去,怕资金周转不开,又回以前就职的公司的子公司找了份工作。你说傻不傻啊!"

"你妈妈也还在工作吧?是每天都上班吗?"

"在隔壁镇上的养老院做临时工,每周工作三四天。对不起啊,按说今天我妈应该在家的,但她临时被叫走了。"

"没事的,不必介意。我也好久没来这里了,很高兴能再来。"

今天是真世主动联系桃子的,说有事想跟她见个面。桃子说见面没问题,只是今天她父亲出门打高尔夫球了,母亲也不在家,她想把儿子带上,但又担心在外面还要照看孩子,没办法和真世好好聊天。于是真世提议,不如就去桃子家里。桃子对此非常欢迎。

男孩名叫小贡,今年两岁了,长得很可爱,有一双水灵灵的眼睛。他在起居室的一个角落里自己玩起了积木。

"真世,咖啡和茶你喜欢哪个?或者……"桃子做了个倒酒的动作,恶作剧般笑了笑,"干脆来点啤酒怎么样?反正还没到午饭时间。"

"好啊,我没问题。"

"那就来啤酒了啊!"

"真不好意思,我本来想带点东西来的,可是也想不出带什么比较好,买本地土特产也不合适。"

"别那么客气,这座小镇没几家像样的店,大家都知道的。"

桃子迈着轻快的步伐走进厨房,回来时端着一个托盘,上面放了罐装啤酒和两个玻璃杯,还有一碟坚果。

两人各自往杯里倒了些啤酒,喝了一口。桃子笑道:"周六大白天喝啤酒,感觉真棒!"

"是啊。"

"对了,我先说一件事。原本明天的同学聚会打算举行津久见的追思会的,现在取消了。"

"是吗?为什么?"

"是津久见的母亲提出的。她说,她很感谢大家的心意,但这十几年里也有其他人去世了,只为她的儿子开追思会的话,她于心不安。"

"这样啊。她是不是想到了我父亲的事?"

"也许是吧。"桃子没有否认,"好了,你找我到底是什么事?"

真世放下玻璃杯,盯着朋友的脸。"我想问你三月六日的一些事,就是上周六。"

"上周六?"桃子的瞳孔微妙地收缩了一下。

"那天我父亲去东京,在东京王国酒店约了人见面。桃子你知道那个人是谁吧?"

桃子脸上的笑容不见了,她做了个深呼吸,胸口上下起伏。"你是听警察说的吗?"

真世摇了摇头。"警察没告诉我,说是涉及隐私。不过我叔叔推测出来了。"

"你叔叔?"桃子很诧异。

"他是个怪人,但是脑子很灵。"真世想到两人在书房里的一段对话,说道。

当时,武史对此进行了十分严密的推理。

"先假设哥哥在东京见的人是X好了。因为是提前约好的,所以X之前打来的电话或哥哥打给X的电话,一定会在哥哥的手机或是固定电话里留下记录。考虑到哥哥做事一向谨慎，见面当天他一定会把对方的号码提前存到手机里。警察不可能错过这个信息，因此X的名字一定会出现在前田名单里。然而，那个名单上列的都是三月六日就在这个小镇上的人，没有谁需要哥哥特意去东京才能见到。这意味着什么？可能意味着，警察已经掌握了X的身份，没必要把X再列入名单——比如X是被害人女儿的未婚夫。"

"健太？"真世大吃一惊，"你是说，父亲见的是健太？"

"为了这次秘密谈话特意跑到东京，说明他要见的人对他来说非常重要。如果对方住在东京，首先让人想到的当然是他的独生女或女儿的未婚夫。之前我故意试探了一下健太，发现并不是他。上周六，他好像回老家栃木了。"

"是的，他回家后，还让我和他父母线上通了视频电话。"

"如果不是健太，那哥哥见的又是谁？为什么前田名单里找不到这个人？我想到了第二种可能性，那就是一个名字不一定只代表特定的某一个人。例如，在通话记录中，如果同时有'神尾'这个姓和'神尾真世'这个全名，名单上就没必要把两个都写上，只写'神尾真世'就够了。如果出现其他姓神尾的人，侦查员也可以迅速做出反应。那好，同一个姓的两个人有可能是什么关系呢？父子、兄弟、亲戚，还是别的什么？别忘了，有一种可能，就是夫妻。如果这两个人是夫妻，而且都和哥哥有关系，答案就显而易见了，是池永夫妇。"武史得出结论。他重新翻开手中的"第三十七届毕业生毕业文集"，文集署名栏里有"池永良辅"这个名字。

"哥哥很久没见池永了，所以见面前，应该是想再确认一下他的相关信息，才把以前的文集抽出来看。可是放回书架时，他弄错了位置。"

武史又指了指书架上"第三十八届毕业生毕业文集"旁边的位置。真世想起,上次他们发现这两个文档的顺序颠倒了。

"父亲在东京见的人是良辅,对吧?"

面对真世的询问,桃子点了点头。"这事我没跟你讲,对不起。"

"我能问问是怎么回事吗?如果你不想回答,也没关系。"

"没事的,我会好好说给你听。这些应该和案情没有关系,但老师一直到最后都在为我们操心。不过我有点不知道从哪里说起,我其实很不擅长说这些。"

"先把现在的情况告诉我,好吗?我听叔叔说,疫情之后,良辅的公司就不再外派常驻人员了……"

桃子眉间一颤,像是被戳到了痛处。"外派确实是假的,他现在还住在横滨的公寓里。"

"你们分居了?"

"嗯,是的,原因很复杂。"

桃子的肩膀耷拉下来。她开始讲自己和良辅的事。

她和池永良辅是在同学婚礼上认识的。互相介绍时,他们得知彼此来自同一个小镇,还毕业于同一所初中,良辅比桃子高五届。

良辅平时很安静,但总能在恰当的时候说出一些颇有深意的话,流露出知性的一面。他同桃子说话时从不敷衍了事,话语中有满满的诚意,整洁得体的外形也很符合桃子的眼光。

没过多久,两人就开始交往,桃子也在交往过程中了解到良辅痛苦的成长经历。上小学时,他的父母因一起交通事故去世了,小学毕业前,他一直生活在儿童福利院里,后来才被镇上的亲戚收养。他独立自强、凡事都追求完美的性格,就是在那样的境遇中养成的。

两人交往半年后,良辅向桃子求婚。桃子没有拒绝,把良辅带回家和父母见了面,父母都表示同意。

"那么认真严谨的一个人,居然想和你这样粗枝大叶的女孩结婚!你可别总是大大咧咧的,惹他生气啊。"母亲快人快语,调侃桃子道。

两人在一起生活没多久,桃子就觉得母亲说得没错。自己做家务的时候,良辅经常对她指手画脚——开饭时间不规律、房间没有及时收拾,等等。虽然都是些小事,良辅也是半开玩笑的语气,但桃子觉得他心里一定是介意的。

那时候,桃子还在东京一家小旅行社工作,经常很晚回家,良辅对这一点很不满。他在一家大公司工作,桃子的公司根本比不了。在那家大公司,人人凭能力说话,只要有实力就能拿高工资。良辅本人正是这样。即使桃子没有收入,他们也不需要为生活发愁。但是桃子喜欢工作,当时的工作内容她也很满意,她觉得自己并不适合当专职主妇。

有一天,桃子下班后不得不参加一个应酬聚餐。她给良辅发了信息,说一个小时后就回家。很快,她收到了良辅简短的回复"好"。没想到,聚会氛围很好,桃子比原计划晚走了半小时左右。等她匆匆赶回家,她发现在家等候的良辅状态明显和平常不一样。桃子觉得情况不妙,马上向他道歉,但他的脸色依旧很难看。

"我希望你能说到做到。"他说,语气冷淡,"守时是做人的基本准则吧?"

"对不起,我以为多待半小时也没关系的。"

"半小时?"良辅的脸色一下子变了,"开什么玩笑?如果你和别人约好要见面,但对方毫无缘由地迟到半小时,你也觉得无所谓吗?就算她嘿嘿傻笑着站到你面前,你也能原谅吗?"责问中,他的嗓门越来越大,语气越来越严厉。看起来,他说出的话又进一步激怒了自己。

尽管桃子觉得回家迟一点和见面迟到是两码事,还是赶紧道歉:"以后我会注意的,真的对不起!"

"你总是这样!"

"啊?"

"嘴上说今后注意,但是压根儿不想改。打扫卫生也一样,一边说要考虑效率,一边又继续不讲究方法地浪费时间。因为你,我周末也不能好好过。还有,每次我们约好出门的钟点,你哪次准时过?你总是找这样那样的借口拖延时间,计划都被你打乱多少次了!所以我才说,想要兼顾家务和工作是不可能的,你什么时候才能明白这一点?"

良辅的指责完全停不下来,仿佛要把心中积存已久的不满一吐为快。他说的这些都是事实,桃子无法反驳。她只是没有料到,他已经积累了如此深厚的怨愤。她只能低着头,默默地听着。

忽然,良辅陷入了沉默。桃子以为他已经发泄完,便抬起头,却看到了一个不曾料想的场景——良辅竟然在哭。他低着头,嘴里喃喃地说:"对不起……"

"你回来晚了,我担心是不是出了什么事,一下失去了理智,我不想对你说这些难听的话的。我一定是病了。"

有一瞬间,桃子觉得脑子一片空白。这突如其来的情绪转变,甚至让她怀疑刚才他是不是在演戏。

良辅不再说话,起身径直回了卧室。桃子愣在原地。虽然良辅道了歉,但他刚才说的肯定都是真心话,只是一直憋在心里而已。一想到这儿,桃子心中就充满了羞耻感和罪恶感。又过了一会儿,她走进卧室,看到良辅背对自己睡在床上,但她没有听到往常均匀的呼吸声。

第二天,两个人都有些尴尬,也没再提前一天的事。又过了一段时间,他们慢慢恢复了以前的亲近,对彼此露出了笑容。但并不是一切都恢复了原样,至少桃子没有。良辅劈头盖脸对她的责备,一直萦绕在她的脑海里。从那以后,她做什么都小心翼翼。

总之,良辅是个完美主义者,做什么都要制定周密的计划,如果计划不能完成,他就会心烦意乱。正是因为这样的性格,他才在工作上取得了成功,有了现在的地位。但他希望不光在工作上这样,在家庭中也要如此,要求妻子做到尽善尽美。

桃子的心里总是有一丝不安——自己真的能适应这样一种生活吗?

就在这时,桃子发现自己怀孕了,良辅高兴得跳了起来。从那天起,即将诞生的新生命成了他们的中心话题。生男孩还是女孩好、名字怎么取……两人总有说不完的话。

不过,双方都有意回避着一个问题,那就是桃子要不要继续工作。良辅没有说出口,但他显然希望桃子辞去工作,而桃子不想这样。

这个问题最终因为桃子会休产假而暂时搁置了。只是桃子一想到产假之后的事,心情就十分沉重。她尽量让自己不去想那么多。

也是从那会儿开始,良辅变得忙碌起来。公司启动了大型度假村开发计划,良辅被任命为项目负责人,不仅出差的次数增多,回家的时间也越来越晚。良辅说,这个项目将决定自己的前途。说这话时,他的神情里有种孤注一掷的悲壮。

没过多久,桃子生下了一个健康的男孩,取名为小贡。

家里多了一个小生命，新的生活开始了。桃子一直忙于照顾孩子。初次做母亲，很多事她都不知道该怎么处理，其他家务也渐渐忙不过来。再加上小贡夜里爱哭，她晚上总睡不好觉，白天也是昏昏沉沉。饭做晚了、东西忘收拾了的情形越来越多。

良辅什么都没说，不是因为理解了桃子的不易，而是自己工作压力太大，顾不上这些。他很宠爱小贡，但对其他事似乎都不关心了，节假日总是加班，回到家也继续工作。

现在回想起来，当时夫妻俩已经力不从心，像一根拉到极限的橡皮筋，稍加用力就会崩断。这样的日子持续了一段时间后，一场无人预料的灾难席卷了整个日本，不，是整个世界——疫情大爆发，改变了世间的一切。

公司推行远程办公，良辅不再需要去公司上班。他还要尽量减少外出，即使是工作日，也要整天待在家里。

如果只是这样还好，更麻烦的是，良辅负责的大型度假村开发项目中断了。该项目继续推进的一大前提是中国、韩国的入境游客不断增多。既然疫情让这些都指望不上，项目也就无法继续下去。

种种变化让良辅变成了另一个人。他总是很紧张，看起来非常焦躁，整天对着电脑自言自语，还不停地抖腿。他也开始对家里的大小事情指手画脚。

"饭菜准备得太慢""东西放得太乱""不要让我一遍遍地重复同样的话！"……起初，他只是小声、简短地提醒；但渐渐地，他的语气越来越严厉，说的话也越来越不留情面。桃子也知道，因为带孩子很累，她总给自己找借口，做家务开始偷工减料。这个习惯已经改不掉了。

桃子想，良辅恐怕又积攒了满肚子怨气。她明白自己必须努力做好家务，但因粗心造成的失误仍然存在。每当这时，她都胆战心惊，害怕良辅会再度怒火中烧。

除此之外，良辅工作时她也必须小心，以免发出噪音。有一次，良辅正在开视频会议，桃子打开吸尘器除尘，直接让良辅咆哮着从卧室冲了出来。从那以后，良辅开会时，她就尽量静静待着，如果小贡哭闹起来，她就抱到阳台去哄。

疫情依然在全球肆虐，在日本却似乎渐渐趋于平稳。各地限制都放宽了，人们的生活稍稍恢复了正常。

良辅也开始上班了，但还是以远程办公为主，大部分时间都待在家里，面色阴沉。虽然他什么也没说，但很显然，度假村的开发计划就要化为泡影，公司的视频会议上已经出现这样的声音了。

桃子那边也传来坏消息：她就职的旅行社倒闭了。在这之前，桃子还想着要去找托儿所，好在自己产假结束后安置小贡。她告诉良辅之后，良辅只是敷衍地应了一句："是吗？倒了就倒了吧。"

又过了几个月，疫情有几次不小的反复，每次人们都被迫减少外出，行动也受到限制。一些人已经习惯了这种生活，但也有不少人被折腾得筋疲力尽，觉得什么都无所谓了。桃子正是后者。出门，她要处处小心防疫；待在家中，她又要担心惹良辅不快。结婚时，她根本没想到会把日子过成今天这样。

就在这时，发生了一件事。

一天，良辅正在开视频会议，小贡突然哭了起来。当时正值一月，外面下着雨，天气非常冷，桃子不知道该不该像往常一样带小贡去阳台。她想了各种办法哄他，但孩子还是哭个不停。桃子也想过抱他到厕所或浴室里待一会儿，但这两处空间都离卧室很近，声音可能会更大。

小贡一直在大声哭闹，桃子情急之下用手去捂他的嘴，心里想着到底该怎么办才好。

还是去阳台算了,这么想着,她把小贡放到沙发上,打算给他穿上外套,却发现小贡竟然浑身发软。她一下子慌了神,一边摇晃着小贡的身体,一边大声喊他的名字。小贡睁开了眼睛,又开始大哭起来。看来刚才是缺氧暂时晕过去了。

良辅从房间冲了出来。"喂,到底是怎么回事?"

"对不起,我刚才捂住了小贡的嘴,他就不动了……"

"捂嘴?看你干的蠢事!"

"我怕打扰你开会,可他哭个不停……"

"那还有别的办法吧?你动动脑子啊!就你这样,还配当母亲吗?"

良辅这句话一下子刺中了她的心,她瞪着丈夫。

"你想干什么?"良辅问。

桃子猛吸一口气,说:"我怎么没动脑子,我想了很多办法,为小贡着想,为你着想。可你在干什么?工作不顺利就拿我乱撒气!"

"我乱撒气?"

"难道不是吗?度假村的项目取消了又怎么样?你也没有被开除吧?我可是连公司都倒闭了。你也太娇气了吧?"

下一秒,桃子整个人倒在了地上,左脸颊发烫、发麻——她知道自己挨打了。

良辅重重地踩着地板回了卧室。

桃子愣在那里,好久都无法动弹。等她回过神来,看到小贡就在身旁,竟然在笑。这多讽刺啊!但那笑脸又给了桃子莫大的安慰,她轻轻地搂住他,把脸贴在他的头上。

到了傍晚,桃子也没心思做饭,只是一直躺在沙发上。良辅出了卧室,说了句"我和同事去外面吃饭",看也不看桃子一眼,走出了家门。

过了一会儿,桃子给娘家打了个电话。她问母亲:"我现在回家,可以吗?"

"可以是可以,这么着急,是发生什么事了吗?"

"嗯,今天起良辅要出差,时间还挺久,就我和小贡两人在家,怪冷清的。老家那边疫情的情况也相对好一点。"

母亲没有多心,她知道良辅经常出差。"那你们路上小心!"

桃子立即着手收拾行李。走之前,她在饭桌上留了张字条,写着"我回老家了"。

回到小镇,父母笑容满面地迎接了桃子。看到许久不见的外孙,老两口非常高兴。

桃子是在深夜一点左右收到良辅短信的。他问:"能给你打电话吗?"桃子回复可以,电话立刻打了过来。

"你这是什么意思?"良辅问道。

"我觉得我们分开一段时间比较好。"

"一段时间是多久?"

"说不清楚,我还不确定。"

"这样吗?"良辅答了一声,两人又陷入沉默。过了一会儿,他问:"你跟爸妈是怎么说的?"

桃子重复了一遍她跟母亲说过的话。

"这样啊。"良辅听起来像松了一口气。"那好,我也跟我家那边这么说。就说去关西出差了吧,具体的你就说不知道。"

"好的。"听着他的话,桃子终于弄明白了一些事。良辅看到饭桌上的字条,首先担心的是桃子会不会把今天发生的事告诉她的父母。如果桃子告诉了他们,这件事就很可能传到良辅亲戚的耳朵里。对他来说,这才是无论如何都要避免的。长大成人、组建家庭，他一直以为这是对养育他的亲戚最好的回报。他不想让别人知道自己没有做好。

"我说，"良辅问，"你没有想过要离婚吧？"

桃子长叹一口气。怎么会没有想过？她收拾行李的时候就一直在想这件事。但她没有这么说，只是答了一句"不知道"，接着说："我现在脑子一片空白。"

"这样啊……"良辅喃喃道。

两人的分居生活就这样开始了。桃子待在老家，仿佛得到了解脱，心情也舒畅起来。小贡有她的父母一起疼着，她帮母亲做做家务，一点儿也不觉得累。她的身体越来越好，偶尔照照镜子，甚至觉得皮肤也变好了许多，整个人都年轻了。

良辅偶尔会发来短信，但桃子尽量不去看。她怕自己看到良辅的道歉后，很可能就这么原谅他。她也知道，即使她现在立即回家，问题也没有得到真正意义上的解决，一切只会重蹈覆辙。

"事情经过就是这样。"桃子把剩下的啤酒全倒进了杯中。

"原来是这样。结婚过日子果然不容易。"

"对不起，我好像打破了你的憧憬。不过我觉得，你和健太应该没问题的。"

真世盯着桃子的圆脸蛋。"你这么说，有什么依据吗？"

桃子歪头想了想，又哈哈笑了起来。"好像没有。"

"对吧。"

"我当初也以为自己一定会幸福的，没想到事情会弄到这个地步。不过神尾老师也对我说过，夫妻之间有这样的争吵也很正常。"

"你跟我父亲说过你们分居的事？"

"一开始我不打算说的，只想把同学聚会的安排告诉他。不过老师问了我很多良辅的事，我觉得一直撒谎太难受了，就把事情的原委都告诉了他。我也知道，神尾老师对良辅来说是很特别的存在。"

"你这么一说，我想起来了，良辅确实说过我父亲给了他很多关照。"

"嗯，他说老师是自己的恩人。后来我听他讲了那些事，也是这么觉得的。"

"是什么事呢？方便的话，可以讲给我听听吗？"

"当然可以。你要是不知道这些，我再讲后面的事，你可能就更不好理解了。"桃子又接着讲起了池永良辅的往事。

初中时的良辅是从外地来的转校生，人生地不熟。其他同学几乎都是从当地的小学一路读到初中的，良辅谁也不认识，非常孤单。同学们大概觉得他是从大城市来的怪家伙，没人愿意找他玩。良辅自己也说："连被人欺负的待遇都享受不到。"每每忆起那段时期，他常说当时的自己仿佛是个无人搭理的透明人。

渐渐地，良辅觉得上学很痛苦，经常旷课。暑假结束后，他干脆完全不去上学了。亲戚家的叔叔阿姨也不好说什么，应该是不知道该怎么办吧。

这时候，班主任神尾老师上门家访。他问良辅每天是如何度过的，问完后没有立刻采取什么行动，只是把学校布置的作业交给他，说了句"保重身体"而已。

但自打那天之后，神尾老师几乎每天都来。他问起良辅儿时的回忆，还有他已故父母的事。一开始良辅很抵触这样的见面，但渐渐地，他对神尾老师敞开了心扉。有一天，神尾老师对良辅说"我们去外面看看"，把他带到了自己的家中。

良辅走进书房,发现有一个很大的书架。神尾老师对他说,不管什么书,都可以随便读。"上课时间你到这里来,下课时间再回家就是。把这里当成你的学校。没事的,这里还提供配餐服务哦。"神尾老师说道。

良辅起初不太乐意,但他整天闷在家里,也是和亲戚大眼瞪小眼,更不自在。所以第二天起,良辅就去了神尾老师家,神尾老师的妻子和母亲热情地接待了他。

良辅走进书房时,看到桌上有一本《奔跑吧!梅勒斯》。他本来对读书不是那么感兴趣,但因为无聊,他决定还是读一读。没想到,书里的故事十分吸引人,他很快就读完了。他一边想着接下来要读什么,一边浏览书架,注意到了《福尔摩斯探案全集》。他想起小学时,有人说过这套书很有趣,就抽了出来。

到了中午,有人为他准备好饭菜,这就是神尾老师所说的"配餐服务"了。

从那天起,除了周末,他几乎每天都去神尾老师家。读书很有趣,读着书,时间一转眼就过去了。差不多一个月后,一天下午,门口传来热闹的说笑声——神尾老师带了班上的五个学生回家。同学们看到良辅,惊讶不已。神尾老师对大家说:"池永是这里的图书管理员,你们对书有什么不明白的地方,就去问他。"

良辅很疑惑,他从来没听老师这样说过。

同学们也同样费解。过了一会儿,一个女生走过来问他:"哪本书好看?"良辅问了问她的喜好,然后推荐了《兔之眼》。因为她说自己喜欢读校园故事。

神尾老师是以上课外阅读课的名义把学生带回家的。突然叫上全班同学一道来,不太现实,他便分批次,每次带上几个人。

有过几次这样的接触后,神尾老师问良辅:"怎么样,去不去上学啊？"问的时机恰到好处，良辅正希望有人能推自己一把。第二天，他重新迈进了校门。那时，十二月马上就要到来。

良辅再也没有逃过学，和大家一样，平稳地度过了初中生活。他也遇到过烦恼和挫折，但多亏了神尾老师，他每次都能克服困难。神尾老师总是守护着良辅，防止他走上歧途。

"良辅常对我说，没有神尾老师就没有今天的自己，老师是他最大的恩人。初中毕业后，他也和老师保持着书信往来。为了更加准确地表达自己的感恩之心，他不发邮件，每次都寄手写信。"

真世记忆中的迷雾一下子散开了。"你说的这些，我有印象。"她说，"我刚上小学的时候，经常看到一个初中生模样的男孩在我家起居室读书。我没有看清他的脸，但应该就是良辅。"

"应该是了。"

真世脑海中又浮现出一个场景。"你还记得葬礼上，我父亲的棺材里放了一本书吗？那本书就是《奔跑吧！梅勒斯》。"

"我是看到里面有本书，但没留意，原来是那本书啊。"

"守灵夜的时候，桃子和良辅不是也上香了吗？我记得良辅往棺材里看了一眼之后，露出了惊讶的表情，我还以为自己看花了眼，现在想来，良辅一定是想起了很多往事。"

"是吗……"

"听了你刚才说的，我才知道父亲对良辅来说有多重要。你把分居的事跟父亲讲了以后，他对你说什么了吗？"

"嗯，我刚才也说了，老师对我说，夫妻之间，这种程度的争吵很正常，过日子就是这样，不断重复一些事。尤其是在疫情这种特殊时期，争吵在所难免。老师还问我，是否打算和良辅离婚。"

"你怎么回答的？"

"我回答说,与其问我想不想,不如说是离婚对双方都更好,但我还不了解良辅的想法,现在也没法决定。老师听了之后就说,如果我不介意,他可以去见见良辅,问问他的真实想法。"

"原来是这么回事。所以你就拜托我父亲去见良辅了。"

"我有点犹豫,但也找不到其他解决办法,就同意了。"

桃子说,上周五英一给她打来电话,说周六就去见良辅。他还说,良辅因为工作原因留在了东京,他们打算在东京站附近的酒店大堂见面。

"周六那天,我很好奇两人会谈些什么,也没心思做其他事。可是一直到晚上,老师都没有联系我,周日也没有给我打电话。我想过主动给老师打个电话问问情况,又怕也许是他和良辅谈得不好,所以才不好意思联系我。这么一想,我便没有勇气打过去了。后来我就想起了你。"

"想起我?为什么这时候会想起我?"

"我想,说不定老师去东京时顺便见了你,也会说起我们的事。"

"原来如此。"真世串起了很多事,"所以那天晚上,你才会给我打来电话,同学聚会其实只是个借口?"

"是这样的,对不起!"

"不用道歉的。不过你知道我没和父亲见面,就没问这件事了。"

"没错。就这样到了周一,之后的事情……你都知道了。原口跟我联系,说神尾老师死在了自己家中,好像是被谋杀的。我简直不敢相信自己的耳朵。我最先想到的是,良辅会不会和这件事有关。"

"然后呢?"

"我犹豫再三,还是给他发了条短信,告诉他神尾老师去世了。他马上就给我回了电话。"

"他说什么了?"

"他非常震惊，完全不敢相信。他还说，周六他和老师见面聊天时一切都很正常，老师说了句'下次再见'就回去了。我觉得他没有撒谎。"

"你问过他和我父亲谈了些什么吗？"

"没问。怎么说呢，我当时觉得不适合问这个问题。"

真世点了点头，桃子说得有道理。

"对不起，之前一直瞒着你。"桃子再次道歉，"我也想说来着，就是不知道怎么开口。"

"怪不得守灵夜那天，事情一结束良辅就走了。我还纳闷，怎么连自己儿子都不见一下？"

"是啊。"桃子回答，"那天晚上我们就是一对假面夫妻。"

"发生了这么多事，你真是不容易。"

"还不能说发生了，是正在发生。"

"今后怎么打算？继续分居吗？"

"还说不好，我再考虑考虑。"

"是吗？其实我叔叔想和良辅谈一谈。"

"你叔叔？"桃子有些不安。

"你别担心，他不是要参与你们的事，他对这种事也不感兴趣。只是想了解一些跟案件相关的情况。"

"可是，我想良辅应该什么都不知道。"

"这个他明白。但还是想联系一下良辅，和他聊几句，可以吗？"

"要是这样的话，倒也没问题……"桃子的眼神始终有些飘忽。

23

武史对着笔记本电脑微微鞠了个躬。"初次见面。守灵夜那天没能跟你打招呼,失礼了。"

屏幕上显示着三个人的脸——武史、桃子和池永良辅。武史刚刚跟良辅打了个招呼。

"哪里,那天我走得急,非常抱歉。"良辅答道,表情有些僵硬。他对接下来要被问到什么毫无把握,心里一定很困惑。

即便是在边上听着的真世,也完全不清楚接下来会发生什么。武史不肯告诉她任何事。

桃子说,她可以联系良辅,但她也想知道他们会聊什么。商量过后,最终,他们采取了三人连线的方式。视频通话在武史的房间进行,电脑用的是真世的——她的电脑里安装了好几个远程会议的应用程序。

"首先我要说的是,我不想插手你们夫妇之间的事,与此相关的问题我也不会问,请不要担心。"

"好的。"良辅回答。

"我想先了解一下,警察去找过你吗?"

"找过。"

"什么时候?"

"昨天下午。昨天上午警察给我打的电话,说要问我一些事。下午我们就在公司附近的咖啡馆里见了面。"

"你说的公司是在横滨吧?"

良辅略显拘谨地坐正身子,说:"是的。"

"警察都问了些什么?"

"他们问我最近有没有和神尾老师联系过。我本来犹豫要不要说实话,但我也知道他们这么问是为了查案,应该好好配合,就把三月六日和老师在东京见面的事告诉了他们。他们让我告知详细的时间地点,我就回答说,下午六点见的面,大约聊了两个小时,地点在东京王国酒店的大堂酒吧。"

"他们听后说了什么?"

"他们接着问,我和老师分开后去了哪儿,应该是想确认我的不在场证明吧。我说我后来去和朋友喝酒了。"

"他们问你那些朋友的名字了吗?还有酒馆的名字。"

"没有,没问那么细。"

武史点点头,对真世说:"警察果然没有怀疑池永。"说完,他又重新看着屏幕,"警察还问了什么?"

"他们问我,有没有跟谁说过要见老师的事,我说没有。"

"还有呢?"

"还有……"良辅一开始有些犹豫,之后像豁出去了一般,说,"他们还问了老师见我的目的。我问他们是不是必须要回答,他们就说,不想说也没关系。他们又说,真世告诉了他们我被公司派往关西工作的事,是听桃子说的。但事实上我就住在横滨。他们和我确认,神尾老师跟我聊的是否跟这件事有关。"

"他们问得可真够含蓄的。你怎么回答的？"

"我说是的,不过此事涉及隐私,我请他们别说出去。他们也答应了。"

"他们确实没往外说。你可能也听桃子说了,是我自己推理出来哥哥那天要见的人是你。"

"我听说了。您到底是怎么推理出来的？"

"这个之后再跟你讲。警察就问了这些吗？"

"是的。"

"谢谢。好了,我也有事想问问桃子,可以吗？"

"您想问什么？"桃子显得有些紧张,也许她没料到自己也会被点名。

"警察也来找过你吧？"

"是的。"

"什么时候？"

"昨天下午,大概四点左右吧。"在小小的画面中,桃子侧头想了想。

"他们都问了什么？"

"和刚才良辅说的差不多。问我知不知道上周六神尾老师和良辅在东京见面的事,知道的话,又是听谁说的,还问我有没有向别人提起过这件事。我回答说我知道这件事,是老师告诉我的,但是我没有告诉任何人。"

"还问了什么？"

"他们也问了我的不在场证明。我说周六晚上我没出家门一步,和父母在一起,他们都可以做证。"

"家人不能当证人的,"良辅粗鲁地插了一句,"这个你不懂吗？"

"照你这么说,那我到底该怎么回答?"

"我是说,你不用说跟父母在一起。"

"这是事实,说出来也没关系吧?"

"要吵嘴,"武史打断道,"请你们待会儿再慢慢吵,我这边还有事要问。"

"抱歉。"两人都小声说。

"池永,请你说一下你和我哥哥见面的经过。是他主动联系你的吗?"

"是的。老师打来电话,说有话要跟我说,问我下周能不能见个面。他还说,在哪里见面都行,他来找我就好,时间短一点也没关系。"

"什么时候打的电话?"

"请稍等。"良辅应该是看了看手机。"二月二十六日,周五。"

"二月二十六日……"武史喃喃道,"然后呢?"

"不巧的是,我当时的日程比较满,要见面得等到下周六。但下周六我有事要去东京,也不知道什么时候有空。老师听了之后就说,下周六他可以去东京,等我的时间确定之后再联系他就好。我说知道了,然后就挂了电话。"

"所以你是周六的安排都确定之后才打的电话?"

"是的,三月三日晚上我给老师打电话,告诉他周六下午六点左右,我有大约两个小时的空闲时间。"

"你是三月三日几点打的电话?"

"我记得是从公司回来,吃晚饭前打的,应该是晚上七点左右。"

"七点……打的是他的手机,还是固定电话?"

"固定电话。我直接回拨了老师之前的来电号码。周六我才意识到没问他的手机号,还有点着急来着。"

"嗯……"武史在电脑前抱起胳膊,"不好意思,能不能麻烦你尽可能详细地再现一下当时的对话?"

"这个……要怎么再现才好?"

"我来演哥哥,你尽量回想当时的情景,用同样的方式跟我再说一遍就好。我们开始吧。首先,电话是你打来的,哥哥听到电话响,接起了电话。"武史用左手做了个听筒贴在耳边的动作,"你好,我是神尾。——下面轮到你了,你说了什么?"

"啊,我是池永,前几天实在不好意思。"屏幕上的良辅真的把手机贴在了耳边。

"哪里哪里,你工作这么忙,我还来给你添麻烦。你周六的安排确定了吗?——差不多是这种感觉吧?"

"是的,您真厉害,连语气都和老师一模一样!"

"谢谢,毕竟是兄弟嘛。"

真世在一旁听着也非常吃惊,武史那慢悠悠又严谨的语气,简直就是英一本人。原来他还有这样的绝活?

"确定了,下午六点左右,我有大约两个小时的空闲时间。不过,还要麻烦您特地跑一趟东京,真是过意不去。"

"这个你不用担心。由于疫情的关系,这段时间我一直待在家里,偶尔也想出门看看,顺便见见真世。"

"啊,他不是这么说的。"良辅摆了摆手,"老师没说这些。真世的事是我问老师的。"

"你问的?具体问了什么?"

"老师的确说过他来一趟东京没什么大不了。我问他会不会去见真世,他说这次不见,这些事他也没对那边说。"

"没对那边说?他说的是'那边',不是'真世'?"

良辅移开视线想了想，然后点点头。"应该是这样。"

"好的，我们继续。后来又聊了什么？"

"我问他，我们去哪里见面？"

"你知道东京王国酒店吗？就是东京站旁边的那家酒店。"武史继续模仿英一的口吻说道。

"知道，之前去过好几次。"

"那我们下午六点在一楼大堂酒吧见，怎么样？"

"东京王国酒店的大堂酒吧，六点见，好的。"

"那就周六见了，期待见到你。"

"对了，老师，"良辅突然有些狼狈，"您想说的，是关于桃子的事吗？"

武史稍稍停顿了一下，然后说："嗯，大概就是这件事。"

"明白了，那就周六再聊。"

"到时候见。"武史把手从耳边挪开，"你们当时的通话内容，差不多就是这些吧？"

"大体就是这样，说着说着，还真想起了不少。"

"谢谢。让你配合我做这么奇怪的事，不好意思。"

"没什么，刚才我真觉得自己在和老师聊天呢……"他又迟疑起来，没有接着说下去。

"怎么了？"武史问。

"我只是再次意识到，神尾老师真的去世了。真不敢相信。一周前我还见过他……"

"是的。和你分开后，他刚回到自己家中，就被人杀害了。"

屏幕里的良辅和桃子同时流露出悲痛之色。

"所以，"武史接着说，"哥哥遇害前不久，一直想的都是刚见过面的学生和他的妻子，想着怎样才能让两人重归于好，想着自已能为他们的幸福做些什么。"

听到这句话,这对年轻夫妇像突然被人浇了冷水一样,表情一下子僵硬了,良辅的眼神更是变得沉重起来。

"待会儿你们想怎么吵嘴、对骂都行,但别忘了这一点。那我就不打扰了,谢谢两位的配合。"武史说完,敲了几下键盘,退出了在线聊天。

真世盯着叔叔冷漠的侧脸,说:"你可真够厉害的。"

"不行吗?"

"没,我觉得对他们两个人来说是件好事。你偶尔也能说些像模像样的话呢。"

"把'偶尔'这个词去掉。"武史砰的一声合上电脑,还给真世,"谢谢。线上聊天也不赖。"

"要用的时候随时跟我说。"

"电脑应该不会再借了,但有件事想麻烦你。"

"又有事?你今天事真多啊。"

"有意见?你自己说要协助我调查真相的。"

"我只是说了句事真多而已。好了,接下来要做什么?"

"接下来,"武史竖起食指,"我们去哆啦A梦的家。"

24

"津久见美发店"没有开在热闹的商业街,而是开在临近主干道的小区里,远远看去似乎只是一幢有着几扇大窗户的房屋。如果没有门上挂着的小招牌,很可能让人误认为是一处漂亮的西式民居。

真世慢慢推开门。店内敞亮,有一股好闻的香气。墙边沙发上坐着的女人听到开门声,笑着站起来说:"欢迎!"

她正是津久见的母亲绢惠,看起来比葬礼上见到时年轻一些。今天她穿了一件白色衬衫和奶油色背心,配了一条牛仔裤。

"突然来打扰,真是不好意思。"真世鞠躬道,"您应该很忙吧?"

"一点儿也不忙。"绢惠笑着说,"今天上午和下午都只有一位客人预约,应该不会有其他客人了,我正准备打烊呢。等我一下。"绢惠走到店外,摘下了"正在营业"的牌子。

真世环顾店内。店里空间不大,只有理发和洗发用的两把椅子,但是整洁安静。架子上放着一个复古式的座钟,显示时间已是下午五点多。

津久见的父亲是军人,津久见还在上小学时,他就在一次演习事故中去世了。从那以后,这家美发店成了母子俩的生活支柱。

可残酷的命运没有放过他们。绢惠大概怎么也想不到，丈夫刚走没多久，年仅十四岁的儿子也离开了人世。

绢惠回到店内，把摘下的牌子放在墙边。

"好了，现在我们可以慢慢聊天了。"绢惠往店内深处走去，打开了一扇门，里面就是她生活的地方。

"请进，虽然地方很小。"

"打扰了。"真世又鞠了一躬。

她被领到了餐厅。这里摆着一张四人餐桌，还有电视机和餐边柜，大概也兼做起居室吧。一个人生活，这些应该足够了。飘窗上挂着格纹窗帘，屋内非常明亮。

绢惠从开放式厨房里走出来，说："请坐。"

"好的。"真世拉开椅子，坐了下来。

绢惠端上红茶，还配了现切的柠檬片。这里的氛围到底和桃子家不一样，真世不可能听到"来点啤酒怎么样"之类的话。

"心里平复些了吗？"绢惠问道。

"守灵夜和葬礼顺利结束，终于可以松口气了。不过，凶手还没抓到，心里总还有些……"

"是啊。趁茶还没凉，赶紧喝吧。"

"好的。"真世把柠檬片放进红茶里，慢慢喝了起来，茶香浓郁。

"刚才你在电话里说，想完成父亲没有做完的事，希望能看看直也的作文？能不能请你说得更详细一些？"

"好的。"真世把两手放到膝盖上。"我在整理父亲遗物时，发现了好多他以前学生写的作文的复印件。他有个习惯，看到自己欣赏的作文，会复印一份留在身边作为纪念，再还给本人。我还看到他在收集各种介绍自费出版的小册子，也许是打算哪天把这些作文整理成书册，送给大家吧。"

绢惠频频点头。"这确实像神尾老师会做的事。你之前说，直也的作文也会被收进去？"

"是的。实际上，作文收录的名单也找到了，上面有津久见的名字。可是不知道为什么，津久见的作文复印件找不到了，也许是丢了，或者是父亲忘记复印了。我就想来找您问问作文的事。"

绢惠眨了眨眼睛，笑道："听你这么说，我非常感激，也很高兴。但真不好意思，这事我还是头一次听说，至于神尾老师喜欢直也哪篇作文，我也真是……"她似乎是想说，她也真是不知道。

"我猜到了。如果您手边还有津久见初中时写的作文，能不能让我都看一看？我叔叔，就是我父亲的弟弟，现在也在这边，他说如果让他看一遍作文，应该能知道哥哥会挑选哪一篇。"

"你这么一说我想起来了，葬礼那天，我是看到你身旁站了一位先生，原来他是神尾老师的弟弟啊。那他应该很了解神尾老师的文学喜好。"

"是的，他本人是这么说。您要是不介意，能不能把津久见的作文借给我们看看？我们会小心保管，复印后立即归还。"

"直也初中时写的全部作文吗？刚才我翻了一下，有不少呢，十多篇的样子。"

"是会有那么多。我父亲很喜欢让学生写作文，不光寒暑假会布置作文作业，连学校举行活动，他都会让学生写点什么。平时上课也是。我听过好多人说，虽然很喜欢神尾老师，但真心希望他少布置一些作文。"

"你想都看看，对吧？请稍等一下。"绢惠站起来，离开了这间小厅，随后传来了她上楼梯的声音。津久见的房间在二楼，说不定现在还保存着旧时的样子。

英一准备自费出版学生的优秀作文这件事，当然是武史编的。

他说，如果不用这样的借口，在英一被杀的情况下去借他以前学生的作文来看，只会让人起疑。真世也同意这个说法，但问题是为什么要看津久见的作文？对此，武史只说了句"弄清楚情况之后再告诉你"。

同上次联系桃子和良辅一样，这一次，真世也是在完全不知缘由的情况下依照武史的指示行事。

真世看了看自己的托特包。背包带上夹着之前用过的蝶形窃听器，带有开关的尾巴弯曲着——武史应该也到附近来了。

真世听到下楼的脚步声。不一会儿，绢惠抱着纸箱走了进来。

"我想，这应该就是全部了。"

"我可以看看吗？"

"看吧。"

纸箱里装满了对折的稿纸。真世把它们全都拿出来放在桌上，稿纸摞起来有近两厘米高，应该有不止五十张。真世粗略翻了翻，全都是手写的稿纸，即这些都是原稿。

"没有复印件吗？"

"复印件？"绢惠似乎不明白真世为什么这么问。

"作文交上去之后，一般过段时间才会返还给本人，要是遇上文部科学省主办作文大赛，也可能直接将原稿寄去参赛。父亲会提醒大家，想要留存自己作文的话，就提前复印一下。我以为津久见会留下这样的复印件。"

"原来如此。复印件是没有的。他也不是那种想把自己的作文复印后保存起来的孩子。"绢惠苦笑着说。

真世觉得有道理。她也从来没有复印过自己的作文。不过，这样一来，武史可能会大失所望。他叮嘱过，如果有复印件，一定要借出来。听他的意思，复印件似乎比原稿更重要。

真世拿起最上面的稿纸，那篇作文的题目是《我尊敬的人》。开头是这样写的："我最尊敬的人，是我上小学时就去世的父亲。"作文里写到，津久见的父亲死后不久，一个陌生女子从神户特地赶来为他上香。她是阪神大地震的灾民，曾经得到津久见父亲的救助，在瓦砾中被他背着送到了几公里外的避难所。文章是这样收尾的："我这才知道父亲从事的是什么样的工作，感到很自豪。"

"写得真好。您读过这篇作文吗？"

绢惠微微点头，说："读过很多遍。"

真世心想，每次读后应该都会泪流满面吧。"津久见门门功课都很优秀，作文也写得这么棒，思路很清晰。"

"我想那是因为他用了个小窍门吧。"绢惠像在说小秘密一样。

"小窍门？"

"他会在他爸爸留下的电脑里打好草稿，再誊写到稿纸上，说这样一来就可以不用查字怎么写，写起来更轻松。住院后，他也经常在病房里用电脑写东西。我还提醒过他，不能这样偷工减料。"

"这样啊，即使借助了电脑，那也写得很棒！"

这时，真世包里的手机振动起来，她说了句"不好意思"，掏出手机一看，是武史发来了短信。上面写着"把电脑弄到手"。

"那台电脑还在吗？"

"还在呢。我不太擅长这些，没怎么碰过。"

"能不能借给我看看？"

"借电脑？"绢惠很意外，"借它做什么？"

"电脑里可能还留有作文的草稿，我想确认一下。"

"是吗？不过，我想那里面应该什么都没留下。直也说过，数据都清除了，让我不用为那台电脑费神。"

"是吗……"

绢惠的话让真世胸口发疼。津久见一定是想到自己时间不多了，母亲也不太会用电脑，才避免在电脑里留下任何东西。

放在真世膝盖上的手机再次收到了武史的短信："借电脑！"

"那也没关系，能借我看看吗？"真世对绢惠说。

"好吧。也不知道还能不能启动……已经老掉牙了。"

趁绢惠再次上二楼拿电脑的空当，真世给武史打了个电话。电话很快接通，武史冷漠地问她："干吗？"

"你要的东西可能就在那台电脑里，对吗？"

"希望如此。"

"数据都清除了，没关系吗？"

"没问题。我来想办法。"

"要是这样的话，手稿是不是就不需要了？还挺沉的。"

"胡说什么，你是来借作文的，如果落下它，就没意义了。"

"啊，对。"

"沉是沉了些，但也麻烦你全部带回来！"电话被粗暴地挂断了。

真世吐了下舌头，把手机放回包里。绢惠刚好回来了。

"就是这个。"她把一个手提电脑包放到桌上，里面装着一台黑色的四方形机器。

在真世看来，这台机器棱角分明，厚度大概有五厘米，拿在手里非常沉，一点儿也不像笔记本电脑。电源线上还有一个很大的适配器。幸好它还配有一个电脑包。真世的背包已经被津久见的手稿填满了，没法再往里塞下这个机器。

"我可以借用一下吗？"真世又问。

"可以是可以，就是不知道会不会已经坏了。"

"我叔叔会帮忙检查的。如果坏了，我们可以拿去修吗？费用由我们来承担。"

"那太不好意思了,需要维修的话,请告诉我一声。"

"好的,那我们到时候再联系。"

"真是呢,"绢惠看着电脑说,"我都把这台电脑忘得一干二净了,也不知道里面有什么。我也没有用它上过网,应该没什么奇怪的东西吧。"

"要是能顺利启动,我会帮您问问操作的方法,您也好看看。"

"那就拜托了。多亏你们,让我又多了个念想。"

"那我就借走了。"真世把电脑收进电脑包里。

"对了,你会去明天的同学聚会吗?"绢惠问。

"打算去的。听说是您提出取消津久见的追思会的?"

"是的。"绢惠脸上露出苦涩的微笑,"同学们难得一聚,我希望大家能开开心心的。直也……总有其他机会再怀念。"

真世的心情变得有些复杂。"要是这样,我还是不去为好。不然大家难免会想起我父亲。"

绢惠连忙摆摆手,说:"我觉得你应该去,你要是不去,参加聚会的同学恐怕会觉得自己很不近人情,心里也会更加内疚。如果你不是非常抵触的话,还是去吧,我也希望你能参加。"说完,绢惠微微低下了头。

看到绢惠反过来劝自己,真世有些着急了。"您别这么说……"

"而且,"绢惠抬头笑道,"我想直也一定会在那边看着的,这也是我希望你能参加的另一个原因。你也注意到了吧,他很喜欢你。"

"啊,那是……"真世不自觉地摸了摸头发。

"你去吧,我想他一定很想见你。"

看到绢惠真诚的目光,真世知道自己不能再像个小女生那样害羞扭捏了。她回答道:"我争取参加。"

25

武史从包里拿出电脑放到桌上，吹了声口哨。

"原来是夏普的 Mebius 啊！真想对它打个招呼，说一句好久不见。"

看来武史很熟悉这款机型。

"能启动吗？"

"你知道《火星救援》这部电影吗？马特·达蒙主演的，讲的是一个宇航员被孤身一人留在了火星上的故事。"

"好像听人说过，但我没看过。"

"这部电影里出现了一个真实存在的火星探测器，名叫'火星探路者号'，一九九七年在火星表面着陆。电影主人公把它从沙子下面挖出来，启动了它，通过它成功与地球取得了联系。火星探路者号着陆那年，Mebius 正好面世，要启动它也不是什么不可能的事。"

"不过，电影是虚构的吧？"

"都说那是一部极具现实感的作品。但百闻不如一见……"说着，武史将电源线连接到插座上，按下了电脑开关。

没过多久，屏幕亮了起来——深蓝色的背景上有着五颜六色的丝带图案，还有"Mebius"的字样。

"你看，电脑顺利启动了！谢天谢地，还不需要密码，看来津久见没把它用在见不得人的事情上。"

"你在窃听器里都听到了吧，这台电脑好像没有上过网。"

"那会儿都二十一世纪初了吧？早熟的初中生都该开始收藏不雅图像和视频了。不过当时医院的网络系统也确实不够完善。"

武史操作着键盘和触控板，折腾了很久。之后他叹了口气，说："他母亲说得对，数据都被清除了，没有留下任何文件，回收站和邮箱也是空的。没设密码，可能是为了方便他人继续使用。"

"这该怎么办？我对她说过，我们会想办法的。"

武史抱着胳膊沉思了片刻，然后看看手表，关上了电脑。他把电源插头从插座上拔下来，连同电脑一起放回包里。

"我出去一下。"

"现在吗？"

"才七点多。"

"你要去哪里？我陪你一起。"

"去找一个熟人。你不用跟来，有时间就读一下那些作文吧。"武史指着真世身旁的托特包，里面装着津久见的作文。

"读完之后呢？"

"有印象深刻的东西，回头讲给我听。"

"什么叫印象深刻的东西？"

"还没读怎么知道？例如让你震惊、感动的内容，看到就把它们标记出来。"

"这样吗？"真世皱起眉头，"这个指示可真够抽象的。"

"别总是发牢骚，赶紧回房间读去吧！"武史站起身，从衣橱里拿出上衣。"对了,你给柿谷打个电话吧,警察肯定已经调查过不少你的同学了,你问问他们的不在场证明情况有没有查清。"

"打电话没问题,但他真的会说吗?我总觉得警方会找很多理由来糊弄我们。"

"如果你觉得他在糊弄你,不想告诉你实情,你就威胁说明天同学聚会你会挨个儿打听。"

一般人这么说,听起来像是在开玩笑,但她这位叔叔不仅说得出来,也是做得出来,听了让人心里发怵。

"我可没那个自信,不过还是试试看吧。对了,叔叔,你晚饭怎么解决?"

"我就随便吃了,应该很晚才能回来。作文你读完之后,麻烦放我房里。"武史把自己房间的钥匙扔给了真世。

真世回到自己的房间,立刻给柿谷打电话。

"昨天非常感谢。"不知是不是已经察觉真世的意图,柿谷的语气满是戒备。

"百忙之中多有打扰,叔叔让我给您打个电话,问问我同学的不在场证明确认得怎么样了。"真世先把责任推给了武史。

"这方面我们还在调查,目前无法下定论。"不出所料,对方想回避话题。

"那能否把现在已经弄清楚的情况告诉我呢?明天我们就要同学聚会了,我真不知道该如何面对大家。"

"原来是这样。好的,请稍等一下。"

电话里的杂音没了,柿谷好像换了个地方。

"能够确认三月六日晚上行踪的人,首先是原口浩平先生。是他发现的遗体。"

根本就没有人怀疑过原口,警方竟然拿这种话来搪塞自己!

真世非常气愤。

"还有谁?"她提高了嗓门。

"还有就是沼川先生了,当天他在自己店里工作。"

又是一个不相干的名字。用不着他说,真世也知道。"还有谁?"

"柏木先生也确认了,当晚他在和同事们聚餐。"

这应该是已经取证核实过的意思。"其他人呢?比如钉宫他们。"

"您是问……钉宫先生?这个有点说不准。硬要问有没有不在场证明的话,应该是有的……"柿谷的回答突然含糊起来,明显是想要蒙混过关。

"请您说清楚,不然我就直接去问钉宫了。"

真世本以为这么说会让对方乱了阵脚,但柿谷的反应却有些出乎意料。

"嗯,也许您直接问他比较好,毕竟关系到个人隐私。"

"哪方面的隐私?我不会跟任何人讲的,请告诉我吧。"

"嗯……"电话那头的柿谷听起来相当为难,"其实,刚开始他说自己在父母家中。不过,他没有和父母住在主屋,而是住在院子里的另一个独立房间,所以实际上没人能做证,无法确认他的不在场证明。不过,后来发现他当时和某某人在一起。"

"某某人?可可里……九重吗?"

"这可不是我说的啊。"

九重梨梨香这个名字似乎击中了要害。

"他这就算有了不在场证明?也许他们统一了口径,才说他们当时在一起呢?"

"您这话也没错,但他们是在那种地方见面……哎呀,真难办。我之所以把话说到这个份儿上,只因为您是神尾老师的女儿。一般来讲,这些事都属于侦查机密,是不能说给外人听的。"

"我明白,谢谢您!"真世快速道了谢,"您说的他们见面的地点是哪儿?"

"我不能再说了,请您体谅。"

"给个提示吧?"

"真拿您没办法。这么说吧,要从镇上去那个地方,开车大概需要三十分钟,走高速二十分钟就能到。那一位是开自己的车去的,说钉宫先生也在车上。他们在目的地待了两个小时左右,然后返回。我们确认过那一位的手机定位信息,应该没错。之后我们又向钉宫先生确认了一次,他也承认了这件事。当然也有可能是别人拿着手机开车去了那里,但这种事只要看一下监控录像就能弄清楚。目前我们认为他的话是可信的。"

"开车走高速要二十分钟……到底是哪儿?"

"拜托了,请不要再追问了。"柿谷哀求道。

"还有其他人有不在场证明吗?"

"到目前为止没有了。也有人说自己在家里,但不好取证。"

真世想,这应该说的是桃子了。"这种情况,手机的定位信息不管用吗?"

"在自己家里就不好办了。即使人不在家,手机也可能放在家里。我们也会想其他办法再确认。"

真世觉得柿谷的话有道理。

"那么,如果人外出了,手机定位信息是可以作为他的不在场证明的。"

"理论上是这样,但大家不一定都会配合。"

"比如说?"

"有人以保护个人隐私为由,拒绝出示手机。我们再怎么保证不看其他信息,也没有用。有搜查令还好,如果没有,还是很困难。"

"也是。"真世表示认可。要是警察检查她的手机,她也会很抵触。

"现在的情况差不多就是这样。刚才我也说了,因为是您,我才透露这么多。一般是不允许这么做的。"

"非常感谢,我替父亲谢谢您。"真世诚恳地说完,挂断了电话。

她今晚打算在餐厅吃晚饭。下周就要上班了,明天必须退房。明天的早餐就是她在丸宫吃的最后一顿了。

真世到餐厅后,看到客人比昨天多了一些。周六游客果然还是会增加不少。见员工们干劲十足,真世的心情也明朗起来。

真世坐在角落,一边吃着天妇罗套餐,一边打量四周,总感觉餐厅哪里不太对劲,似乎和平时有些不一样。没过多久,她注意到之前贴在墙上的幻脑迷宫屋海报不见了。

正好老板娘经过,真世向她问起海报的事。

"我觉得还是撕了比较好。"老板娘笑盈盈地眯起眼睛,"已经翻篇的事,再怎么惋惜也没用,咱们小镇还有很多优点啊!"

"是呢。"真世点了点头。回到小镇之后,她还是第一次听到如此振奋人心的话。

"您慢用啊。"老板娘说完就走开了。

真世继续用餐。这时,一对男女坐到了邻桌。两人已是两鬓发白,看起来是一对夫妻。男人一坐下,就说起了荞麦面店,说那家店开在观光景点竹林附近,只有懂行的人才知道,希望有机会去尝尝。旁边的女人表示赞同,说那明天的午饭就这么定了。

竹林和荞麦面店——

是啊,即使是一座无名小镇,也有值得骄傲的地方。

吃完饭,真世回到房间,开始读津久见的作文。作文一共十二篇,初一写的有七篇,初二有五篇,《我尊敬的人》是他初二时写的。

作文有命题作文和自由写作两种类型。《我的一家》《暑假的回忆》《我对学校的期望》大概属于前者;称赞职业棒球选手铃木一朗的《跑攻守!》和讲述互联网潜力的《网络》,则应该是自由创作。《我的朋友》又该分到哪一类呢?真世读着读着,果然看到了钉宫克树的名字。"我遇到了真正的朋友,真是幸福。"——这句话让人心潮澎湃。

真世再次感叹,津久见的文章写得真是好!包括真世在内,当年很多学生只是为了把稿纸的格子填满而绞尽脑汁,没怎么认真构思写作的内容,更谈不上去考虑能否引起读者的兴趣。但津久见的作文观点鲜明,能流畅表达自己想要传递的信息,而且文字简洁,没有累赘的叙述。

真世想起来,她去探望津久见的时候,总能在病房里看到各种各样的书籍。真世记得他说过他喜欢读书,但他们从来没有聊过他喜欢什么样的书,读过的书中又最爱哪一本。每次在病房里,真世似乎总在说自己的事,说的还都不是学校里的开心事,基本上都是发牢骚。她抱怨父亲在自己上学的学校任教,让她和同学之间的关系变得微妙而拘谨。津久见却耐心听她倾诉,把她说的每句话都听进去了。

真世仔细读完十二篇作文,近两个小时过去了。她两眼发胀,肩膀酸痛,起身打算去泡温泉转换一下心情。小镇连温泉都有,看来除了《幻脑迷宫》,这里还有很多闪光点。

真世整个人放松地泡在温泉里，回想这一周经历的种种。不过短短几天，却接二连三发生了这么多出乎意料的事，倒让她不知从何梳理了。和健太一起去婚庆沙龙仿佛已是很久之前的事。但那天也不过是上周日，到明天才正好一周。

真世突然想，现在几点了呢？英一是上周六遇害的，武史说遇害时间应该是晚上十一点左右。现在正好是那个时段。

上周的这个时候，英一在想些什么？也许就像武史所说，他正费尽心思地琢磨如何才能让桃子和良辅重归于好，回归幸福生活。他应该做梦也没想到，自己很快就要被人杀害了。

真世回过神，发觉脸上有东西流下来。是眼泪、汗水，还是天花板掉落的水滴？她自己也搞不清楚。

回到房间，她重新读了一遍津久见的作文。武史让她看到印象深刻的内容就标记出来告诉他。这可真是道难题，因为她觉得每一篇都写得很好，都给她留下了深刻的印象。

真世理不清思绪，便抱着作文走出房间，来到武史的房前，发现门没锁。难道是旅馆服务员来铺完被子后，没上锁就走了吗？

屋内一片漆黑。真世按下墙上的照明开关，下一秒差点尖叫起来——她看到武史正盘腿端坐在房间中央。

"吓我一跳！你回来了？"

"刚回来。"武史闭着眼睛答道。

"你怎么进的房间？门不是锁着的吗。"

"这种小事怎么难得倒我。"

连开锁都会？这个叔叔到底是何方神圣啊？

"为什么不开灯啊？"

"想事情的时候，不需要灯光。"武史睁开眼睛，看着真世，

"作文你都读了?"

"都读了。写得这么好,真让人佩服。"真世坐了下来。

"只是佩服吗?没有什么让你惊讶的东西?"

"惊讶?这个倒没有。"

"是吗?我也读一读,放那儿吧。"

真世把稿纸放在桌子上。"那台老电脑怎么样了?"

"我把数据都恢复了,现在放在另一个地方。"

"你恢复数据了?电脑在哪里?"

"不方便说。"

"为什么啊?"真世不满地问。

武史微微皱眉,说:"因为你会想看啊。"

"当然想看了!为什么不让我看?"

"迟早会给你看的,现在还不到时候。"

"你又在盘算些什么?"

"我有我的考虑。对了,你跟柿谷联系了吗?"

"联系了。"

"情况如何?"

"虽然不太情愿,他还是把大部分情况告诉我了。"

真世把从柿谷那里得到的信息原封不动地告诉了武史。

"让我吃惊的是,可可里卡竟然和钉宫在一起,还在周六晚上去了一个离小镇三十分钟车程的地方,逗留了差不多两小时。他们去的不会是旅馆吧?情人旅馆?"

"这么想比较合理。"

"太令人震惊了,他们到底还是好上了啊。是该说大雄真有一手,还是说可可里卡是故意装成静香接近钉宫的?"

武史没有接茬,而是问她:"关于牧原的不在场证明,柿谷没说什么吗?"

"没说,我想应该是还没能确认。"

"牧原结婚了吗?"

"没,应该是单身。我记得桃子说过这事。两者之间有什么关系吗?"

武史没有回答,他又闭上眼睛,抱起双臂,入定似的一动不动了。

"叔叔!"真世叫道。

过了一会儿,武史终于睁开双眼,咧着嘴嘿嘿笑出声来,让人有些毛骨悚然。

"原来如此,原来如此。这样一来,一切都说得通了。"

"你在说什么啊?真吓人!你都知道什么了?快告诉我啊。"

"迟早会告诉你的。"武史松开交叉在胸前的双臂,张开双手。"等着吧,演出就要开始了。"

26

周日,中午。

真世拿着地图,循着指示赶到聚会地点,发现那是一家非常漂亮的餐厅。真世不禁感叹,小镇上竟然还有这么特别的地方。这家餐厅用木头简单搭建,充满了异国情调。正像桃子说的那样,店里提供开放式场地。店门口挂出的牌子上写着"包场"二字。

真世刚走进店里,就看到一张长桌。桃子正在一旁接待来宾。

"又是你负责接待啊?守灵夜、葬礼,还有同学聚会,都让你干接待,真是辛苦了。"

"可不是吗,有没有哪家公司能雇我去当专业接待员啊?"桃子开玩笑地说。也许是因为昨天的事,桃子说话时有些不好意思。和武史的线上谈话结束后,不知她有没有和良辅继续聊呢?

真世给手消完毒,桃子递给她一张座次表。这次聚会没有采取立式就餐的方式,还是让大家在餐桌前就座用餐。店内很宽敞,座椅之间有足够的间隔,桌子中央摆放着一个阻挡飞沫的透明亚克力挡板。

真世找座位时,同学们相继跟她打招呼。大家似乎都知道了英一的死讯，纷纷向她表示哀悼——"希望案件早日侦破""保重身体"，等等。还有人递来名片，说："有能帮得上忙的地方，请随时联系。"大家的每一句话都发自肺腑，饱含真诚的善意。

一个姓铃木的同学向真世走来，他是今天聚会的主持人。

"待会儿会给大家每人一杯香槟。考虑到神尾老师的事，我觉得干杯不太合适，想改为请大家默哀十秒，然后各自把酒喝了。你看这样安排可以吗？"

"我这边没问题，听你的。其他事项也照常进行就好，不用为我多费心。"

"好的，多谢！"铃木像是松了一口气，走开了。

听着大家温暖的关心和安慰，真世想起自己初中时的尴尬处境。当时她是如此困扰于自己的父亲是老师，现在看来，或许她应该为父亲深受学生爱戴感到自豪才对。

来过守灵夜和葬礼的同学也相继到场。看到身穿西装的原口，真世走过去和他打了声招呼。

"我有点事想麻烦你，能帮我一下吗？"

"好啊，需要我做什么？"

"我想给送了奠仪的人还个礼。在这里用完餐后，大家还要去学校吧？"

"好像是呢，说是要看看记忆中的地方变成什么样了，一起拍照留个念。"

"那拍完照之后，能不能麻烦你请大家先不要走，再多留一阵子？原口，你一会儿有时间吧？"

"我没问题，不过还礼什么的，我觉得没必要。大家都只是想尽一份心意，我自己也是，没有出特别多的钱，对吧？"

"不是我，是我叔叔想向大家表示感谢。"

"你叔叔,就是那个很有趣的人?原来是这样。"原口一脸好奇。

"是的,那你能留下来吗?"

"当然,我跟其他人也打声招呼。"

"太好了,你可是帮了我大忙。"

"小事情,包在我身上。"

真世看着原口转身走开,松了一口气。看来他没有起半点疑心。

让大家留在学校,当然是武史的指示。之后的计划他什么也没说,真世也不知道他到底想做什么。

没过多久,人都到齐了,大概不到三十人。本来学校就很小,一个年级也不过两个班,能来这么多人不算少了。

主持人铃木戴着口罩出现了。似乎是出于防疫的需要,他右手拿着麦克风,左手举起一个大展板,上面写着"请不要大声喧哗"。这个举动引来一阵笑声。

铃木放下展板,把麦克风拿到嘴边,压低嗓门对大家说:"大家好。"有几个人小声回应说:"你好。"

"就是这样,因为现在情况比较特殊,请大家说话时把声音控制在这个音量。我知道很多同学都是许久未见,想热热闹闹地聚一次,不过今天还是要请大家忍耐一下。"铃木不愧是做主持工作的,很会说话。

饮料送到每个人的座上,真世面前也放了迷你香槟瓶和玻璃杯,杯上覆着保鲜膜。为了做好疫情防控,大家都是自斟自饮。

就像刚才跟真世说过的一样,铃木向大家解释了不干杯庆祝的原因,请大家一起为神尾老师默哀十秒。没有人表示反对。默哀完毕后,大家默默饮下了香槟。

餐食端上来了。铃木请到场的三位老教师先发言,让大家边吃边听。这么做的原因是,早点结束用餐,就可以早点戴上口罩轻松交谈了。老教师们都赞同这个提议。

真世也觉得这样的安排实在太正确了。老教师们的发言都很长,若只是干坐在那里聆听,肯定会让人觉得无聊又辛苦。他们讲的内容也和真世这届毕业生没有太大关系,基本上是各自回忆往昔,说起自己的近况时难免还要炫耀几句。不过三人都提到了钉宫克树,认为毕业生中能出现这样一位功成名就的优秀学生,让人倍感骄傲,尽管三人似乎连钉宫到底画了什么都不知道。

午餐很简单,老教师们发言结束时,很多人已经用完餐了。大家纷纷戴上口罩,开始相互问候、聊天。

真世有意避开了到过守灵夜和葬礼的人,去和阔别已久的老同学聊天。有些说话比较直接的人问起案子的事,真世都巧妙地岔开了话题。没过多久,铃木告诉大家,包场时间就要到了。

"我想大家还有很多话要说,接下来让我们回母校看看吧!今天学校允许我们使用校内建筑,我们也租好了前往母校的大巴。让我们一边旧地重游,一边畅谈往事吧!"

铃木热情地招呼着大家,但是在座的人反应并不热烈。以重游母校的方式把聚会气氛推向高潮的做法本就有些牵强,但既然车辆都安排好了,他们还是都上了车。

到了学校之后,大家依次参观体育馆、教研室、音乐教室、医务室等地方。带大家参观的是两个正在读初二的女生。应该是有人特地这样安排的。明明是周日,两人还要为今天的活动赶来学校,真是难为她们了。好在两个女生没有流露出厌烦的神情,而是热心地向大家介绍了现在的环境和设备。

走进教室后,大家惊讶地看见讲台旁安装了一个大屏幕。担任向导的女生说,老师会将自己电脑里的内容播放到屏幕上,让每个学生都清晰地看到——纵使在这样的小镇，IT 教育也发展得如此迅速。

顺着走廊往前走的时候，九重梨梨香叫住了真世。她身旁依旧站着钉宫。

"我听原口说，你让大家活动结束后都留一下？能告诉我具体要做什么吗？"她的措辞很客气，真世却嗅到了她语气里的火药味。

"我叔叔想向来过守灵夜和葬礼的同学表示感谢。他要做什么，其实我也不知道。"

九重梨梨香微微皱眉。"说实话，我和克树不太想留下来，不然又要被柏木他们缠住不放。刚才在店里吃饭的时候，他们就在想方设法地靠近我们。因为克树说想参加津久见的追思会，我们才决定过来的。要是早知道这个安排已经取消，我们压根儿就不该来。"

"处理这些事很辛苦吧，钉宫的经纪人真不好当呢。"虽然心里并没有那个意思，真世话一出口，听起来却很有讽刺意味。

果不其然，九重梨梨香两端的眉梢都挑了起来。"正因为我很看重《幻脑迷宫》，才不想它被用在廉价的商业企划上，仅此而已。我想为这部作品找到一个合适的项目。"

"这个我明白。不过我叔叔说无论如何要请大家多留一小会儿，不会占用太长时间的，还请配合一下。"真世举起双手，做了个"拜托了"的手势。

九重梨梨香故作夸张地叹了口气，催促钉宫说："走吧。"

在阶梯教室合影留念后，活动全部结束了。学校下午五点锁门，铃木提醒大家要在那之前离开学校。他说这些话的时候，时间已过下午四点。

真世给武史打了个电话。

"结束了。"

"好！让大家马上去三年级一班的教室。"

"好的。"

真世把武史的话原封不动地告诉了柏木他们。每个人脸上都写满了"莫名其妙"四个大字。

"我说神尾，你叔叔到底想干什么？"柏木问。

"不清楚，去了就知道了。"

三年级一班的教室在三楼，大家一个接一个爬上了楼梯。

教室里光线昏暗，真世打开灯，并没有发现什么异样。

大家彼此隔着一定距离坐了下来，只有柏木一个人坐在最前排的桌子上。真世站在讲台边，等武史出现。

"还不开始？到底想让我们等到什么时候？"柏木看了看手表，不耐烦地说。

话音未落，黑板上方的扬声器里传来了丁零零的上课铃声。熟悉的声音让人瞬间回到学生时代。

"怎么回事？"有人问了一句。只听哗啦一声，教室的前门开了。所有人的目光都转向了门口。

看到走进教室的人，真世几乎要尖叫起来。实际上，有好几个人已经发出了无比震惊的轻呼。因为出现在教室里的人，正是真世的父亲——神尾英一！

27

大家看到的当然不可能是英一本人,而是武史乔装扮成的。但是他夹杂银丝的头发、微驼的背、头部稍微向左偏的站姿,以及腋下夹着文件夹之类东西的样子,简直与英一本人毫无二致。那一身深棕色的人字呢西装,英一任教期间经常穿,很多人都非常熟悉。

他走近讲台,无论是走路姿势还是迈步节奏,都和英一一模一样。他还戴了英一标志性的圆眼镜,再加上有口罩遮面,更叫人难分真假。

虽然知道两人是兄弟,但这样一看,还是太像了。本来他们的脸型和体格完全不一样,武史应该比英一高出近十厘米。但他巧妙地利用了视线上的错觉,让人看不出任何不协调的地方。

"这太吓人了,"第一个说话的是柏木,"我还以为是老师呢!大家说是不是?"几乎所有人都点了头。

乔装成英一的武史停下脚步,扶了扶眼镜,看着柏木。

"柏木,没听见上课铃吗?你现在坐着的,叫桌子,是用来读书写字的,不是用来坐的。坐的地方在桌子后面,要小一些,叫椅子。你要是不知道,这次就好好记住!"

柏木大笑着拍起手,站了起来。"太厉害了,连声音都一模一样!"说着,他换到后面的椅子上坐了下来。

武史接着把目光投向真世,说:"神尾真世,你是来替我上课的吗?要是这样的话,我就坐到下面去了啊。"

"啊……对不起。"真世走下讲台,坐到一个靠窗的座位上。神尾真世——初中时,英一确实是这样称呼自己的。他觉得只叫"神尾"这个姓,就跟叫自己一样;但直呼"真世"的话,也让他觉得很奇怪。

武史再次迈开步,走上讲台。他环顾了一下教室,打开手里那个文件夹一样的东西。那是一本点名簿。

"那好,下面开始点名。"武史严肃地说,"柏木广大!"

"哎,这是要干什么?"柏木有些疑惑地笑道。

"柏木广大来了吗?缺勤了?"

"不不不,我在这里。我到了!"虽然不清楚武史用意何在,柏木还是配合地举起了手。

"神尾真世!"

"到!"真世举起了手。

"钉宫克树!"

"到!"钉宫答。随后九重梨梨香、杉下快斗、沼川伸介、原口浩平、本间桃子、牧原悟依次被叫到,大家也都配合地回应了。叫桃子时,武史用了她结婚前的姓,大概是想重现旧时的场景吧。

"不错。"武史边说边合上点名簿,"全员到齐,很好!"

"神尾老师,"柏木举起手来,"您到底想干什么?"

武史再一次环视众人,最后目光停留在柏木身上,说:"才过十五年,你就把老师教什么都忘了?真让人难过。"

"啊?您接下来要上语文课吗?"

"没错。"武史说,"今天的同学聚会本来我也要参加的。没想到发生了意外,我被迫离开了人世。不过,我还是想以另一种方式见到大家,所以决定临时在这里上一堂课。时间不长,让我们一同度过吧。"

"老师!"有人举起手。是原口。"这堂课要上什么内容呢?我们没带课本啊。"

"不必担心,今天不需要课本。这堂课的主题是'信'。"

所有人都露出了不解的神色,在下面小声嘀咕起来。真世也有些跟不上武史的思路。

"保持安静!"武史用英一的声音提醒大家,"为什么是信呢?在解释这件事之前,我得先说两句。今天本来要举行津久见直也的追思会,后来又取消了。但是大家好不容易聚在一起,还是不要错过这个机会。不如我们现在为他补上吧。对了,钉宫在哪里?哦,在那儿。请你站起来。"

坐在教室中央一带的钉宫站了起来。

"我听说,津久见的母亲昨天联系了神尾真世,说她最近重新整理津久见的遗物时,发现了一个旧信封,里面装着一封很厚的信。信封封得很严实,收信人写的是钉宫和我。津久见的母亲问神尾真世该怎么处理才好,神尾真世认为请她交给钉宫比较好。津久见的母亲后来跟你联系了吗?"

真世完全不知道这回事,心里有些慌。武史既然要来这么一出,怎么不事先告诉自己一声?

"我知道这件事。来参加同学聚会前,我已经把信取回了。"

钉宫淡定的回答又让真世大吃一惊。信封的事,昨天明明没有任何人提过啊!是津久见的母亲后来发现的吗?但武史为什么会知道这件事？

"我很在意信上写的内容。信你带着吗？"

"嗯，在这里。"钉宫从上衣内兜掏出一个信封。

"收件人写着你和我。我也可以看一下吗？"

"当然可以。不过这并不是一封信。"

"不是信？那是什么呢？"

"您看了就知道了。"

钉宫走到讲台前，说了声"请"，把信封递给了武史。

武史取出信封里的东西。是一张叠起来的纸，展开后比普通信纸要大很多。虽然真世坐得有些远，但她看出来了那是一张稿纸。

"哈哈，原来是一篇作文，题目是《我的朋友》。难怪他想交给你。钉宫，能麻烦你在这里念一下吗？"

"现在？在这儿？"

"对，没什么不好意思的。写这篇文章的人又不是你，而是津久见。他可能正在另一个世界感到不好意思呢，但在这里，请你暂时忍耐一下吧。来，念给大家听听！"武史把作文递给了钉宫。

钉宫转过身来面向大家，轻轻地清了清嗓子，朗读起来。

"《我的朋友》，二年级二班，津久见直也。如果有人问我有多少朋友，我会回答说，有很多。从小学起，我的身边就有不少朋友，相处愉快的朋友、有趣的朋友、值得依赖的朋友……大家都各有所长。如果我的朋友遇到开心的事，我想和他们一起分享；如果他们遇到了困难，我也想尽力帮助他们。我想，这就是友谊。所以，要说谁是我最好的朋友，这个问题我很难回答，因为我不想给我的朋友排序。"

"请问，"钉宫扭头看着武史，"还要念下去吗？"

"麻烦再念一小段。"

钉宫叹了口气,接着往下读。

"不过,上了初中,遇到钉宫克树后,我改变了想法。钉宫是我真正的好朋友。过去和很多朋友相处时,我从来没有想过'要成为像他那样的人'。我觉得人各有异,每个人都有自己的特点是很自然的。但认识钉宫之后,我第一次产生了'成为他那样的人'的想法。他想要成为漫画家,一直致力于漫画创作,他坚定的决心和非同寻常的才华都是我不具备的。我想多和他待在一起,尽可能多地学习他的这些优点……"

"谢谢!就念到这里吧。"钉宫松了一口气,看着武史。武史从钉宫手中接过作文,仔细叠好,放回信封里。他说了声"收好了",把信封还给了钉宫。钉宫把信封收进口袋,回到座位上。

"语文课到此结束。"武史说,"津久见的追思会也到此为止。"

"挺感人的,接下来要做什么?"柏木问。

"课上完,当然就是开班会了。"

"开班会?"柏木目瞪口呆,嗓门也提高了。

"也可以说是反省会吧。毕业十五年了,每个人应该都有需要反省的事,接下来就请大家各自回顾一下。"武史走下讲台,走近柏木的座位。"机会难得,就从柏木开始,没问题吧?"

"没问题,这个想法很有意思。但说什么好呢?我一下子想不出来该反省什么。"柏木在椅子上侧过身,两腿伸出,在过道上跷起了二郎腿。

"你这边不是正好有话说吗?听说你想要重振小镇经济,在努力奋斗着呢。"

"那当然,小镇是我出生长大的地方,我自然要想尽办法让这里焕发活力。"

"你有这样的想法,我很佩服,但这个过程中就没有什么值得反省的地方吗?一切都一帆风顺是不大可能的,要推进一个大项目就更是如此。我听说,正是柏木建设负责主持幻脑迷宫屋项目。其间总遇到过什么问题吧?比如有没有发生过什么意外?准备是否不足?计划失败后,善后工作有没有不到位的地方?"

柏木皱起鼻子。"您这么说,可真是戳中了我的痛点,我没什么好反驳的,也不想把一切都归咎于疫情。要是能更早地做出判断,终止项目,就能减轻相关企业和人员的损失。"

"真是相当冷静客观的自我分析!问题是反省过后,你打算怎么做呢?这方面你是怎么考虑的?"

"当然要吸取这次的经验教训。您可能也听说了,我们正在制定可以取代幻脑迷宫屋的新计划,这一次我们不会失败的。"

"可是,做这些事都要具备前提条件吧。这方面你又是怎么考虑的?"

真世注意到,柏木一瞬间变得严肃起来,他有意无意地往右侧方扫了一眼,视线那端的人是牧原。

"资金的话,没有问题的。"柏木抬头看着武史,强作笑颜,"我准备了很多预案,不会因为钱的事给老师添麻烦的。"

"那就好。哦对,说到钱,我可能问错了对象。"武史转身走到牧原面前,说,"钱的事得问你,你才是专家嘛。"

牧原的表情已经僵硬。"您这是什么意思?"

"就是字面上的意思啊。银行的工作人员个个都是募集资金的高手。说服别人出资的时候,他们会罗列出产品或项目的各种优点,用词很讨巧,不过多少有些添油加醋。"

"我……我承认,因为工作的关系,的确会这样。"牧原小声地答道。

"问题在于，筹到钱之后，你会不会有这样的想法：既然钱都弄到手了，出资人就管不了那么多了，就算存款不见了，那又能怎样？"

牧原胆怯地看着武史。"我听不懂您在讲什么。"

"真的吗？最近你的客人中，就没有人意外失去财产吗？"

"您问的是幻脑迷宫屋的出资人？"

听到这句话，真世恍然大悟，恨不得拍自己的膝盖。原来，从幻脑迷宫屋项目启动之初，牧原就参与了融资。

"你是怎么向出资人解释的？你对巨额投资可能会打水漂的风险做过说明吗？还是说，你当时讲得就像完全没有风险一样？"

"话可不能这样说啊。"接话的是柏木。"关于风险，事先已经做出了说明。虽然我刚才说，不想把一切归咎于疫情，但迷宫屋计划受挫，说到底跟疫情是脱不了干系的，这一点您也明白吧？出资人完全能理解这一点，没有人抱怨。"

"出资人能理解？投出去的钱都回不来了，怎么能理解呢？"

柏木略显疲倦地挠了挠后脑勺。"我不知道您是否清楚，当时幻脑迷宫屋的建设工程已经进行到一半了。前期投下的资金，以及项目终止后需要的拆除费用，只能由全体出资方来承担吧？虽然我们也买了保险，但这是疫情导致的突发情况，保险根本不适用，我们一分钱也没拿到。我再说一句，我们公司也出资了，和其他人一样有巨额损失。"

"你就是这样向出资人解释的吗？"

"是的，我们还开了说明会。"

"全体出资人都出席了那次说明会？"

"即使不能以线下的方式出席，我们也都让相关人员出示了委托书之类的文件。疫情期间，不少人是线上参会。"

"那已经过世的人呢?"

听到武史的质疑,柏木的眼神顿时变得犀利起来。他朝牧原看了一眼,然后舔了舔嘴唇,说:"您说的是森胁先生吗?"

真世吓了一跳。森胁和夫的名字终于出现了,还是从他们自己嘴里说出来的。他也是幻脑迷宫屋的出资人之一。

"森胁先生去世时,并不知道项目已经终止,说明会他也不可能到场。你们是如何处理这件事的?"武史问。

"那也是没办法的事吧?"柏木像赶苍蝇似的挥着手。

"可是,你们有义务向他的家人做出说明吧?"武史再次转向牧原,"森胁和夫先生的女儿来找我咨询,说她父亲账户里有一大笔存款不见了。你为什么不对她解释清楚?"

"那是因为……"牧原的脸涨得有些红,"因为森胁先生曾经说过,他投资'迷宫屋'的事,对家人是保密的,否则肯定会遭到反对。他说不打算让家人知道他有这个存款账户。"

"原来是个秘密账户?这对你们来说,可真是个再好不过的消息。"武史又一次低头,看着柏木。"你说幻脑迷宫屋已经建了一半,前期投了不少钱,后期也有拆除的费用,这些我都知道。但这也不意味着资金都用完了吧?剩下的钱是怎么花的?你们在说明会上可能也公布了退款方法,但当时森胁先生并不在场。他投下的钱,你们偷偷留着,也不会有任何人察觉。不,不仅如此。说起来,这个项目各项经费的报价本身是否妥当呢?建设、爆破、拆除等工程,都是由柏木建设主要负责的吧?那每项花销的金额,你们岂不是可以随便定?换句话说,你们难道不是在自己跟自己下棋,既当棋手又当裁判吗?"

"喂!"柏木大吼一声,站了起来,"就算你是神尾老师的弟弟,说话也要有些分寸!我乖乖配合你,你还蹬鼻子上脸了!你难道想说,我们公司虚报了开支?我告诉你,我们做这个项目是不计得失的。换作别的公司,开销要多上近一倍。明明什么都不知道,还在这儿睁着眼睛说瞎话!"

"我的确什么都不知道。那如果换成你的神尾老师呢?他对金融问题了如指掌,也许会更深入地思考这个问题吧?如果他意识到事情并不是我所说的那么简单,而是牵涉到复杂的阴谋,那又会怎样呢?在这种情况下,主谋们要是知道自己的事已经败露,难道不会觉得神尾英一很碍眼吗?"

"您……"牧原的声音在颤抖,"您是在怀疑我们?觉得是我们对神尾老师下了毒手……"

"既然刚刚的推理是成立的,就不能说这种可能性为零吧?"

"真是受不了!我还以为你要说些什么呢!"柏木恶狠狠地说,"简直胡说八道!我们走,牧原。亏我一开始还觉得这个主意挺好玩!我们可不是闲人,没时间在这儿陪你这个大叔瞎折腾,演这么一出闹剧。大家都是这么想的吧?赶紧散了吧!"

"这可不是在演闹剧!"武史强有力的声音在教室内回荡着。这不是英一的声音,而是他本人的。

武史登上讲台,背对众人站到了讲桌后面。身形一旋,他脱去棕色西装,露出里面漆黑的衬衫,随后他转过身来,面对大家,原本白色的口罩也换成了黑色。等他从讲桌后走出来,西裤也变成了黑色的。现在的他一身黑色装束。

"现在进入演出第二幕!"所有人都目瞪口呆,武史像唱读宣言一样高声说,"揭开真相的时刻到了!今天,我要在这里当场抓住杀死哥哥的真凶!"

柏木顿时像是被灭了气焰一样,往后退了几步。"这家伙……够凶的啊!"

"废话!人命关天,怎么可能心平气和?好了,如果你明白了,就坐下来吧。"

柏木气势减了一半,重新坐回座位上。"既然这样,再多待一会儿也不是不可以。但你连证据都没有就突然把我们当凶手对待,这又算什么?"

"我没有把你们当凶手,只是说有这样的可能。刚才我的推理也不是突发奇想。幻脑迷宫屋项目所动用的资金,大概是以亿为单位的吧?这里面发生了什么丑闻也不足为奇。"

"我不是说了吗,根本没有这种事!要说几遍你才明白?"柏木一副受够了的样子。

"那么,牧原,"武史指着牧原说,"守灵夜那天,你为什么不敢正视遗像?"

牧原不停地眨着眼睛,问:"什么?"

武史把身体转向教室前方的大屏幕,啪地打了个响指,屏幕上立刻开始播放视频。真世看到正在播放的画面,吃了一惊。镜头从正面拍下了正在诵经的僧侣,也能看到棺材——是守灵夜那晚的会场。

没过多久,画面中开始出现其他人,真世更加惊讶了。身穿丧服的柏木在棺材前站定,往棺材里看了看,然后冲着镜头开始上香。

"喂,这是怎么回事?"柏木脸色大变。

"正前方不是挂着哥哥的遗像吗?我在他的眼睛里装了摄像头。你们现在看到的画面,就是遗像里的摄像头拍下的。"

武史说得轻描淡写,但就连真世也是头一次听说这回事。她努力回想武史到底是什么时候安装的摄像头。她想起守灵夜开始之前,她和野木在休息室商量事情,那时武史一个人待在会场。

一定就是那时候安装的。

真世注意到,这个摄像头就是之前装在武史房间那幅画上的针孔摄像头。那天她回家去找英一的遗物时,先到家的武史正好从二楼下来,应该就是去取摄像头的吧?

"你不能这么做。我完全不知情,你这是偷拍!"柏木语气粗暴地抗议道。

"不知情?偷拍?你这么说就是在找茬了。不是事先告知过各位,在守灵夜和葬礼的现场会有摄像机进行拍摄吗?"

柏木一下子不知如何回应了,他不能认同这种做法,但也无法反驳武史的话。

"当然,我得承认,拍摄目的不仅仅是为了留下记录,还是为了找出凶手。之所以让大家上香前先瞻仰遗容,也是要让凶手出纰漏,找出他的破绽。"武史环视着大家,"杀害哥哥的凶手来到吊唁现场,如果听说要先瞻仰遗容,一定会很紧张。他应该会对自己说,千万不能把视线挪开,不然会被人怀疑的。然而,真正瞻仰遗容时,凶手反而会放松下来,因为棺材里的遗体是闭着眼睛的。瞻仰完遗容后,凶手会到上香台上香。早已放松警惕的他这时才会意识到,遗像上的人是睁着眼睛的。也就是说,作为凶手,这时的心理负担会更大。和瞻仰遗容时不一样,凶手会不自觉地想要挪开视线,避免和被他害死的人直接对视。"

原来是这样!真世再一次对武史的周密考虑感到佩服。瞻仰遗容这一步不过是虚晃一招,相当于一枚弃子。

屏幕上出现了柏木的脸部特写。他双手合十,目光诚挚,一动不动地看着摄像头,也就是遗像。鞠了一躬后,他离开了画面。

"不愧是一流企业的接班人,仪表堂堂,看遗像的时候眼神也没有丝毫躲闪。"

也许柏木并不反感武史的表扬，他的表情稍微缓和了一些。"那是当然，我以前给神尾老师添了不少麻烦。上香的时候我打心底里盼望老师还活着就好了，发生了这种事，真的让人非常难过。"他恢复了礼貌的措辞和语气。

"原来如此。"说着，武史又打了一个响指。特写没了，拍摄画面恢复到原样。接下来出现的是沼川，他的举动和柏木基本一致，虽然注视遗像的眼神没有柏木那么坚定，但也没有动摇。

接着走来的是牧原。他看了看棺材里面，然后慢慢走到上香台。上完香后，他双手合十，闭上了眼睛。出现他的面部特写时，他双眼已经睁开，但视线微微往下游移，很明显没有正视镜头。随后他从画面上消失了。

武史打了个响指，画面静止下来。"请你解释一下，你为什么不正视遗像？"

"我没印象了……我觉得自己好好看了老师的遗像的。"

"但是影像记录在此，证据确凿。请你回答我，为什么不敢直视哥哥的遗像？难道你做了什么亏心事？"

牧原半张着嘴，使劲摇头。"没有的事，请相信我！"

"把你介绍给森胁先生的正是哥哥，所以森胁敦美才会因为父亲存款消失一事去找他。他觉得自己也有责任，于是来问你。你觉得私吞别人财产的事瞒不下去了，又听说三月六日，也就是周六晚上哥哥要外出，便伺机潜入他家中，等哥哥一回来就将他杀害。正因如此，守灵夜的时候，你才不敢正视遗像。难道不是这样吗？"

"不是！事情怎么可能是这样？我当晚一直待在家里，真的。"

"那好，森胁先生的存款去哪儿了？请你马上解释一下。"

"这……"牧原困惑地看向柏木。

柏木哀叹一声，说："真拿你没办法啊，牧原！你为什么偏偏要在守灵夜做出一些让人起疑心的事？"

"我真的不记得自己是那样的……"

"算了！既然都被怀疑到这个份儿上，只能全说出来了，森胁先生应该会原谅我们的吧。"

"森胁先生会原谅你们？到底怎么回事？"

柏木叹了口气。"牧原，你来解释一下。"

牧原犹豫不决地低下头。"两年前，神尾老师把森胁先生介绍给我。森胁先生说，他想把分散在各处的资产集中起来，我就为他代办了开户手续。没过多久，他开始向这个户头转钱，金额居然超过了一亿日元，这让我很吃惊。作为银行职员，我自然会向他推荐各种投资项目。就是这时，森胁先生却说了一件让我意外的事。他说，他想把钱捐给慈善机构。虽然他没有明说，但这笔钱好像是他以前在海外通过洗钱等不正当手段得到的，他说他不愿意把这笔钱作为遗产留给家人，想用在对社会有益的事上。"

"哼，说得有板有眼的。"

"这都是真的。森胁先生说过，年轻时，他觉得做生意就要敢于冒险，但随着年龄的增长，他意识到这是一个很大的错误，所以才想回到老家，为家乡的发展做贡献。"

真世觉得他没有说谎，大体内容和武史从森胁邻居那里打听到的基本一致。

"所以你们才请他投资幻脑迷宫屋的项目？"

牧原点了点头，说："我向他介绍了这个项目后，他非常积极，说如果能把这笔钱用到家乡的发展上，也可以减轻他心里的罪恶感。但是，他不想让自己的名字出现在出资人中，也不想让他的家人知道这件事。我和柏木商量之后，决定采取购买会员的形式。只要支付二十万日元,就可以成为幻脑迷宫屋的VIP会员。这个方案推出后,已经收到数百个申请。经森胁先生本人同意,我们用了大约五百个人名,把他的资金全都转了过来。"

"既然是会员,就应该有凭证了。凭证存在哪里?"

"存在我们的保险箱里,这可不是瞎编的话。"柏木用稍显温和的语气说。

"我们以为一切就这样顺利解决了。可没过多久就发生了意外,森胁先生因为感染疫病,突然离世。他本来都打算注销秘密账户了,可还没来得及办理,人就去世了,我们只能默默祈祷,希望遗属不要注意到账户的存在。"

"我们也没料到迷宫屋的计划会因为疫情被迫取消。"

"你说得对,购买特别会员和出资不一样,必须全额退还。问题是森胁先生那部分怎么办?既然要退还,就不能不跟遗属说。"

"是我提出把这笔钱用在下一个项目上的。"柏木说,"我认为这样也符合森胁先生的意愿。先说明,我绝对没想过要私吞这笔钱,我不是那种趁人不备就偷拿别人一亿日元的小偷,更不可能因为这件事对神尾老师下毒手。"

武史满眼戒备。他慢慢点了点头,在原地踱起步来。过了一会儿,他停下脚步,再次俯视牧原。"关于这件事,你是什么时候和哥哥联系的?"

"三月六日的白天。"

"六日?就是哥哥遇害那天。"

"是的,那天老师先给我打了电话,但我当时不方便接听。老师留了言,让我得空回个电话,我就直接回拨过去。我接到的电话是他家里的固定电话打来的,回拨过去时发现无人接听,我就打了老师的手机。当时老师好像已经出门了。"

"大概是在去东京的路上吧。哥哥电话里怎么说的?"

"老师说,昨天他见过森胁先生的女儿。对方给他留言,说打电话是为了咨询她父亲银行账户的事,老师就跟她联系了。老师还说,他有事想问我,问我有没有时间见个面。我说周一晚上有时间,他就说那周一再联系,然后就挂了电话。"

听到这里,真世又弄懂了一件事,那就是为什么牧原的名字会出现在前田名单上。警方肯定查了英一的固定电话和手机,知道英一给牧原打过电话,牧原也联系过他。

"哥哥没有告诉你更多细节?"

"是的。他只是说,想问问我森胁先生账户的事。"

"听他这样说,你有什么想法?"

"总觉得心里有些不安。我不清楚神尾老师对这件事了解到什么程度,没准儿已经开始怀疑我们了。"

"所以守灵夜那天,你才会问真世,老师有没有对她说过什么关于你们的事?"

"是的。我不希望他误会,以为我们做了不正当的事。"

"所以你连遗像都不敢看?"

"也许吧,应该是无意识的。"

"好了,这样就能消除我们的嫌疑了吧?"柏木说,"至少我们没有动机。如果您还是不信,我们可以出示与森胁先生沟通的备忘录。"

"没有这个必要,我相信你们说的话。不过,"武史话锋一转,继续说,"你们只是摆脱了森胁先生存款消失一事的嫌疑,并不意味着你们不会是杀害哥哥的凶手。"

"您是铁了心要把我们当凶手吗?"柏木不以为然地摇头道。

"我刚才也说了,凶手事先知道哥哥周六那天要去东京。据我所知，知道这件事的人现在都在这间教室里了。之前你们见面讨论过同学聚会的事，从杉下那里听说哥哥要去东京的人，只有桃子、沼川和牧原。但是，可能还有别人从你们三个那里听说了这件事。"

"我可不知道，而且我有不在场证明，那天晚上我和朋友一起喝酒来着。"柏木不耐烦地说。

"牧原呢？你也和他们一起讨论了吧？"

"我是去了，不过我根本不记得杉下说过这些。周六我给老师打电话的时候，只知道他出门了，不知道他要去东京。不过那天晚上我是一个人在家，确实没有不在场证明。"

"我来说几句。"沼川举起手来，"三月六日，周六，我和往常一样在店里工作。这个问一下员工就能确认，客人应该也有印象。"

"我当晚和熟人一起打麻将来着。"原口说，"这事我也跟警方说过。"

坐在真世后面的桃子戳了戳真世的后背。"我没有不在场证明，怎么办？而且我也知道老师要去东京。"她凑到真世耳边问。

"你什么都不用说。"真世小声回应，"我叔叔根本没怀疑过你。"

"那就好……"

武史开始在课桌间来回走动。"其他人呢？有不在场证明的不如都出来讲几句。怎么了？没有吗？"

有人举起了手，是九重梨梨香。武史向她走去。"你有不在场证明吗？"

"有。"九重没有看武史的脸，目视前方答道，"我跟警察也说过了，而且我根本不知道神尾老师三月六日要去东京。不信的话，请去问那些碰头讨论过同学聚会的人，没人跟我说过这些。"

武史凝视着她的侧脸。"三月六日晚上，你在哪儿？"

"这个涉及个人隐私,我不能回答。我只能说,我和某个人待在了某个地方。"

"能告诉我对方的名字吗?"

"对不起,不能。"

"只说和某个人待在某个地方,可算不上有不在场证明。我不知道你跟警察是怎么说的,但对我来讲,你仍然是嫌疑人,而且嫌疑重大。"

九重梨梨香终于转过脸看向武史。"如果是我杀了神尾老师,那我的动机是什么?"

"动机?动机不明也没什么。推理作品中的侦探的确常常从作案动机入手来寻找真凶,但现实中的警察根本不在意这些。只要通过科学的搜证抓到凶手,动机什么的就让凶手本人去慢慢解释就好。好了,怎么样,三月六日晚上,你在哪里?或者说,你和谁在一起?至少回答其中一个问题吧?"

九重梨梨香似乎有些动摇,她陷入了沉默。这时候,坐在她身旁的钉宫克树突然抬头看着武史说:"是我。"

"你说什么?"武史问。

"和九重见面的人是我,她和我在一起。"

教室里的人听到这句话,反应很是复杂。和昨晚的真世一样,大家一方面觉得两人终究还是在一起了,另一方面仍会感到意外;既觉得钉宫应该是被九重梨梨香迷住了,又觉得九重接近钉宫,无非是为了商业目的。

"是这样吗?"武史问九重梨梨香。

九重一副不情愿的样子,微微点了点头。

"原来是这样……"武史喃喃道,用右手捂住眼角,看上去在苦苦思索什么。过了一会儿,他放下手,仰头做了个深呼吸,然后看着钉宫。"我想起了刚才的作文,你也算完成了津久见的遗志。你应该很重视友情吧?但包庇可不是真的对朋友好,有时也要敢于抽身。"

钉宫脸上露出困惑的神情。"这是什么意思?"

武史站到九重面前,盯着她的脸。"说到底,你不是静香啊。"

"什么?"

"真正的静香不会背叛大雄,"武史边说边走,最后站在了杉下面前,"也不会和'出木杉英才'搞婚外情。"

杉下像受到电击一样睁大了眼睛,他微微直起上身,说:"您在说什么?"

"我来问问你的不在场证明吧。三月六日,周六晚上,你在哪里?"

"我……我没有义务回答这个问题。"他的声音变了调子。

"你也被警方询问过不在场证明了吧?你是怎么回答的?还是说你无法回答这个问题?怎么了,连这个都说不出来吗?"

杉下绷着脸,低下头,沉默不语。

真世再次觉得眼前的状况让她摸不着头脑。出木杉英才也是《哆啦A梦》中的人物,成绩优异,样样精通,是让大雄感到自卑的优等生,确实和杉下很像。可是这个杉下竟然和九重梨梨香有婚外情?她之前从未听武史提起过。这么重要的事,他为什么一直不说?不,更重要的是,武史是怎么发现的呢?

武史把双手撑在杉下的桌子上。"那让我来替你回答吧。周六晚上和九重梨梨香在一起的,不是钉宫,而是你。地点是情人旅馆,对吧?"

这句话带来的冲击,远比刚才钉宫的发言要强烈得多。原口等人不由得从椅子上腾地站了起来,椅子发出了砰的声响。

"胡说八道！我还以为你会说什么呢。"九重一拍桌子，也站了起来。"柏木说得对，这就是一出无聊的闹剧，我可没时间陪你们继续耗下去，赶紧散了吧。"

"不不不，我收回自己的话，我现在不觉得这是闹剧了。"柏木抬起手说，"事情一下子好玩起来了，我打算奉陪到底。"

"请便吧，我回去了。"九重大步往外走去。

"现在走可就完全洗不清嫌疑了。"武史冲着她的背影说，"这样也无所谓吗？"

九重梨梨香停下脚步，转头瞪着武史。"我不是说了，我有不在场证明吗？"

"的确，你是有不在场证明。情人旅馆的监控应该拍到了你开车的样子。但是他呢？录像里也有杉下吗？副驾驶上是没有人的吧？杉下为了避免被人看到，平时可能会故意藏到后座。但那天不是这样吧？实际上，那天并没有其他人在你的车上。"

武史把视线重新投向杉下。"杉下到达情人旅馆的时候，比九重晚了近一个小时。在那之前，他人在哪儿，做了什么？让我来说说我的推理吧。杉下去了我哥哥家，等哥哥从东京回来，就实施袭击，勒住他的脖子，杀了他。"

杉下目瞪口呆，说："不是这样的。您到底在说什么？"

"你说过，上上周六你打电话给哥哥问候过。"武史没管杉下什么反应，继续往下说，"你说，打电话时，他让你给他推荐东京的酒店，但除此之外，他还对你说了别的对不对？他说的正是你和九重梨梨香的事。具体经过我不清楚，但他知道了你们两人的暧昧关系，让你尽早放弃，否则就告诉你的夫人。你听了之后，觉得这样下去会身败名裂，于是决定杀了他。"

真世觉得心脏都要跳出胸口了。该不会真的——

"胡说八道!"杉下双手拍桌,站了起来,"这怎么可能?"

"你阴谋得逞,然后去了和九重约好的情人旅馆,告诉了她事情的经过,让她温柔安抚了你杀人后的激动情绪,对不对?"

"适可而止吧!疯了吗你!"

武史不顾杉下的怒吼,走近九重。"杉下去情人旅馆本就不是为了制造不在场证明。他不想让人知道自己有婚外情,自然不能向警察提起这些。但你想到,只要再找一个对象,说他当时和你待在一起,就可以为自己做出不在场证明。而且你手机里还留有定位信息,所以你想到利用钉宫。"武史回头看了看后面,"是不是,钉宫?你是受九重所托才撒的谎,其实你在自己家里,对吗?"

钉宫没有回答,他痛苦地看了看九重,垂下了头。

武史再次回到杉下面前,伸手指着他。"是你杀了我哥哥,杀死了神尾英一,你认罪吗?"

"不是!我没有杀人!"杉下扭动身子,表情狰狞,"梨梨香……我承认自己是和九重在一起,但我真的没有杀害老师,真的没有,请相信我!"

杉下眼看就要哭出来了。武史冷冷地注视着他,然后点了几下头,又走近了讲台。

"杉下的反应还是可信的。如果他这是演出来的,那演技可真是太好了,但我刚才说的这种可能性还是不能完全打消。接下来只能看看他们的深层心理了。"武史转向屏幕,打了个响指。

视频继续播放。刚才是守灵夜,现在变成了葬礼会场。僧侣的位置有所变化,真世看出了其中的区别。

杉下出现了,他站在棺材前,向上香台走去。镜头拉近,杉下抬头看着遗像,进香后双手合十。然后他再次对着遗像鞠了一躬,便从画面上消失了。在真世看来,他的双眼一直紧紧地盯着遗像。

武史按下了暂停键,环顾教室。"听听大家的意见吧。看了刚才的录像,大家有什么感觉?桃子,你觉得怎么样?"

突然被点名,真世感到后排的桃子很紧张。

"我觉得杉下一直在盯着遗像看。"

"好。我也问问别人吧,原口,你怎么看呢?"

"我也这么觉得,我没看出来他有意挪开视线什么的。"

柏木举起手说:"我也赞同。"

"好。"武史说着话,走近杉下,"大家一致认为,没有从你凝视遗像的眼睛里看出愧疚。"

"那当然了!我什么都没做,没理由觉得愧疚啊!"杉下的声音里满是愤怒。

"什么都没做?你是说,即使搞婚外恋,也不会无颜面对恩师?"

杉下尴尬地低下头。武史拍拍他的肩膀,说了句"你坐下吧",来到了九重梨梨香面前。

"那好,冒牌的静香,你怎么样呢?参加葬礼时,你直视遗像了吗?"

"你确认一下就知道了。"九重瞪着武史的脸,语气坚决地说。

"好,确认就确认。"武史打了个响指。

视频继续播放。没过多久,九重梨梨香出现了。她像时装模特一样,先从容地走到棺材前,又走向上香台,目光转向了遗像。她上了香,合拢双掌,然后松开手,再次瞻仰遗像。她悲伤的神情看起来有些做作,但她的确没有移开视线。

视频暂停时,九重像打了胜仗一样骄傲地问:"怎么样啊?"

"完美!简直像个演员。"

这句话让九重瞬间皱起了眉头,但她很快又露出笑脸。"我不懂你说的意思,就当是对我的表扬吧。"

"你为什么要和一个有妻室的男人谈恋爱?这可不像你的风格啊。"

"不是恋爱,只是生意伙伴而已。"

"果然是这样,"武史回头看着杉下,"说的应该是他的公司正打算做的一项业务吧?计划把《幻脑迷宫》打造成网络游戏。"

九重抬了抬眉毛。"你知道的还真多。"

"我是从业内的朋友那里听说的,有好几家IT公司都提出要把《幻脑迷宫》做成网游,杉下的公司就是其中之一。"

"等等,这件事我可没听说过啊。"柏木插嘴了。

九重冷冷地说:"我没有义务告诉你,这跟你没有任何关系吧?"

这时,坐在真世身后的桃子突然对着前方"啊"地叫了一声。真世顺着她的视线看去,原本已经静止的视频画面不知何时又播放起来。

这次出现的是钉宫。他小心翼翼地走近棺材,双手合十,然后微微低着头,走到上香台上了香。上完香后,他闭上眼睛再次合拢掌心。接着他放下手,抬起了头。

那一瞬间,真世不寒而栗。她身后的桃子也发出了疑惑的声音。

钉宫一直闭着眼睛,就这样鞠了一躬,转身离去,消失在画面中。

真世看向钉宫,只见他茫然地盯着屏幕。其他人的目光也集中到他身上。钉宫只是喃喃地说:"怎么回事?这不可能,我没有闭眼,我明明仔细看了老师的脸啊。"

"这只是你自己的想象吧?"武史走近钉宫,语气淡定。这说明现在的一切都在他的意料之中。

"你心里是想着不能挪开视线,但罪恶感和恐惧感让你无法睁开眼睛。你以为自己没闭眼,其实是在自欺欺人。"

"没有!绝对不是!"钉宫站起来,指着屏幕喊道,"这视频一定被做过手脚!"

武史端详着钉宫的脸。"为什么这么生气?你可以说不记得自己闭眼了啊,视频是拍到了这样的画面,但你只要说一句不知道自己为何要闭眼不就好了。"

"可是,你一直在说不敢正视遗像很可疑……"

"只是可疑而已,也不能就此断定凶手是谁,牧原就是一个很好的例子。他移开目光是另有原因的,你闭眼也可能有别的缘故。难道你真做了什么让人起疑的事?"

钉宫用力地摇了摇头,说:"没那回事。"

"既然如此,你干吗这么歇斯底里?要我说,你这个反应才让人觉得可疑!说起来,我是有一件事很好奇。你刚才给我看的信封上,收件人写着钉宫克树和神尾英一,但里面只有《我的朋友》这一篇作文。如果真的只有这一篇,收件人写你不就够了?为什么还要写上哥哥的名字呢?"

"我不知道。"

"也许信封里还装了其他想让哥哥看到的东西。你确定信封里只有刚才那篇作文吗?"

"只有那篇作文。"

"请把刚才的信封拿给我看看。"

钉宫从内兜拿出信封。真世看到他的手有些颤抖。

"你再打开看看。"武史说。

"你还有完没完!"钉宫从信封里取出刚才的稿纸。就在这时，有东西掉到他的脚边，像是一张折起来的纸。

"有东西掉下来了哦。"

钉宫把它捡起来，打开。下一秒，他瞪大了眼睛，脸颊也开始微微抽搐。

"看，这不是还有另一张纸吗？"武史在旁边说道，"好像是稿纸的复印件，应该也是什么作文吧？给我看一眼。"

钉宫一步步退到了教室的后方。"不可能的。为什么……"

"不可能吗？你是不是想说，那张纸应该已经扔掉了，或者说，应该已经烧掉了？"武史慢慢地走近他，"作文题目是《我的梦想》，作文中写道：'我有一个梦想，希望将来成为一名漫画家。但是我很不擅长画画，所以至今没有对任何人说过这个梦想，特别是我的朋友钉宫。我不好意思开口。钉宫也想当一名漫画家，他的画工非常厉害，是我望尘莫及的。'此外，津久见还在这篇作文中详细描述了他想画怎样的漫画。主要内容是说，一群天才科学家无法冷眼旁观地球环境遭到破坏，便打造了一个虚拟世界，企图摧毁现实中的地球。"

真世不知不觉屏住了呼吸，震惊得连话都说不出来。武史说的不就是《幻脑迷宫》的内容吗？

"你从津久见母亲那里拿到信封后，在来这里的途中确认了信封里的东西。你慌了神，不想这样的东西被人看到，就匆匆销毁了它。可是，相同的东西现在竟然又出现在了信封里，你当然会惊慌失措！"

钉宫表情痛苦地环顾四周。"这一切，难道都是设好的局……"

"别人什么都不知道，都是我一个人布的局，你就认罪吧！"

钉宫浑身颤抖着，转身想要逃跑。他打开教室的后门，飞奔出去。

原口站了起来,想追上去,但武史说了一句"不用追",他又坐了下来。

没过多久,走廊里传来了一声喊叫——高亢、绝望,近乎惨叫一般。

原口再次站起来,跑了出去,这次武史没有阻止。沼川和柏木也跟着冲出了教室。真世则跟在桃子身后一起跑到外面的走廊。

走廊上,一群刑警抓住了一个男人。被抓的正是钉宫,柿谷就站在他的身旁。

看到真世,柿谷走了过来。"他想跑到屋顶上去,我们把他抓住了。可能是想跳楼吧。"

"柿谷组长,你们为什么在这里?"

"您叔叔——神尾武史先生联系了我们,让我们看好这间教室,要是有人想从这里逃跑,就抓住他,因为那就是杀害他哥哥的凶手。"

钉宫被带走了。在这之前,真世先回到了教室。

教室里已经不见武史的身影,讲桌上只留下一副圆眼镜。

28

初中一年级，钉宫克树和津久见直也在同一个班。一个是不起眼的少年，另一个则是人见人爱的校园明星。这样的两个人，很难想象他们会产生什么交集，但他们却因一次意外成了朋友。

一天，钉宫回家后打开书包，竟从里面摸出一个从未见过的铅笔盒，他立刻意识到自己拿错了书包。那天轮到钉宫值日，打扫卫生时，他把书包放在了走廊。大概是这个一模一样的书包也被放在附近了吧。

他正想着该怎么办，家里忽然来了客人。母亲很快来叫他，说是同班同学来找。钉宫纳闷会是谁，到了门口，发现是津久见站在那里，手里拎着书包。他一下就明白是怎么回事了。

"对不起，应该是我弄错了。"津久见递上书包。

钉宫确认了一下包里的东西。没错，这才是自己的书包。

钉宫急忙回房去取来另一个包，还给津久见，津久见看也不看便点头道："没错，是我的。"然后他又有些不好意思地说："我……想知道是错拿了谁的书包，就看了看里面的东西……"

"嗯，一般是会这么做。"

毕竟书包上没写名字。

"怎么说呢,我看到了一些别的东西。"津久见摸了摸脑袋,"《另一个我是幽灵》。"

钉宫不由得"啊"了一声。那是他当时正在创作的漫画,平时他不会带到学校去,恰巧那天他想去图书馆找些参考资料,就顺手把它放进了书包。

"那个是你画的吗?"

"是……"钉宫答道。他心里十分不安,生怕自己会被嘲笑。

但津久见说的下一句话却是:"好厉害啊!你怎么能画得这么好!我吓了一跳,还以为是专业人士画的呢。"

"真的吗……"钉宫既惊讶又困惑。对方的反应完全出乎他的意料。

"故事也很有趣,我一翻开就停不下来了。"

津久见语气热忱,听起来不像是夸大或恭维。也许他多少有些愧疚,因为未经许可就擅自看了钉宫的作品。但钉宫听得出,津久见的赞赏都是发自内心的。他没有任何不愉快的感觉,还向津久见真诚地说了声"谢谢"。

"还有其他的吗?"

"其他?其他的什么?"

"你画的画啊!这肯定不是你画的第一部漫画吧?以前肯定也画过别的吧?"

"嗯,是有几部。"

"我猜也是,水平这么高,不可能一夜之间就画得出来。"津久见赞不绝口。说完,他用指尖挠了挠太阳穴,看着钉宫问:"你的作品都没给别人看过吗?"

"是,我没给别人看过。"

"那多可惜啊,画漫画不就是为了给人看的吗,有人看才有价值,你说是不是?"

"是倒是……"钉宫调整了一下呼吸,怯怯地看了津久见一眼,"那你要看看吗?"

"可以吗?"津久见的眼睛顿时亮了起来。

"先跟你说一声,画得很不好,都是以前画的。"

"没关系的!"津久见开始脱运动鞋。

钉宫把津久见领到自己的房间,给他看了之前画的几部漫画。那是他第一次把自己的画拿给别人看,也是他第一次邀请朋友进自己的房间。中途来送果汁和点心的母亲看到这一幕,非常高兴。

钉宫给津久见看的都是短篇,有的还没完结。即便如此,津久见仍然看得很入迷。他认真的侧脸告诉钉宫,他真的非常投入。

津久见一边看一边连连称赞"太棒了"。看完后,他盯着钉宫的脸说:"钉宫,你这家伙真是天才!你上小学的时候就开始画这样的作品了吧?简直让人不敢相信!"

"哎……这也没什么。"钉宫回答得很谦虚,但他其实也很开心。

"你以后一定想当漫画家吧?"

"我是这么想的,能当上就好了。"

"当然能,我打包票!你现在就能画出这样的作品,一定没问题的。太厉害了!我的朋友里竟然能出一位漫画家,真是太棒了!"

这句十分自然的"朋友"让钉宫内心震动,他感觉自己的脸都发起热来。津久见却并不觉得自己说了什么特别的话。

"对了,钉宫,你画漫画的事,我可以在学校跟大家说吗?"他语气轻松地问。

"这个,还是不要吧……"

"为什么？"

"万一被人笑话呢？"

津久见用力摆了摆手。"不会的！要是有人说什么，就把这个拿给他看，叫他无话可说。谁敢说闲话，我就去教训他们！我会说：'等钉宫成了知名漫画家，你可要跪下来道歉！'"

津久见的话让钉宫心里无比踏实。他也终于明白为什么大家都非常喜欢和信赖津久见了。他真的是一个坦荡大方又善解人意的同伴。

从那一天起，两人成了好朋友，日常聊的几乎都是钉宫画的漫画。并不是钉宫自己主动提起，而是津久见总喜欢问这问那，比如怎么会想到画那样的情节，人物形象和着装怎么定的。他似乎对漫画的创作过程非常感兴趣，甚至说："一般拍电影不是会有花絮吗？我有时候觉得，花絮比正片更有意思呢。"

和津久见成为朋友后，钉宫的校园生活也前所未有地顺利起来。之前因为他人老实，总有些霸道的同学喜欢把麻烦的值日任务强加给他，现在这种事不会再有了。

可是，升初二后，津久见却因白血病住院了。这个消息刚刚传开的那段时间，钉宫常常怀疑是不是哪里弄错了。津久见的身体一直很强壮，不应该生这样的病才对。

钉宫几乎每天都去医院探望他。每次去，津久见都说要看钉宫的漫画续篇或新作。虽然津久见的身体一天比一天虚弱，但他从来没有向病魔低过头。

可是初三刚开学不久，离别的时刻还是突然来了。

津久见病故两天后，大家为他守了灵，第二天办了葬礼。钉宫和同学们一起去为津久见送行。躺在棺材里的好朋友，身躯已经缩小到健康时体格的一半。唯一算是安慰的，是他面目安详，好像只是安静地睡着了。

葬礼结束后，津久见的母亲来找钉宫，说希望他有空能到家里来一趟。

"钉宫，我有件东西要交给你，是直也让我在他死后转交的。东西装在一个大信封里，封得严严实实。他说这是男人之间的秘密，让我绝对不要看里面的内容。"

钉宫摸不着头脑，到底会是怎样的秘密？

第二天，钉宫去了津久见的家，津久见的母亲递给他一个A4纸大小的信封。他想，也许是日记之类的东西。虽然他觉得两人之间一直无话不谈，但津久见心里或许还有些说不出口的事，比如对疾病和死亡的恐惧。他可能偷偷把内心脆弱的一面写了下来。如果是这样，不想让母亲看到也能够理解。

钉宫拿到东西后，立即回了家，到房间里打开了信封。信封里装着一个B5尺寸的笔记本。看到笔记本的封面，他有些惊讶，因为上面写着"创意笔记"。

打开笔记本后，他更是震惊得说不出话。里面密密麻麻写满了字，不是日记，也并非手记，而是各种各样的故事梗概，都是津久见的原创。

笔记本里大概有十个故事，有的很短，一页就结束了；有的则写了很多页。不少地方还画了插图，应该是他设计的人物形象。

原来是这么回事。钉宫心里一直未解的谜团终于有了答案。

津久见的梦想，也是成为一名漫画家。虽然不知道他是否决心以漫画创作为生，但他肯定希望尝试画出自己的漫画。这个笔记本就是为这个梦想准备的。他之所以很在意钉宫，想和钉宫交朋友，应该也是因为视钉宫为志同道合的伙伴吧。

可他为什么不肯向自己道出实情？钉宫想，如果他对自己说，他也想画漫画，就算谈不上给建议，钉宫也可以为他出出主意啊。看着津久见画的插图，钉宫心想，恐怕他是不好意思开口吧。坦率地说，津久见画得不算好。构图不太协调，线条也不够漂亮，男孩少了些帅气，女孩也可以更可爱。钉宫还在上小学的时候，就画得比这些好了。

津久见本人一定也意识到了这一点，所以才主要用文字书写故事梗概，而不是画下来。可能他也想画，但是看了钉宫的漫画后，觉得自己再怎么努力也赶不上对方，便放弃了。回想起来，津久见是说过这样的话："我要是也有钉宫那样的才华就好了！"

钉宫不由得想，要是津久见能把自己的想法对他说一说该多好。即使在专业的漫画家中，也有不擅长画画的人，但只要稍加练习，都能画得不错。读者当然会青睐画风特别的漫画，但对一部优秀的漫画作品而言，最重要的还是故事情节。

从这个角度来看，津久见笔记本上写的每一个故事都很有吸引力。既有科幻、冒险题材，也有主打青春校园、悬疑推理的创作，每个点子都充满了独创性，没有一个故事是对现有作品的重复。

其中，最吸引钉宫的是一部名为《零一大战》的长篇构思。故事发生在近未来，一位天才科学家对地球环境遭到破坏的状况感到绝望，于是他号召世界上其他有同样想法的科学家一起，进入了冷冻休眠状态。他们把自己的大脑连接到计算机上，以虚拟身份生活在广袤的虚拟空间中。不仅如此，为了摧毁现实世界，他们还控制了地球的电网。要阻止这一切，只能派人进入这个虚拟空间，找出他们的控制程序并终止。被选中执行这项任务的，是一位曾经闻名世界，后因一场事故四肢瘫痪的冒险家。他能拯救地球吗？

钉宫打心底觉得可惜。如果能将这个恢宏的构思创作成漫画，一定是一部杰作。钉宫把笔记本装进信封，放到书架上。他对自己发誓，纵使有一天家中失火，他也要带上津久见的心血再逃生。

可是，这样一份珍贵的馈赠，此后有段时间，钉宫却把它忘记了。当时的他，满脑子想的都是如何把自己的创意落实成漫画。

上高中后，他开始给漫画杂志投稿，作品几度入选佳作。毕业后，他考入了东京的私立大学。但他不想好好学习，只想用所有时间来创作漫画。

没过多久，出版社的编辑开始与他接触，给了他在杂志上正式刊载作品的机会。钉宫让编辑看了几部习作，编辑看上了《另一个我是幽灵》。钉宫重新创作后，这成了他的处女作。

之后，他又陆续发表了几部作品，但都是短篇。他也一直没有得到连载的机会。编辑说："就差一步了，好像还少点什么。目前的作品，我觉得都不错。但是情节过于完整，或者说着眼点太小，难以给人强烈的震撼力。我们这边还是希望你能创作一部突破性的作品。如果有，马上就能开始连载。"

这番话让钉宫很受打击，他当然也能理解，因为编辑说中了自己的瓶颈。

"下一部作品，你开始构思了吗？"

"还没有。"

"有什么想法了吗？有的话，说来听听。"

"有是有几个……"

钉宫说了几个想法，一边说一边观察编辑的神情，内心很是焦虑，因为对方怎么看也不像是感兴趣的样子。

"你先画画看，画好了再联系我。有了画稿，咱们再商量。有时候画出来给人的印象就完全不同了。"

总而言之，钉宫现有的想法依旧不怎么吸引人。

到底应该画什么呢？

钉宫回到家，重新回想了一下自己跟编辑说的那些点子，也觉得的确缺乏冲击力。这些都是自己擅长的题材，但格局太小，只是在自己的认知经验内打转。就连《另一个我是幽灵》也未能脱离日常生活。

没有好的创意，时间却在不断流逝，焦躁感包围了钉宫。如果就这样停滞不前，很可能会被编辑放弃。站在对方的角度来看，自己不过是很多潜力股漫画家中的一个。

就在钉宫郁闷难言的那段时间，一天，他突然想起了津久见的笔记本。考上大学后，笔记本也被他带到了东京，但一直放在纸箱里，一次都没打开过。起初，他没想太多，只是翻出本子，打算重读一遍。他记得自己第一次读时觉得很有趣，以为现在重读一定会觉得稚嫩，不过也许能从中得到什么启发。钉宫怀着这样的心情重读了一遍津久见的笔记。没想到，他再次感受到强烈的冲击。

这些故事确实有很多地方经不起推敲，需要打磨，但从根本上说，构思之独到让人不得不刮目相看。这个笔记本堪称创意宝库。

津久见曾说钉宫是天才，但钉宫此时才意识到，恰恰相反，津久见才是真正的天才，他只是还没有掌握将创意转化成画面的技巧而已。

笔记本上留下的每个故事构想都很优秀，但最吸引人的还是《零一大战》。以虚拟空间为故事背景的漫画、游戏和电影很多，但《零一大战》将其与现实中的环境问题结合起来，既巧妙又新奇，让人不敢相信是初中生的创意。

卧床不起的主人公可以在虚拟空间自由活动，这样的反差设计也别具一格。也许津久见是将病床上的自己投射到了角色上。

从那天起，《零一大战》的故事在钉宫的脑海里挥之不去。他想要独立创作出自己的作品，但每次回过神，都发现自己已经开始揣摩《零一大战》的角色形象，还不时动手画了起来。

就在这时，编辑联系了他，想知道他进展如何。

钉宫答道："正准备开始画。"

"那很好啊。是怎样的故事呢？"

钉宫开始介绍《零一大战》的情节。虽然他讲得非常简略，但对方的反应明显与之前不一样。

"和你以往的风格完全不同，格局也很大，我觉得很好！先画个开头试试，不用赶着收尾。"从对方的语气中，钉宫感受到了热切。

获得肯定的兴奋感和罪恶感在钉宫的心中角力。一方面，他觉得自己终于迈出了一步；另一方面，他又感到迷茫——真的可以这样夺走应该属于津久见的东西吗？

可津久见已不在人世，如果自己不画，《零一大战》就不可能为人所知。更重要的是，现在谁也不知道这是津久见的作品。

画下去！钉宫下了决心。现在不是犹豫的时候，要是错过这一时机，他就永远得不到连载的机会。

从那以后，他全身心投入到创作中。大约一个月过去了，他抱着完成的画稿到了出版社。编辑当场翻看起来，看着看着，脸上的表情越来越严肃。不一会儿，他说了句"请稍等一下"，拿着漫画稿纸离开了。

没过多久，编辑回来了，身后还跟着一个上了年纪的男子。钉宫接过他递来的名片，顿时紧张起来。是主编。

之后的事情出乎钉宫的意料。对方问他，要不要就从这次的漫画开始连载，还说可以先试着在杂志上连载十话左右，如果读者反馈好就继续下去。

钉宫一时难以相信，声音颤抖着回答："我一定好好画。"等他回到家中，把主编的名片放进抽屉收好，才有了一些真实感。

后来钉宫和编辑沟通过很多次，最终，漫画的题目从《零一大战》改成了《幻脑迷宫》，人物形象也做了调整，但故事情节基本没动。就这样，连载开始了。第一话的内容是，世界各地出现极端天气，造成可怕的自然灾害，政府官员来到因事故卧床不起的主人公家里，对他说："只有你能拯救地球！"这也是第一话最后一幕的台词。

杂志发售那天，钉宫从早上睁开眼的那一刻起，心情就难以平静。读者会有什么感想呢？他在附近的书店前徘徊了很久，虽然知道这么做也没用。

漫画的评价如何，可以通过对读者进行问卷调查来了解。几天后，有人联系钉宫，告诉他《幻脑迷宫》在人气榜上排名第五。这个成绩到底是好是坏，钉宫自己无法判断，编辑说还算过得去。

之后一段时间里，《幻脑迷宫》的榜上排名基本稳定在第五名和第六名上下。随着主人公在虚拟空间的冒险正式开始，排名逐渐上升。编辑说，现实中四肢瘫痪的主人公在虚拟空间里像超级英雄一样，这样的反差很受欢迎。

没过多久，《幻脑迷宫》斩获人气榜的榜首，正式获得了连载资格。这个结果给了钉宫信心，他相信自己是能靠漫画为生的。他说服了父母，从大学退学了。

虽然《幻脑迷宫》有过几次停载，但这部漫画最终连载了近十年。如果钉宫愿意，他还能继续画下去，因为这个故事本就有着巨大的发挥空间。连载结束后,钉宫接受过几次采访。每次采访,记者都会先抛出这个问题:"您是怎么构思出这样气势恢宏的故事的?"

他的回答是:刚出道时,自己主要以日常生活为出发点进行创作,但编辑希望他打破自己的模式,于是他想,干脆以整个地球为舞台,再在虚拟空间里创造另一个世界,把它当作另一个舞台。他就这样孤注一掷地画了起来,这才获得诸多好评。

钉宫当然不能提津久见留下的笔记。有时候,甚至他本人都没有察觉到自己在撒谎。一直以来,他无日无夜不在想着如何画出《幻脑迷宫》,不知不觉中,他已经以为一切都是自己创造出来的了。

《幻脑迷宫》拍成动画片后也大受欢迎,同时提高了这部作品的知名度。钉宫身边的人的态度也发生了变化,那些曾经居高临下地和他打交道的人开始说起了奉承话,不再有人轻视钉宫的意见。

在家乡,钉宫一夜之间成了英雄,竟然还有人提出要修建幻脑迷宫屋。因为合同是通过出版社签订,钉宫其实很久之后才知道对方的代表企业是柏木建设。这家公司的副社长柏木广大是他的老同学,小学时钉宫经常被他欺负,也许柏木本人都不记得这些了吧。

除此之外,九重梨梨香的态度也来了个一百八十度大转变。她通过出版社和钉宫取得联系,还对负责人说:"他可是我初中时相处得最好的异性同学了。"

对初中时的钉宫而言,与其说九重梨梨香是自己喜欢的女孩,不如说她是让他倾慕又不敢靠近的"女神"。他觉得自己这种人对她有好感,就像是癞蛤蟆想吃天鹅肉。他们之间谈不上什么相处,他根本就不记得自己跟她正经说过话。但就是这个梨梨香,现在竟然想来见自己，钉宫听说后，心里美滋滋的。

时隔十几年再次见到梨梨香，钉宫几乎说不出话。眼前的她美丽、成熟、性感。就在这时，梨梨香突然叫了他一声"克树"，她可从没这么称呼过他。虽然钉宫知道她这么做是出于商业目的，但心里仍然很高兴。正因如此，当梨梨香对钉宫说，她所在的公司想全力支持钉宫，问他能否合作时，钉宫找不到拒绝的理由。

收到同学聚会的邀请时，钉宫觉得这是一个好机会。虽然幻脑迷宫屋项目受挫，但家乡的人们一定对《幻脑迷宫》还抱有期待。要是他回去，一定会有很多人来谈各种方案。他想直接听到这些声音，而不是由出版社传达。他也想让老朋友看看自己有多成功。当然，他也知道，要注意不能让别人觉得他自高自大。

不出所料，回到小镇后，几乎每天都有人联系他，找他商议与《幻脑迷宫》有关的商业企划。还好有梨梨香在自己身边，她对外宣称自己是钉宫的经纪人，切断了其他人与钉宫直接沟通的可能。就连柏木也无法违拗她的意志。听到柏木强忍着屈辱叫自己"老师"，钉宫心里别提有多痛快。

也正是梨梨香提议先去见见神尾老师。她说，柏木等人为了和钉宫合作，一定会请神尾老师帮忙。她要先发制人。

多年不见，神尾老师年纪大了，但看起来依然神采奕奕。他对钉宫说，他知道钉宫很成功，为他感到非常骄傲。说了柏木他们的事之后，神尾老师也点头表示明白了。

神尾老师后来主动联系钉宫，是一周后的三月二日。他说想谈谈同学聚会的事，问钉宫能不能见个面。两人约在了第二天晚上。钉宫完全不知道神尾老师要找自己谈什么，电话里老师的声音很明朗，不像是要谈什么严肃的事。

第二天，钉宫去了神尾老师家。神尾老师笑着说："我想在追思会上朗读津久见的作文,你没问题吧?"

"津久见的作文?"

"你还记得吗?初三刚开学的时候,我布置了一篇作文,津久见当时在住院,但也写好交了上来。我一直没机会把作文还给他,后来把文章和你们毕业文集的稿件一起保管起来了。"

"是吗?对不起,我记不清了。不过,这件事为什么要找我商量?"

"因为我觉得他作文里写的内容和你有关。"

"和我有关?"

"你看了就明白了。"神尾老师递给他几张装订好的 B4 大小的稿纸。

钉宫接过来,见上面是工工整整的铅笔字,是他熟悉的津久见的笔迹。作文题目是《我的梦想》。

"我有一个梦想,希望将来成为一名漫画家。但是我很不擅长画画,所以至今没有对任何人说过这个梦想,特别是我的朋友钉宫。我不好意思开口。钉宫也想当一名漫画家,他的画工非常厉害,是我望尘莫及的。"

读着读着,钉宫的手开始颤抖起来。

津久见在作文里详细写下了自己想要创作的漫画故事——一群天才科学家想利用虚拟空间实施令人发指的地球毁灭计划。这正是《零一大战》的内容,而且津久见并不是只写了简单的概要,他详尽地讲述了整个故事。

钉宫读完,慢慢抬起头。神尾老师问他:"你觉得怎么样?"

"什么怎么样⋯⋯"

"你是知道的吧?津久见其实也想当一名漫画家。虽然他写这篇作文的时候还不好意思对你说,但后来他只对你一个人吐露了心声，是这样的吧？"

钉宫没有作答，只是沉默着。神尾老师接着说："你的那部作品——你的代表作《幻脑迷宫》——我第一次读就觉得似乎在哪里见过。直到最近我才想起来，就是津久见在作文里提到的故事。为什么他的故事会被你画成漫画呢？我稍微想了想，大致明白了。我猜，一定是津久见托付你去创作的。他去世前，应该拜托过你这件事吧？他是不是说，希望有一天这个故事能画成漫画，这是他的心愿。是这样吗？"

钉宫无言以对。这是一个彻头彻尾的误会，但老师这样想也不无道理。钉宫没有做出任何反驳，让神尾老师更加确信了自己的猜测。

神尾老师的眼睛更亮了，他继续说："我意识到这一点之后，心里非常激动。我想，这是多么牢固的纽带，多么深厚的友谊啊！《幻脑迷宫》是你和英年早逝的挚友共同创作的作品。这么感人的故事实在可遇而不可求。这篇作文我之前从来没有对任何人提过，但听说这次同学聚会要举办津久见的追思会，我觉得是让大家知道这个故事的最佳时机。"

这句话几乎让钉宫气结晕倒——老师打算在大家面前公开这篇作文！

"你觉得怎么样啊？我觉得应该没什么问题。"

神尾老师还在不紧不慢地往下说，钉宫却想堵住他的嘴。怎么可能没问题？

"不，那个，老师……这事有点问题。"

"嗯？哪方面的问题？"

"其实我和津久见有个约定。他说，他想成为漫画家这件事，要一直替他保密。"

神尾老师不解地皱起眉头。"为什么?"

"就像作文中写的那样,让大家知道的话,他会非常不好意思。"

"有什么不好意思的?这不是很好的梦想吗?而且在某种意义上,他也实现了自己的梦想,虽然借助了好友的力量。"

"但是,那个……还是希望您不要提这件事。关于《幻脑迷宫》,这是我和津久见两人之间的秘密……求求您了!"钉宫鞠了个躬。

神尾老师似乎还是无法接受他的说法,一直歪着脑袋,十分困惑。"我觉得这是一段佳话,如果这个故事流传开来,《幻脑迷宫》应该会更受关注,卖得更好吧?"

"还是不必了,我不想因为这种事被关注。"

"是吗?"神尾老师虽然不理解,还是点了点头。"既然你都说到这个份儿上,我也不强求。好吧,这次就算了。以后也许还有机会,我再和你商量。"

"知道了,谢谢您。"

"不过真是可惜,本来想讲给大家听听的。"

神尾老师不舍地看了看作文,站起来走到书架前,抽出一本文件夹。

"这是你们那届的毕业文集,里面应该也有你的文章。看,就在这里,三年级一班,钉宫克树。"

那一页好好收着折叠起来的钉宫的作文。钉宫完全不记得自己写了什么,他读了一下,果然没写什么大不了的内容,总共也只有两张稿纸而已。

"这个我先放回去了。"神尾老师把津久见的作文小心翼翼地收到文件夹中。

从神尾家告辞后，钉宫的心情无法平复。津久见的作文一直萦绕在他的脑海里，真没想到，神尾老师那儿竟然还有这样一篇东西。

虽然他这次让神尾老师打消了在同学聚会上朗读那篇作文的念头，但今后要是再举办什么活动，老师可能还会有这样的想法，又来问他。不，先来问了他也还好，但万一他不和自己商量就告诉了别人呢？毕竟神尾老师认为那是一段"佳话"。作为公开话题，神尾老师还会来问他，如果是私人聊天呢？也许神尾老师会觉得，说之前先跟对方打个招呼，讲清"这话只在这里私下说"就不会有问题。谁也不能保证他会不会说，又会和几个人说。

如此一来，今后会怎样呢？如果听了这个故事的人都能遵守约定，闭口不谈就好了，但这是不现实的。肯定会有人想在社交平台上发帖子吧，说不定还会拍下那篇作文，公开晒图。在这个时代，这种消息很快就会扩散开来。

前几年，网络上有人指出，某部漫画盗用了另一部著名漫画的构图。于是好几个网站将那部作品和原作的相关场景逐一并排比对，公开讨论是否构成抄袭。这种情况下，已无法再用简单的巧合二字来辩解。出版社做出回应，表示"细节正在调查中"。没多久，作者就公开道歉，最终宣布封笔。

想到这里，钉宫浑身颤抖——同样的事会不会发生在自己身上？他曾接受过几家杂志的专访，记者问到他是如何构思出《幻脑迷宫》时，他洋洋洒洒回答了很多。可以想象，如果津久见的作文曝光，读过这些报道的人一定会感到惊讶，觉得自己上当受骗了吧。他无法不在意这些事。

业界的反应也让他害怕。他的才华会遭到质疑，出版社的编辑也会对他失望透顶。他还很在意九重梨梨香和柏木，他们一定会再次抛下自己，甚至蔑视自己。梨梨香他们说不定还会来索要赔偿。

总而言之，对钉宫来说，那篇作文永远不可以被公开。可只要作文还在神尾老师手中，他就无法控制这一切。这次的同学聚会也让人很不放心。要是神尾老师在昔日学生的包围中，一时情绪高涨，不小心说漏了嘴怎么办？这种事完全有可能发生。

不管怎样，得想点办法。只要那篇作文还在这个世界上，自己的内心就不会安宁。

他首先想到的是把文章偷走，比如潜入神尾老师家里，偷走那个文件夹。不，如果连文件夹都偷，就太明显了。如果只是抽出那一篇作文，可能连老师自己都不会注意到有东西失窃了。但是，万一他注意到了呢？即使现在没有察觉，之后他再想确认文件该怎么办？一旦看到津久见的作文不见了，他会不会首先怀疑自己？

不如就连值钱的东西一起偷走吧。装成小偷，把家里洗劫一通，再把那份档案一起顺走。

想到这里，钉宫又摇了摇头。

这样是行不通的。一般的小偷不会偷初中生的毕业文集；而且只偷钉宫那一届的档案，也很不自然。要偷，就要把家里所有东西都偷走，但这么做是不可能的。

这时，钉宫突然有了一个主意。不能偷走所有东西，那把东西弄丢是可以做到的吧？不！最好是烧毁。放一把火将一切都烧掉，就没人知道凶手的目的是什么了。纵使是神尾老师本人，也不会想到凶手盯上的是津久见的作文。神尾老师家的房子是一栋老式的房屋，一点火，火势马上就会蔓延开来。

只要那篇作文消失，神尾老师再怎么说都没关系了。没有了证据，自己只要装糊涂就行。而且如果家中失火，神尾老师应该也就无暇顾及那篇作文，迟早会忘记的。

他越想越觉得这是一个好主意。除此之外，他也没有别的办法，只能这么做。更何况，他还有一个执行计划的绝佳时机。

钉宫到神尾老师家见他那天，进门没多久，就听到有人打来电话。钉宫从神尾老师接起电话后的应答中得知，老师周六晚上要去东京和某人见面。钉宫也知道，神尾老师的女儿真世在东京工作。虽然他不清楚老师为何去东京，但老师很可能会顺便去看看女儿，这样一来，当晚就要在东京住上一宿。到时家中无人，即使火烧起来，也不会有人及时报警。最重要的是，他不想让神尾老师卷入火灾。

三月六日，周六晚上，钉宫怀里揣着装打火机机油的小油罐、火柴、旧毛巾，离开了家。为了防止摄像头拍到自己，暴露身份，他故意压低了长檐帽，戴上口罩，披上了黑色的风衣，这些装备都是专门为这一天准备的。他买的都是批发零售的商品，确保自己的身份无法被追踪到。作案后，他打算立即销毁这些东西。

他走近神尾老师家，确认周围无人后，迅速跑到大门口，打开门，溜进了院内。他戴着手套，不用担心留下指纹。

窗户没有透出灯光，神尾老师果然不在家。钉宫沿着墙转到房子后面。放作文的书架就在面向后院的起居室里，只要让起居室着火就可以，不必将整栋房子烧毁。隔着院子，火势也不会蔓延到邻居家。

他蹲下来往走廊木地板下方看了看，一片漆黑，什么也看不见。只要把浸了油的毛巾点着后扔进去，火焰应该就会蔓延开来。

他想先试一次，就从怀里掏出毛巾和油罐，打开罐盖，小心翼翼地将毛巾浸到油里。就在这时，哗啦一声响，房子面向后院的门突然开了。他吓了一跳,抬头一看,差点喊出声——漆黑的屋里竟然站着人!

"是谁?"是神尾老师充满警觉的声音,"在那儿干什么!"

钉宫慌慌张张地盖上罐盖,准备逃跑。站起来的时候,他的脚被绊住了,整个人摔倒在地。他心慌意乱,想起身,却被抓住了左臂。

"什么人?我要报警了!"钉宫的口罩差点儿被神尾老师拽下来。他不顾一切地扭动手脚,拼命反抗。没想到神尾老师突然失去平衡,倒在了地上。钉宫顺势骑到他的背上,一眼看到掉在一旁的毛巾,情急之下,他拿起毛巾就勒到神尾老师的脖子上。他使出浑身的力气,拉紧了毛巾。

钉宫自己也不知道这个姿势他保持了多久。等他醒过神,发现神尾老师已经不能动弹,也没有了呼吸。

钉宫摇摇晃晃地站了起来。他俯视着趴在地上的神尾老师,不敢去看他的脸。

搞砸了,我杀人了!

为什么会弄成这个样子?他根本没想过要害死神尾老师,所以才想趁无人在家时作案。只要烧掉那篇作文,就万事大吉。

可是,神尾老师已经死了。一切都已无可挽回。现在要考虑的是,如何让自己逃脱罪责。

黑暗之中,钉宫绞尽脑汁地思考着。

29

从惠比寿车站步行到 Trap Hand，大约需要十分钟。店面在稍稍偏离主干道的地方，虽然临街，但夹在加油站和公寓之间，入口很难找到，也不见醒目的招牌。店门口倒是有一块刻有店名的地砖，但似乎只是随意往地上一放，像是懒得迎客的样子，又让人不得不好奇：这店真有这么厉害吗？

真世推开挂着"准备中"牌子的店门，走进昏暗的店内。武史正在柜台后面擦玻璃杯。他穿了一件黑衬衫，外面套了件黑马甲。

"来这么早啊，"武史看了看手表，"说好五点见，你早到了快十分钟。"

"我还想来得更早一点儿呢。"

"是吗？这么想见我？"

"才不是。"真世坐在了吧台前的凳子上。"到底怎么回事，你怎么一声不吭就消失了？那天之后又发生了好多事。"

那场同学聚会结束后，武史回丸宫取了行李，退了房，招呼也没打就离开了。之后五天，真世他们怎么也联系不上他。直到昨天晚上，真世才收到武史发来的短信，说有事找她，让她到

Trap Hand 来一趟。"

"我不想被木暮、柿谷他们问东问西的,太麻烦了,反正他们也会去问你的。"

"问我?你知道我费了多少口舌才把同学聚会上发生的事解释清楚吗?而且你那些视频,怎么找也找不到。"

"视频?"武史皱了眉。

"守灵夜和葬礼那两天,你不是偷偷拍了到场人员面对遗像的视频吗?因为找不到那些视频,我解释了好半天,可把我累死了。一个外行抢先破了案,警察局的大人物们把我包围了,要我一个字一个字全说明白。"

"不是挺好的吗?这样的事一辈子也经历不了几次。"

"别一副事不关己的样子。他们问得最多的问题就是,我们是怎么知道真相的?可是我根本答不上来,因为你什么也没跟我讲啊。而且我才是最想知道这件事的人吧,今天你无论如何都得把前因后果给我讲清楚。"

武史双手撑在吧台上,低头看着真世。"你又不是银狐犬,别动不动就跟我闹。先喝一杯吧,我请客,喝什么都行。"

"真的吗?"真世问,"你推荐什么?"

"啤酒。"

"啊?这算什么?竟然不是鸡尾酒?啤酒什么的我平时也能喝到。"

"不是一般的啤酒,是飞驒高山产的特色啤酒。"

武史退到柜台深处,从冰箱里拿出一个深蓝色的瓶子,走了回来。他打开瓶盖,把啤酒倒入玻璃杯,放到真世面前。

真世喝了一口,一股醇香直冲鼻子。

"真不错呢!好喝!"

"味道醇厚吧？我昨天去当地采购的，还得放在冷藏箱里运回来。这酒酿造时用了很多酵母，不耐热。"

"当地？我说你这段时间都去哪儿了。柿谷他们一直联系不上你，都愁死了。"

"反正我的店都歇业一周了，我就想，干脆再歇几天，开车到日本各地转了转。"

"你这么一说，我想起丸宫的老板娘说过你是开车走的。之前你都把车藏哪儿了？"

"没有藏啊，只是停在投币停车场而已。"

"窃听器之类唬人的道具，你也是一直放在车上？还有你参加葬礼时穿的丧服。"

"竟然说我拿的是唬人的道具？这话我可记住了。不过，你说的八九不离十吧。"

"那你为什么不告诉我？有车会方便很多的。"

"要开车就必须滴酒不沾啊。"武史又拿出一个酒杯，往杯里倒了些啤酒。"钉宫克树都认罪了吗？"

真世叹了口气，点点头。"好像是。大体情况我是从柿谷那里听说的。"

"讲给我听听。"

真世挺直了腰板。"让我先说？"

"如果有意见，可以走人。"

"好吧。"真世喝了口啤酒，润了润喉。

当时，柿谷照例以一句"因为是您，才跟您说这些"为开场白，向真世说明了钉宫杀害英一的经过。他从钉宫和津久见的相遇开始讲起。

钉宫好不容易当上了职业漫画家，却始终不温不火，直到他利用挚友留下的创意笔记找到了突破口。如果这部作品卖不动也还好，后来的一切就不会发生。但这部作品竟然大获成功，一切都无法回头了。也难怪钉宫无法说出真相。

钉宫的供述让真世非常难过，悲伤再次袭上心头。

她不是不明白钉宫的心情。他好不容易才有了现在的成就，自然非常害怕失去这一切。

真世想，如果他对父亲实话实说就好了。只要他坦诚地说一句"因为害怕被世人谴责窃取了别人的创意，想请老师帮忙保密"，父亲一定能理解，不会四处乱说的。

父亲被杀，真世无论如何也无法原谅凶手。但直到现在，她还是无法恨他，她更愿意把这起案件看作一个不幸的误会。

"他不是蓄意谋杀，让我觉得还算有一丝安慰。"真世对武史讲完从柿谷那里听到的情况后，感慨道，"没想到他是想放火。叔叔，你也注意到这一点了？"

"也注意到？我就是从这一点开始调查的。"武史晃着手里的酒杯说，"你还记得我从刑警的话里推断出，哥哥衣服上可能沾上了打火机的机油吗？"

"记得，你的推理是对的。柿谷说，他们从衬衫的领口处闻到了挥发性的气味，鉴定成分后，确认是打火机的机油。"

"真世，你当时不是问过我，是不是凶手手里拿着打火机，两人打斗时油不小心漏出来了？但是你要知道，煤油打火机一般是不会漏油的，因此凶手应该是带着机油来的，这样分析更符合逻辑。那为什么要带机油？顺着这个思路往下推理，就会得出一个结论：凶手应该是要烧掉什么，他想放火。这样一来，为何用毛巾之类的东西行凶这个谜团也解开了。毛巾原本是用来浸润机油、以便引燃的。"

"这个推理真的很厉害,跟钉宫说得一模一样。"

"为什么想放火?杀了哥哥后为什么又没放火,只是把书房弄得一团糟?这两个问题的答案也显而易见。首先,凶手纵火是为了烧毁屋内的某件东西。但他都进屋了,把东西偷走就好,为什么还要把书房弄这么乱?书房之所以乱得不自然,其实是凶手刻意为之。他想让警察相信这个盗窃现场是伪造的,让他们以为凶手的目的不在盗窃,而在杀人。也就是说,这是双重伪装。但这里又有了一个新的问题:既然如此,一开始完全没必要纵火,直接潜入屋内把东西偷走不就好了?打碎后院的玻璃门又不难。但凶手认为那样行不通。为什么?很简单,因为当时哥哥还活着,他不放火,哥哥迟早会知道什么东西丢了,甚至能猜到是谁偷的;可是后来哥哥死了,不会再有人知道他拿了什么,他也就没了放火的必要,直接偷走东西就行。也就是说,他想偷的并不是人人都想要的贵重物品,而是极其私人的东西,这东西还能轻易被火烧毁。这么一看,就应该是纸、文件、书籍之类的物品,而且既没有电子版,也没有复印件,是世上独一无二的。如此一来,最大的可能,只会是手写信或手稿了。"

真世挥动手指在武史胸前比画道:"所以你才注意到了毕业文集。"

"按理说,文集是打印好之后发给学生的,但我猜哥哥那份档案里或许有未公开过的稿件,所以才让你把你自己的文集拿给我看看。"

"对比之后,你发现了什么?"

"哥哥的档案里有的稿件在学生的文集里都有。这本身并不奇怪,因为一开始我就怀疑凶手已经把他要的东西拿走了。如果真是这样,他拿的会是怎样的稿件呢?我想起桃子说过,哥哥曾对她说,他想在津久见的追思会上公开一些珍贵的材料。我猜会不会是津久见的作文?如果是,这篇作文应该和其他学生的文章一起保管在档案里。以哥哥的性格,他很可能这么做。"

真世盯着武史的脸,皱起了眉头。"既然你都弄明白了,为什么不早点告诉我?"

"人一旦有了杂念,很有可能暴露在脸上或者对待别人的态度上。我还需要你四处跑动呢。"

"也许是吧……所以你才想到了那台老电脑?"

"电脑数据恢复之后,我找到了一个文件夹,里面都是作文。最后一篇就是《我的梦想》。读完后我确定,凶手就是钉宫克树。"

"果然……那你是从什么时候开始怀疑钉宫的?"

"整理前田名单上的人的行踪的时候。我发现名单上也有钉宫克树的名字,有些疑惑。他和哥哥见面,应该只有和九重梨梨香一起的那次。他们中,谁来联系的哥哥呢?我认为应该是对外宣称自己是钉宫经纪人的可可里卡,所以她的名字会出现在通话记录里。但是钉宫克树的名字也在名单上,这事很蹊跷。这表明,他在别的时候联系过哥哥。真世,你还记得你第一次在长笛咖啡馆与柿谷他们见面时,中途离开座位后,他们说的话吗?他们说:'三月二日被害人打过电话的事,不问问吗?'所以我一度推测钉宫就是那天和哥哥打电话的人。但钉宫为什么一直隐瞒这件事呢?当我意识到津久见的作文才是关键,又知道了他和钉宫是好朋友,钉宫在我这儿的嫌疑就更大了。但那会儿还无法认定钉宫是凶手,因为有一个问题还没有解决,那就是,他是怎么知道哥哥要去东京的?没有迹象表明他和其他碰头讨论同学聚会的人谈过这件事。于是我就想,他会不会是从哥哥那里直接听说的?如果是这样,又会是哪一天?哥哥为什么会特地跟他说这件事?"

"你就怀疑,也许父亲和良辅通电话时,钉宫就在他旁边。所以,你之前才和良辅像演小剧场一样把当时的情形重新演了一遍?"

"什么叫演小剧场?那叫情景再现!结合哥哥给钉宫看津久见作文的时间,我觉得两件事很有可能是同步发生的。池永是三月三日打来的电话,打的固定电话,可见哥哥当时在家。如果哥哥是三月二日打给钉宫,约他见面,那么钉宫很可能就是三月三日晚上到家里来的。池永不是还说过,哥哥提到你时,没有说对真世保密,而是说对'那边'保密吗?我就推测,当时他身旁应该有认识你的人。"

"原来是这么回事。"

武史放下杯子,举起双手。"推理到此为止。说太多话,我都讲累了。"

"等等!我还有一大堆不明白的事。比如你是怎么知道可可里卡和杉下的婚外情的?你当时突然说出来,吓我一跳。"

"没什么大不了的,稍微动动脑子就会知道。如果钉宫克树是凶手,那他就没有不在场证明。事实上,刚开始他的确一直说自己在家中。但可可里卡的确是在情人旅馆,对吧?她不敢说出对方的名字,情急之下只好说了钉宫。"

"好像是这样。钉宫说可可里卡联系了他,拜托他配合一下自己。唉,说起来,这种事也挺伤人的。"

听柿谷说,钉宫似乎不知道九重梨梨香到底和谁在一起,但他觉得她有相好的人一点儿都不奇怪,也没有太受打击,九重向他求救,他就毫不犹豫地答应了。他想着,要是能抓住九重的弱点,今后和她打交道时,就能掌握主动权。

"那和可可里卡在一起的人到底是谁?对方不一定跟这次的事有关,考虑到可可里卡在东京工作,她交往的对象也不大可能是小镇的人。那么有没有可能，是和久别重逢的同学突然看对眼，想玩一玩？柿谷说，有人拒绝让警方确认手机定位信息，这人是谁呢？当时没有不在场证明的只有牧原和杉下。牧原是单身，如果他和可可里卡交往，没有必要隐瞒。"

"原来如此。这么说的话，确实只可能是杉下了。"

"我都说多少遍了，要多动脑筋！"武史戳了戳自己的太阳穴。

"冒牌静香和出木杉英才啊。对了，听柿谷说，《幻脑迷宫》要开发网游一事钉宫本人并不知情，好像是可可里卡和杉下擅自推进的。"

"是吗？估计是这样吧。"武史给真世的杯里添满酒。今天他可真够大方的。

"对了，还有一件最重要的事没问。那封信是怎么回事？钉宫从津久见的母亲那里拿到的装着作文的信封，其实是你准备的吧？"

"那当然。你们聚会那天早上，我去了趟津久见美发店，把信封交给了津久见的母亲。我跟她说，希望她能跟钉宫联系，把这个信封交给他。我还对她说，这是在哥哥的遗物中发现的，信封背面写着津久见的名字，请她跟钉宫说的时候别提这个，就说是从津久见的遗物里找出来的。"

"你在信封里装了两篇作文，一篇是写在稿纸上的《我的朋友》，另一篇是《我的梦想》的复印件。像你推理的那样，钉宫在参加同学聚会之前，就把复印件撕碎扔河里了。"

"扔河里？破坏环境，真不像话。"

"柿谷让我问你，那份复印件是从哪儿弄来的？"

"哪儿也弄不来，是我自己写的。"武史说得漫不经心。

"你写的？"

"当然，不然还有谁？我对着电脑里的草稿，一个字一个字抄到稿纸上，再拿去复印的。"

"也就是说，那篇作文是伪造的。可钉宫怎么没发现？"

"因为我模仿了津久见的笔迹。钉宫从哥哥房间里偷走作文后，应该马上就处理掉了，所以看得没那么仔细。一般人会以为，那份复印件是津久见在交作业之前复印好的。"

"钉宫好像现在还信以为真呢。不光是他，警察也一样。柿谷还说，要把这个当作证据来举证，怎么办？"

"这我就管不了了。"他一口气喝干了杯里剩下的啤酒。

"还有刚才说的视频。他们说，希望你把守灵夜和葬礼上用针孔摄像头拍下的视频借给他们。"

武史摇了摇头。"那种东西不顶用。"

"为什么？"

"因为真正的视频里，钉宫并没有闭上眼睛。"

"啊？"

"那家伙一直直愣愣地看着遗像，还挺淡定。"

"那你给大家看的那个视频呢？"

"我加工过。"

"啊？"

"不过，多亏那个视频，才让钉宫乱了阵脚。我那时也说过，如果他是无辜的，即使被拍到自己闭着眼睛，也不会觉得有什么大不了。他可以回答说，不记得有那样的事，不知道自己为什么闭眼。顺便说一句，牧原挪开视线那里，也是加过工的。"

"什么？"

"演一出好戏是需要做很多准备的。"

真世突然觉得牧原很可怜。他无端被怀疑一通，不过是武史的演出需要。

"最后一个问题！"

"还有啊？这次要问什么？"

"你为什么要打响指？"

"打响指？"

"对啊，你每次播放视频或暂停视频的时候，都会打响指。"真世用右手做了一个打响指的动作，但她不太会，没能打响。"响指有什么玄机吗？你不是只需要操作遥控器吗？"

武史不高兴地撇着嘴。"对于演出而言，表演效果至关重要！"

"仔细想来，好像你也没必要装成父亲的样子吧？"

武史瞪着真世说："你可真烦人，问完了吗？"

"嗯，差不多了。"

"好，那轮到我问你了。"

"你有事要问我？"

"不然我为什么叫你来？现在，先换个舞台吧。"武史指了指店内深处的一张圆桌。

尾声

圆桌上盖着白色的台布。真世坐下后,武史拿来两个酒杯,倒入红酒。"这是二〇〇〇年的波尔多,特地为你拿出来的。"

"是吗?"

二〇〇〇年的波尔多红酒到底值多少钱,真世并不懂行,但她不打算客气。她试着抿了一口酒,确实香味醇厚。

武史在对面的椅子上坐了下来。"我就想说一件事。"他向前探了探身子,凑近真世,"自己都觉得没意思的婚,就不要结了。"

"啊?"真世惊得差点把嘴里的红酒吐出来。

"你是想问,我是怎么知道这件事的?"武史脸上露出满意的微笑,身体靠到椅背上,"那我就来揭个秘,我用了自己的看家本领。"

"看家本领?"

武史指了指真世放在膝盖上的手提包。"手机啊!"

"什么?"真世从包里拿出手机,"你什么时候看的?"

"你跟我介绍《幻脑迷宫》时,不是用手机上网查了百科,让我自己看吗?就是那个时候。"

原来真的有这么一回事。

"糟了,我太大意了!"

"真是粗枝大叶啊,才让我看到了不该看的东西。事情变得很麻烦哦。"

"你这人真是差劲!竟然偷看别人的邮件。"

"我可是为了我可爱的侄女的幸福啊!你打算怎么办?就这样拖下去?你确定自己结了婚,不会后悔?"

"你这么说,我心里更难受了。"真世塌下了肩膀,抬眼看着武史,"你觉得我该怎么办?"

"如果觉得迷茫,最好还是算了。婚姻是一辈子的大事。"

"也是……"

"要结婚,至少当下必须确定那个人是你想共度一生的对象,不管你以后会不会后悔。如果现在心里就很犹豫,这婚一定不要结。"

"啊?"

"这也是常有的事。"武史一边点头一边说,像在炫耀自己的人生阅历。"人快要结婚的时候,总觉得还会出现一个更好的对象,会觉得那个人才是自己的命中注定。这种事很常见,也没有必要苛责自己。至于你能不能和另外那个人在一起,这事以后再考虑。你先把跟健太的婚约取消吧。如果需要,我可以跟你一起去向健太的父母道歉。"

"等等!"真世伸出了右手,"你在说什么?"

"说你的新恋情啊。你收到了别人的告白邮件吧,你也在意那个人,所以内心很不平静,对吧?"

武史的话让真世一头雾水,她脑子里面乱糟糟的。直到她看到武史不出声地坏笑,才反应过来。

"又被你捉弄了！叔叔，你说看了我的手机，其实是骗我的吧？"

武史哈哈笑了起来，喝了一口红酒。"你才发现啊！对，我没看过你的手机。不过，我看你和健太之间好像有什么隔阂，就稍稍试探了一下。你的手机里有什么东西和这件事有关吧？"

真世叹了口气。"你还是察觉到了。"

"察觉不到才怪呢。因为疫情和父亲的事推迟婚礼，这很正常，但没理由连结婚登记也推迟吧。你好像完全没提过这件事。而且，你和健太之间的联系也太少了，怎么看也不像是订了婚的情侣。"

"是吗？"

"你要是不想我管，我就此打住。但如果你想听听我的意见，不如你现在先说说自己怎么想的。我很忙，不知道下次什么时候有空。"

"知道了。"真世打开手机，找出一封邮件，"我最烦心的就是这个。"

"让我看看。"武史接过手机。

邮件是一个月前收到的。下班后，真世刚坐上回家的电车，就收到了这封邮件。她并不认识发件人，但见邮件的标题写着"致神尾真世女士"，她很自然地点开看了。

邮件开头这样写道："恭喜您订婚了！"真世即将和健太结婚的事已经通知过一些人，看来这封邮件的发件人也听说了这个消息。但是读着读着，真世发现这并不是一封单纯的祝福邮件。邮件接着写道：

您已经准备和心上人结婚，应该正沉浸在幸福中吧。我不想在这个时候泼冷水，但还是觉得应该让您知道这些事，这才写下了这封邮件。

请原谅我不能透露姓名。我曾经和中条健太先生交往过。我们对待感情都很认真,不是玩一玩而已,是以结婚为目的的。至少我本人是这么想的。

没过多久,我的身体发生了变化,例假不来了。去医院检查后,医生告诉我,我已经怀孕五周。

我既惊讶,又开心,奉子成婚对我来说也没有问题。毕竟我认识的人中,好几个朋友因为婚后迟迟等不到宝宝一直很烦恼。和他们相比,我觉得自己很幸运。

我马上叫来了健太,告诉他检查结果,相信他听了一定会很高兴。当时我的脑海里只设想了一种情形——他听了之后会满脸笑容。

但事实并非如此。健太一脸严肃地对我说:"现在还不是生孩子的时候。"

我顿时像被泼了一盆冷水。我问他,为什么不是时候?

他的回答是:"因为我觉得,结婚成家也好,抚养孩子也好,都还不着急。"

我惊讶得不知说什么才好。原来他根本没想过要和我结婚。如果是这样,当初为什么不做好避孕措施?当我这么问时,他只是一直道歉,然后低头对我说:"钱我来出,把孩子拿掉吧。"

我伤心地哭了。健太看到我这样,又说:"真的很抱歉,希望你再等一段时间,如果下次再怀孕,就生下来吧。"

我并没有被他说服,但也只能相信他。总不能一个人生下孩子吧?我只能哭着把孩子打掉了。

后来,我再也没有怀孕。健太做了万全的避孕措施,好像无论如何也不能让我再怀孕。他之前说的话全是假的。

我对这样的他很失望,心也与他渐行渐远。没过多久,我们就分手了。

对不起,神尾女士。我想这封邮件一定会让您很不愉快。但我觉得,您有权知道您想要共度一生的人对您隐瞒了什么。中条健太这个人有这样的一面,或许是您还不了解的。

如果您知道这些事后仍然决定和他结婚,我便不再多言,只是祝你们幸福。

如果我说的一切,您已经从健太那里听过,那么很抱歉这次打扰了您,耽搁了您宝贵的时间。

真世越读,脸色越苍白。她心跳加速,快得让她几乎要窒息了。她不记得自己是什么时候下的电车,又是怎么一路走回的家。缓过神时,她已经倒在家中的床上了。

"原来是这样,这封邮件的内容的确要重视。"武史把手机还给了真世。

"从那天起,我就总想着这封邮件,但又不知道该怎么办才好。"

"你最在意的是什么呢?是发件人的身份,还是健太的过去?"

"都很在意。"真世答道,"我当然在意发件人是谁。知道我和健太要结婚的人本就不多,这不就意味着健太的前女友就在我身边吗?我到现在还完全不知情。你觉得我能不在意吗?"

"还真是。"

"而且,他让前女友怀了孕,又让她去堕胎,这事也让我很震惊。就像邮件里写的,我做梦也没想到健太还有这样的一面。和这样的人结婚,今后的日子真的会幸福吗?我实在是很犹豫。"

"你的心情我很能理解。但是,真世啊,你忘了一件重要的事。你没有确认过这封邮件里写的事是真是假吧?没准儿是有人嫉妒你们结婚,故意编来刺激你的。"

真世摇了摇头。"这个不大可能吧。"

"为什么这么肯定?"

"管它是真是假,想弄明白立即就可以确认啊。我只要问问健太,一切就水落石出了。给不相干的人散播谣言,这我还能理解,编排当事人有什么意义吗?"

"有道理,但确认是必要的。真世,你自己也说了,想弄明白立即就能确认。那好,你为什么不去确认一下呢?"

"……我不想和健太说这件事。"

"为什么?"

"当然是因为这件事很麻烦啊。"真世提高了声调,"这种事,他肯定想保密。要是他知道我发现了,我们就无法像以前那样相处了。我不想因为这个和他闹矛盾。"

"是吗?"武史笑了一下,"那就太奇怪了。"

"有什么奇怪的?"

"'不想闹矛盾'这种说法,难道不可笑吗?你们早就闹起矛盾了吧?你不是已经开始犹豫,到底还要不要结婚了吗?"

"是倒是……"真世的声音小了下来。

"想一想发邮件给你的人会是什么心理吧。对方可能非常焦躁,因为你们竟然一直都不分手。估计这之后那人还发过别的邮件吧?"

事实确实如此。真世没有回应,只是默默地嘟起了嘴。

"发件人估计也给健太发了一些东西。他的态度不对劲,很可能就是因为这个。我跟他聊过天,他的确有事瞒着你。"

"真的吗?可我没打算分手啊。"

"他也没这个想法。但如果你现在糊里糊涂把婚结了,日后也还会被这个问题困扰。你心里积累的不满总有爆发的时候,那时矛盾会更加激烈。就好比这里有栋破旧的老房子,破旧到一旦用力去拉门,都能把房子震塌。可你现在不仅要开门进入这栋破房子,还打算长久地住下来。你觉得能在里面过上正常日子吗?总有一天,你还是会用力把门打开或关上。与其到时候让倒塌的房子压扁自己,还不如进屋前先把它拆除,你不觉得这样才对吗?"

"不要把我和健太的关系比作破房子好不好?"真世两手在胸前握成拳。

"那就比作一座快倒塌的桥吧,或者是用泥巴砌成的隧道。这些东西都得先推倒,再重新建造。"

说到这儿,武史站起来抓住台布的两角,猛地向身体后方抽去。顷刻间,桌上只留下了两个红酒杯,纯白的台布不见了。

被抽走的台布就在武史手中,他已经挪到了椅子旁边,把台布在身前拉开。

"你这戏法厉害是厉害,但你到底想干什么?"

"我不是说了吗?破房子要先拆掉。"武史用展开的台布遮住了自己刚才坐过的椅子。"接下来的舞台,交给你们俩了!"说着,他腾的一声掀开了台布。

真世尖叫起来——健太竟然端坐在椅子上。

"健太?你怎么在这儿?"

"啊,噢,那个……"健太尴尬地挠着头。

"刚刚我们聊的他应该都听到了,接下来你们两个人好好谈谈吧。记住了,要把破房子先推倒拆掉。至于要不要一起再盖个新房子,你们自己决定。"说着,武史手脚麻利地把叠好的台布放回到桌上。他转过身,朝门口走去,走到一半又停下来,回头说了一句:"二位慢慢聊。对了,健太,刚刚变的魔术,不许对任何人揭秘哦!"

  黑衣魔术师说完,打开门,英姿飒爽地走了出去。

图书在版编目(CIP)数据

无名之町 /（日）东野圭吾著；王小燕译. -- 海口：南海出版公司，2021.7
（东野圭吾作品）
ISBN 978-7-5442-9790-5

Ⅰ.①无… Ⅱ.①东… ②王… Ⅲ.①长篇小说-日本-现代 Ⅳ.①I313.45

中国版本图书馆CIP数据核字（2021）第101232号

著作权合同登记号 图字：30-2021-014

《BLACK SHOWMAN TO NAMONAKI MACHI NO SATSUJIN》
© Keigo Higashino, 2020
All rights reserved.
Original Japanese edition published by Kobunsha Co., Ltd.
Publishing rights for Simplified Chinese character arranged with Kobunsha Co., Ltd. through KODANSHA LTD., Tokyo and KODANSHA BEIJING CULTURE LTD. Beijing, China.

无名之町

〔日〕东野圭吾 著
王小燕 译

出　　版	南海出版公司　（0898）66568511	
	海口市海秀中路51号星华大厦五楼　邮编 570206	
发　　行	新经典发行有限公司	
	电话（010）68423599　邮箱 editor@readinglife.com	
经　　销	新华书店	
责任编辑	张　锐	
特邀编辑	李昕芮　黎晓言	
营销编辑	辛　颖　杜珈琦	
装帧设计	韩　笑	
内文制作	田小波	
印　　刷	北京盛通印刷股份有限公司	
开　　本	850毫米×1168毫米　1/32	
印　　张	11	
字　　数	267千	
版　　次	2021年7月第1版	
印　　次	2023年6月第10次印刷	
书　　号	ISBN 978-7-5442-9790-5	
定　　价	59.00元	

版权所有，侵权必究
如有印装质量问题，请发邮件至 zhiliang@readinglife.com